Zehntausend Fallen

Klaus Seibel, geboren 1959, studierte Theologie, arbeitete als Pastor, bildete sich in Betriebswirtschaft weiter und leitet den Vertrieb eines Softwarehauses. Erster Preis im Krimiwettbewerb der Frankfurter Neuen Presse. Platz eins in Amazon-eBook, Kategorie: deutscher Krimi. www.kseibel.de

KLAUS SEIBEL

Zehntausend Fallen

Der zweite Fall für Ellen Faber

KRIMINALROMAN

emons:

Bibliografische Information der Deutschen Bibliothek
Die Deutsche Bibliothek verzeichnet diese Publikation
in der Deutschen Nationalbibliografie; detaillierte bibliografische
Daten sind im Internet über http://dnb.d-nb.de abrufbar.

FSC
www.fsc.org
MIX
Papier aus verantwortungsvollen Quellen
FSC® C083411

Umschlagmotiv: fotolia.com/Matty Symons
Umschlaggestaltung: Tobias Doetsch
Gestaltung Innenteil: César Satz & Grafik GmbH, Köln
Druck und Bindung: CPI – Clausen & Bosse, Leck
Printed in Germany 2013
ISBN 978-3-95451-191-4
Originalausgabe

Der Dreck flog nach allen Seiten. Mit bloßen Händen wühlte Andreas Schuster in der Erde des Ackers. Seines Ackers. Kleine Steine rissen die Haut an seinen Fingerkuppen auf. Schuster beachtete es nicht. Wie von Sinnen wühlte er weiter, aber er fand nichts. Es gab nicht das geringste Anzeichen von heranwachsender Frucht, kein Keimling. Nichts. Noch nicht einmal der ausgesäte Samen war zu finden. Er war verfault. Einfach so.

Erschöpft stellte Schuster seine Anstrengungen ein und stand auf. Es war nicht der erste Acker, den er besuchte. Es war der letzte. Überall das gleiche Bild: nichts. Tote Erde, so weit er sehen konnte. Dabei war es Ende April und beste Wachstumszeit. Seit dem frühen Morgengrauen war Schuster unterwegs und hatte alle seine Äcker abgefahren. Sein alter Skoda stand mit laufendem Motor am Straßenrand, die Fahrertür offen. Schuster war es egal. Alles war ihm egal.

Nein, eines war nicht egal. Aus der Brusttasche seines Hemdes zog Schuster ein Foto. Es zeigte seine Frau und seine beiden Kinder. Schuster liebte seine Familie über alles. Aber wie sollte er sie ernähren? Bei den vielen Schulden? Und ohne Ernte? Diese Frage ließ Schuster schon seit Wochen nicht mehr schlafen. Sein Gesicht war von tiefer Müdigkeit und Verzweiflung gezeichnet.

Anfangs hatte Schuster sich nichts dabei gedacht, als auf seinen Feldern keine frischen Halme zu sehen waren. In der Landwirtschaft gab es immer zeitliche Schwankungen. Irgendwann waren erste Befürchtungen aufgekeimt, die sich bald zur Gewissheit verdichteten. Trotzdem fuhr Schuster jeden Morgen auf die Felder, damit seine Familie dachte, er würde arbeiten. Stattdessen stapfte er ziellos zwischen dem kümmerlichen Unkraut herum. Das war das Einzige, das auf seinem Boden wuchs.

Schuster nahm das Foto und strich mit einem Finger darüber, als ob er die Gesichter streicheln wollte. Das Blut hinterließ zusammen mit dem Dreck, der an seinen Fingern klebte, dünne Streifen. Zuletzt gab er seiner Frau einen Kuss und steckte das

Foto wieder in die Tasche. Zum ersten Mal seit über dreißig Jahren rollte eine Träne über seine Wange. Dann nahm Schuster das Gewehr, das er vorher auf die Erde geworfen hatte, und richtete die Mündung gegen seine Schläfe. Sein Arm war gerade lang genug, um den Abzug zu erreichen.

1

Ellen Faber nahm den Fuß vom Gas. Direkt hinter der nächsten Bodenwelle kam das üble Schlagloch, das man bei den Ausbesserungsarbeiten nach dem letzten Winter vergessen hatte. Im Laderaum ihres Kleintransporters schepperte es leise. Kein Grund zur Sorge, die Blutproben waren gut verpackt, aber Ellen wollte nichts riskieren. Sie brauchte diesen Auftrag, auch wenn er ihr nicht gefiel. Aufträge für ihren neu gegründeten Sicherheitsdienst waren noch zu selten, als dass sie davon hätte leben können. Also fuhr Ellen alles, was Geld brachte und in ihren kleinen, kunststoffgepanzerten Citroën Berlingo passte. Für mehr als diesen »Panzerlingo« hatten ihre Ersparnisse nicht gereicht.

Mehr wäre auch nicht nötig gewesen, dachte Ellen in einem kurzen Anflug von Sarkasmus. *Niemand klaut Blutproben.*

Ellen kannte die Gegend gut. Ihre Radtouren hatten sie oft hierhergeführt, damals, als sie noch Leiterin der Abteilung für besondere Bedrohungen im LKA war. Jetzt war sie hierhergezogen, vor die Tore von Berlin, dahin, wo Berliner Ausflüge machten, wenn sie die Grenzen ihrer Stadt für ein paar Stunden oder Tage hinter sich lassen wollten.

Auf ihrer Tour fuhr Ellen zuerst die entlegensten Orte an, um die Blutproben einzusammeln, die die Tierärzte in der Frühe genommen hatten. Dann arbeitete sie sich Ort für Ort vor, um die gesammelten Proben zur Mittagszeit in einem Labor in Neuruppin abzugeben. Dort wurden sie im Lauf des Nachmittags nach den Wünschen der Ärzte untersucht, die die Ergebnisse anschließend per E-Mail bekamen.

Aus den Lautsprechern klang die Musik ihrer Lieblings-DVD. Besonders mochte Ellen ein altes Lied, »Tequila Sunrise«. Dieses Lied zu hören, wenn man selbst der aufgehenden Sonne entgegensteuerte, war einfach schön. Am liebsten hätte Ellen dabei die Augen geschlossen. Vom Verkehr her wäre es sogar möglich gewesen. Den gab es hier nämlich nicht.

Kurz bevor das Lied zum zweiten Mal zu Ende ging, entdeckte

Ellen weit vor sich auf der Straße ein Auto. Beim Näherkommen sah sie, dass das Auto mit geöffneter Fahrertür auf der rechten Fahrspur stand. Das war ziemlich rücksichtslos, denn die Straßen hier waren nicht unbedingt breit. Das Auto musste zu dem Mann gehören, der ein paar Meter abseits auf dem Feld zu sehen war. Ellen überlegte, den parkenden Wagen langsam zu umfahren, dann sah sie das Gewehr.

Von einer Sekunde auf die andere war Ellen hellwach.

Der Mann hielt sich das Gewehr an den Kopf. Das konnte nur eins bedeuten. Wenn sie hinlaufen würde, wäre es vielleicht zu spät.

Ellen drückte wie wild auf die Hupe und schrie aus Leibeskräften: »Heh, Sie da! Was haben Sie vor? Lassen Sie das!«

Ellen sah noch, wie der Mann zusammenzuckte. Dann krachte der Schuss. Der Mann sackte zusammen, das Gewehr fiel neben ihn auf den Boden.

»Scheiße!«, brüllte Ellen.

Sie sprang aus ihrem Wagen und lief auf das Feld. Der Kopf des Mannes war blutüberströmt. Ellen griff an die Halsschlagader und spürte einen schwachen Pulsschlag. Der Mann lebte noch. Per Handy rief sie den Notarzt und die Polizei. Bis die kamen, konnte es dauern. Ellen stillte die Blutung, so gut es eben ging. Wie schwer der Mann verletzt war, konnte sie nicht sagen. Sie hoffte, dass der Schuss nicht in den Schädel eingedrungen war. Vielleicht hatte sich der Mann erschreckt, als sie gehupt hatte.

In einer Tasche fand Ellen den Ausweis mit Namen und Adresse. Andreas Schuster hieß er. Er wohnte in einem der Dörfer ungefähr zehn Minuten von hier. Gelegentlich kam Ellen dort durch. Dann fand sie das Foto. Schuster hatte eine hübsche Frau und zwei süße Kinder. Sie mussten ungefähr so alt sein wie Hanna und Elias, die Kinder ihrer eigenen Schwester.

Wie kann man sich bloß umbringen wollen, wenn man solch eine Familie hat?

Der ankommende Notarzt riss Ellen aus ihren Gedanken. Mit seiner leuchtenden Weste und einer großen Tasche in der Hand kam er im Laufschritt aufs Feld gerannt. Als er das Gewehr sah, stutzte er kurz.

»Ich kam gerade vorbei, als er sich erschießen wollte«, erklärte Ellen.

Der Arzt fragte nicht weiter, sondern untersuchte Schuster.

»Er lebt noch«, stellte er fest, aber das wusste Ellen schon.

»Wird er durchkommen?«

»Keine Ahnung«, antwortete der Arzt, während er vorsichtig die Wunde säuberte, um sie besser untersuchen zu können. »Die Kugel hat die Schädeldecke längs aufgeschlitzt, aber bis ins Gehirn ist sie hoffentlich nicht gekommen. Wie groß der Schaden dort ist, kann ich nicht sagen.«

Der Assistent kam mit einer Trage, und gemeinsam schafften sie Schuster darauf.

»Sie haben ihm das Leben gerettet«, bemerkte der Arzt.

Ellen zuckte mit den Schultern. »Es war Zufall, dass ich gerade jetzt hier vorbeikam. Wo bringen Sie ihn hin?«

»In die Ruppiner Kliniken. Die haben eine gute Unfallstation.«

Endlich kam auch ein Polizeiwagen. Ein Beamter stieg aus, den Ellen nicht kannte. Er wischte sich Schweiß von der Stirn, bevor er seine Mütze aufsetzte.

Der würde die sportlichen Tests zur Aufnahme in den Polizeidienst heute nicht mehr bestehen, dachte Ellen, als sie den umfangreichen Körper auf sich zukommen sah.

»Haben Sie angerufen?«, fragte der Beamte.

»Ja.«

»Ihren Namen bitte und warum Sie angerufen haben.«

»Ellen Faber. Dieser Mann wollte sich erschießen. Ich kam gerade rechtzeitig.«

Ellen deutete zur Bahre, die die Ärzte in den Notarztwagen schoben.

Der Beamte brummelte etwas Unverständliches. Rux, hieß er, wie Ellen dem Namensschild auf der Uniform entnahm. Rux wandte sich an den Notarzt und ließ sich kurz den Befund erklären. Dann wollte er gehen.

Ellen folgte ihm. »Und? Was passiert jetzt?«

Rux stoppte. »Der Arzt bringt den Mann ins Krankenhaus. Das sehen Sie doch.«

»Werden Sie die Angehörigen benachrichtigen?«

»Das machen die im Krankenhaus.«

»Wollen Sie nicht wissen, warum sich der Mann umbringen wollte?«

»Nein. Er lebt noch. Das reicht mir.«

Ellen hatte Mühe, ihren aufwallenden Zorn unter Kontrolle zu halten. So viel Desinteresse brachte sie auf die Palme. Sie musste sich ganz bewusst ins Gedächtnis rufen, dass sie keine Befehlsgewalt hatte. Jetzt nicht mehr.

»Dann nehmen Sie wenigstens das Gewehr mit. Oder wollen Sie das hier liegen lassen? … Herr Rux.« Den Titel »Hauptkommissar« ließ Ellen ganz bewusst weg.

Rux brummte wieder etwas, sah erst Ellen an und dann das Gewehr, das noch auf dem Feld lag. Mit deutlich sichtbarem Widerwillen stapfte er auf den Acker und hob das Gewehr auf. Auf dem Rückweg zum Streifenwagen tat er so, als existierte Ellen nicht.

Ellen sah auf ihre Uhr. Es war schon spät, und sie hatte noch kaum Blut eingesammelt. Das würde knapp werden. Wenn sie zu spät beim Labor ankam, nahm man die Blutproben nicht mehr an. Die konnte sie dann wegwerfen, und das würden die Tierärzte mit Sicherheit nicht gut finden.

2

Ellen schaffte es, die Blutproben noch vor Annahmeschluss abzugeben, weil sie sich konsequent nicht an die Geschwindigkeitsbegrenzungen hielt. Das Risiko, dabei erwischt zu werden, war begrenzt. Es gab so gut wie keine Radarfallen auf ihrer Tour, die mageren Einnahmen durch die Strafgelder rechneten die Investitionen nicht. Und wo doch eine installiert war, bremste man eben kurz vorher ab. Die Standorte waren allen bekannt.

Für heute stand kein weiterer Auftrag an, wie so oft. Dieses Mal war Ellen froh darüber, die Sache vom Vormittag ging ihr nicht aus dem Kopf. Warum wollte sich Andreas Schuster umbringen, und warum hatte er mit seinen Händen in der Erde gewühlt? Der Dreck an seinen Händen war Ellen nicht entgangen. Mit Sicherheit wollte er nichts vergraben. Dazu hätte ein Bauer Werkzeug mitgenommen. Genauso, wenn er etwas hätte ausgraben wollen. Und wer sich »nur« umbringen wollte, wühlte auch nicht vorher in der Erde. Hier war noch eine ganze Menge ungeklärt.

Möglicherweise ist Schuster einfach krank, und eigentlich geht mich das überhaupt nichts an. Trotzdem …

Als Kommissarin war Ellen immer wichtig gewesen, alle Fragen zu lösen, bevor sie eine Akte schloss. Dieses Denken war ihr irgendwie in Fleisch und Blut übergegangen und hatte den Ausstieg aus dem Polizeidienst überlebt.

Das imposante Gebäude der Ruppiner Kliniken war nicht weit vom Labor entfernt. Diese Kliniken waren das Beste, was die Gegend zu bieten hatte. Die Gebäude waren zwar alt und standen unter Denkmalschutz, aber sie waren hervorragend hergerichtet und dank zahlreicher Zuschüsse mit neuester Technik ausgestattet.

Schuster lag auf der Intensivstation.

»Sind Sie die Frau des Patienten?«, fragte die zuständige Ärztin kritisch.

»Nein.«

»Dann darf ich Ihnen nichts sagen.«

Mist! Als Polizistin hatte Ellen immer alle Auskünfte bekommen, die sie wollte. So ganz war sie noch nicht im zivilen Leben angekommen.

»Ich habe ihn gefunden«, versuchte Ellen ein Argument. Sie hoffte, dass das Grund genug für eine Auskunft sei.

Die Ärztin überlegte.

»Ich möchte nur wissen, ob er überleben wird«, legte Ellen nach.

»Na gut. Sie haben ihm schließlich das Leben gerettet«, entschied die Ärztin.

Ellen war erleichtert.

»Zu neunzig Prozent wird er durchkommen, aber die Schädelverletzung ist schwer. Wir haben ihn in ein künstliches Koma versetzt. Ob etwas zurückbleiben wird, lässt sich jetzt noch nicht sagen.«

»Wann kann man mit ihm reden?«

Die Ärztin zuckte mit den Schultern. »Keine Ahnung. Er wird überleben, das muss Ihnen genügen. Das tut schließlich nicht jeder. Außerdem habe ich Ihnen schon mehr gesagt, als ich darf.«

Die Ärztin war ganz offensichtlich fertig mit Ellen. Weitere Auskünfte würde sie hier und jetzt nicht bekommen.

Während Ellen durch die langen Krankenhausflure nach draußen ging, rekapitulierte sie das Gespräch.

Was hat die Ärztin damit gemeint mit dem »Das tut schließlich nicht jeder«? Überleben?

Die einzige Möglichkeit, mehr herauszufinden, war Schusters Familie. Sie wohnte draußen in der Nähe von Königshorst. Das war ein ganzes Stück zu fahren, aber das war Ellen die Sache wert.

Eine halbe Stunde später parkte Ellen ihren Transporter vor der Einfahrt zu einem Bauernhof. Eine Katze huschte um die Ecke, als sie Ellen entdeckte. Zur rechten Seite befand sich ein schlichtes Wohngebäude. An den Fenstern hingen üppig bepflanzte Blumenkästen. Im rechten Winkel an das Wohngebäude angebaut sah Ellen eine Scheune, deren großes Tor offen stand. Sie konnte die Vorderräder eines Traktors erkennen. Gegenüber dem Wohngebäude war noch eine Scheune. Die Tür war geschlossen, die Fenster bestanden aus Glasbausteinen, die im Lauf der Zeit undurchsichtig geworden waren. Auf einer Schaukel neben der Scheune spielten zwei Kinder. Ellen erkannte die Kinder auf dem Foto wieder, sie war hier also richtig. Insgesamt machte alles einen absolut friedlichen Eindruck, fast eine Postkartenidylle. Klar war aber auch, dass der ordentliche Eindruck eher von fleißiger Arbeit als von reichlich vorhandenem Geld herrührte.

Jetzt entdeckte eines der Kinder Ellen.

»Mama, wir haben Besuch«, rief es laut.

Eine Frau erschien in der Haustür, die Frau auf dem Foto. Sie wirkte etwas größer, als Ellen sie sich vorgestellt hatte, aber das feine Gesicht und die dunklen Haare waren genau wie auf dem Bild. Nur die Augen machten einen unbestimmt traurigen Eindruck.

»Sind Sie Frau Schuster?«, fragte Ellen, obwohl sie die Antwort kannte.

»Ja, was wollen Sie?« Schon diese wenigen Worte genügten Ellen, um einen osteuropäischen Akzent herauszuhören.

Was will ich eigentlich? Sie hatte noch gar nicht darüber nachgedacht, wie sie als unbekannte Frau dieses Gespräch beginnen sollte. *Wie viel weiß Frau Schuster überhaupt?*

»Hat das Krankenhaus schon angerufen? Es geht um Ihren Mann.«

Die Frau erschrak. »Was ist mit meinem Mann?«

»Können wir hineingehen? Ich glaube, das ist besser.«

Die Frau schluckte. »Ja, natürlich«, sagte sie dann.

Sie führte Ellen in eine große Küche. Auch hier war alles sauber und aufgeräumt. Blumen standen auf dem Tisch. Ellen setzte sich auf die schmale Seite einer Eckbank. Ihr war klar, dass das Krankenhaus noch nicht angerufen hatte. Die Kommunikation klappte wohl nicht so gut, wie Rux sich das vorstellte. Frau Schuster wusste nichts, was die Sache für Ellen nicht leichter machte. Im Stillen verfluchte Ellen Rux, der sich vor dieser unangenehmen Aufgabe gedrückt hatte. Jetzt musste sie tun, was eigentlich nicht ihr Job war.

Aus reichlicher Erfahrung wusste Ellen, dass man in solchen Situationen am besten sofort mit den Tatsachen herauskam, auch wenn sie schmerzhaft waren.

»Ich heiße Ellen Faber. Ich habe heute Morgen Ihren Mann auf einem Feld gefunden, als er sich umbringen wollte. Jetzt liegt er im Krankenhaus.«

Frau Schuster erstarrte mitten in der Bewegung. Vor Entsetzen brachte sie keinen Ton heraus. Dann ließ sie sich wie in Zeitlupe auf einen Stuhl sinken. Wenig später fing sie hemmungslos an zu weinen.

Ellen ließ ihr Zeit, die Nachricht zu verarbeiten. Wahrscheinlich war die Frau davon ausgegangen, dass ihr Mann irgendwo auf einem Feld arbeitete. Und jetzt das.

»Was ist mit meinem Mann? Wie geht es ihm?«, fragte Frau Schuster endlich.

»Ihr Mann wird überleben. Er liegt auf der Intensivstation.«

»Was ist passiert?«

Ellen erzählte ihr, was sie wusste. Dabei gab sie ihr die Autoschlüssel, die sie mitgenommen hatte.

»Ihr Mann hatte noch etwas dabei.«

Ellen schob ihr das Foto hin.

Die Frau betrachtete es lange. Wieder liefen ihr Tränen die Wangen herunter. »Warum wollte er das tun?«

»Ich hatte gehofft, dass Sie mir das erzählen können.«

»Sag Danuta zu mir. Du hast meinem Mann schließlich das Leben gerettet.«

»Also gut, dann sag du Ellen zu mir. Danuta, was denkst du, warum dein Mann sich umbringen wollte?«

Danuta zuckte hilflos die Schultern. »Ich weiß nicht. Wir waren eine glückliche Familie.«

»Irgendeinen Grund muss es geben. Gab es Probleme in der letzten Zeit?«

Ellen wusste, dass sie damit die Basis eines privaten Gesprächs verließ und fast dienstlich wurde, aber sie wollte Antworten.

»Vielleicht die Schulden?« Danuta schien selbst nicht überzeugt von der Antwort.

»Der Betrieb lief nicht gut?«

»Landwirtschaft ist kompliziert geworden. Die ganzen Vorschriften. Heute ist alles so industrialisiert. Man muss jedes Jahr mehr auf einem Hektar ernten. Andreas hat gesagt, wer nicht mitmacht, kann seinen Hof verkaufen.«

»Und Andreas hat mitgemacht?«

»Er hat es versucht.«

»Wie kann man denn jedes Jahr mehr auf der gleichen Fläche ernten?« Ellen verstand so gut wie gar nichts von Landwirtschaft.

»Man muss jedes Jahr besseres Saatgut kaufen und besseren Dünger. Dann braucht man mehr Pflanzenschutzmittel. Das alles kostet Geld.«

»Ich habe immer gedacht, die Bauern halten von jeder Ernte Saatgut zurück, das sie dann im nächsten Jahr säen.«

Danuta schüttelte den Kopf. »Das war früher mal so, heute dürfen wir das nicht mehr.«

»Wieso dürft ihr das nicht?«

»Verträge.«

Das hatte Ellen nicht gewusst. »Ich habe nicht den Eindruck, dass auf den Feldern viel wächst.«

»Andreas hat gesät.«

»Was?«

Danuta zögerte. »Weizen und Kartoffeln.«

»Warum zögerst du?«

Danuta sagte nichts.

»Andreas hat Weizen und Kartoffeln vom letzten Jahr zurückbehalten, um kein neues Saatgut kaufen zu müssen«, sprach Ellen ihre Vermutung aus. Das Schweigen von Danuta war Ellen Antwort genug.

»Aber wer sollte das merken, es ist doch euer Hof?«

»Dann kommen die Männer«, war alles, was Danuta dazu sagte. Die Trauer wich einem Gesichtsausdruck voller Angst.

»Was für Männer?«, bohrte Ellen nach.

»Männer eben.« Danuta holte tief Luft. »Ich glaube, du musst jetzt gehen. Danke, dass du meinen Mann gerettet hast.«

Danuta stand auf, und Ellen wusste, dass das Gespräch hiermit zu Ende war. Irgendjemand hatte Danuta eingeschüchtert, das war mit Händen zu greifen. Und dieser Jemand war mit schuld an Andreas Selbstmordversuch.

Als Ellen das Haus verließ, rief Danuta die Kinder herein. Ellen wartete, bis die beiden im Haus verschwunden waren, dann lief sie zur Scheune hinüber. Durch die Glasbausteine konnte sie nichts erkennen, aber die Tür war nicht verschlossen, wie meistens auf den Bauernhöfen. Ellen schlüpfte hinein. Niemand hatte sie bemerkt. Was sie sah, ließ sie erstaunt stehen bleiben. Sie sah – nichts!

Inzwischen kannte Ellen viele Scheunen. Scheunen waren immer voll mit unzähligen Gerätschaften, Resten von Vorräten, irgendwelchem alten Zeug und überall Spinnweben. Hier gab es nichts von alledem. Der gesamte Raum war leer, und andere Räume gab es in dieser Scheune nicht. Und sie war nicht nur leer, sie war geputzt, sodass kein Krümel auf dem Boden lag. Ellen ging unschlüssig einmal durch die Scheune. Sauber, viel zu sauber. Sie musste unwillkürlich an einen Tatort denken, den ein Täter sorgfältig gereinigt hatte.

Ein Täter will Spuren verwischen. Welche Spuren sollen hier ausgelöscht werden? Was haben die Männer damit zu tun, die Danuta erwähnt hat? Und dann war da die Frage, die noch viel eigenartiger war: *Warum wächst nichts, wo Andreas doch gesät hat?*

Mit einem sehr unguten Gefühl verließ Ellen die Scheune. Aus den Augenwinkeln sah sie, wie Danuta sie durch das Küchenfenster beobachtete.

3

Der Besuch bei Danuta bestätigte Ellens Eindruck, dass der Selbstmordversuch von Andreas noch lange nicht erklärt war. Jede Antwort, die sie erhielt, ergab neue Fragen. Ellen sah auf ihre Uhr. Der Feierabend rückte näher. Nicht ihrer, denn sie hatte bereits seit dem Mittag nichts mehr zu tun, aber der Feierabend der Bauern ringsum.

Ellen hielt vor einem Haus, das sich von der Bauweise her nicht von den anderen im Dorf unterschied. Einzig der altmodische Schriftzug »Wirtshaus« und der Aushang der Speisekarte wiesen auf den speziellen Zweck des Gebäudes hin. Die Speisekarte war von der Sonne ausgebleicht. Die Speisen konnte man kaum noch und die Preise gar nicht mehr lesen. Wer hier einkehrte, wusste, was ihn erwartete und was er dafür bezahlen musste. Neue Speisen und Getränke waren hier nicht gefragt, aber es war genau der Ort, von dem Ellen sich brandneue Informationen erhoffte. Auf den Dörfern kannte jeder jeden, und wenn etwas passierte – was nicht so oft vorkam –, dann wusste es auch jeder.

Ellen öffnete die Tür, und eine typische Duftwolke strömte ihr entgegen. Es roch nach Männern, die den ganzen Tag körperlich gearbeitet hatten. Und nach Alkohol, vorwiegend Bier. In diesem Moment bedauerte Ellen das Rauchverbot. Der Zigarettenqualm hatte früher manche anderen Gerüche gnädig überdeckt, jetzt war man ihnen gnadenlos ausgesetzt. Ellen trat in den einzigen großen Schankraum und sondierte in wenigen Sekunden die Lage. Es saßen tatsächlich nur Männer hier, verteilt auf mehrere Tische und den Tresen. Die einzige weibliche Person war die Bedienung, die sich bemühte, mit viel Schminke jünger auszusehen, als sie tatsächlich war. Es gelang ihr nicht.

Die Gespräche verstummten augenblicklich. Jemand Fremdes kam herein. Das war ein Ereignis. Dass sich dieser Fremde als weiblich herausstellte, war ein noch größeres Ereignis und teilte die Männer in zwei Gruppen. Die einen, die Minderheit, betrachteten eine Frau an diesem Ort als störend. Die Mehrheit war positiv überrascht. Dabei war Ellen weder eine auffällige Erscheinung noch besonders angezogen. Sie war zu ihrem großen Leidwesen klein, gerade mal die Mindestgröße für den Polizeidienst hatte sie erreicht. Ihre Kleidung bestand meistens und auch heute aus Jeans und Shirt. Ihre blonden Haare hatte sie mit einer schlichten Klammer zusammengefasst. Also nichts, was ins Auge stach. Das einzig Herausragende an diesem Ort war ihr Geschlecht. Ellen ließ sich von der Situation nicht irritieren, sie hatte mit nichts anderem gerechnet. Es erinnerte sie an ihre Zeit beim SEK der Berliner Polizei. Dort war sie zeitweise auch die einzige Frau gewesen und hatte sich nicht einschüchtern lassen. Sie kannte den Umgang in Männergesellschaften und wusste, wie man sich dort behauptete.

Ellen entschied sich für einen Tisch, an dem sie bei ihrem Eintritt vorwiegend positive Reaktionen festgestellt hatte. Er war zwar voll besetzt, aber das störte Ellen nicht. Sie nahm sich einfach einen frei herumstehenden Stuhl.

»Ist hier noch ein Platz frei?«

Die Männer sahen sich überrascht an und rückten dann zusammen.

»Klar doch«, sagte einer.

Ellen setzte sich und bestellte ein Bier, etwas anderes wäre peinlich gewesen.

»Wie heißt du?«, wagte sich einer aus der Deckung.

Ellen störte nicht, dass er sie duzte. Das war hier eben so, deshalb gab sie die Frage genauso zurück. »Ellen. Und du?«

»Alfred. Und was machst du hier?«

»Ich sammle Blut ein, und jetzt habe ich frei.«

Einige lachten. Das mit dem Blut amüsierte die Männer. Sie wollten, dass Ellen von ihrem Job erzählte. Die anderen am Tisch verfolgten gespannt die Unterhaltung. Sie waren alle neugierig und gleichzeitig froh, das Gespräch nicht selbst führen zu müssen. Wer meistens allein auf dem Feld arbeitete, war nicht so redselig. Erst recht nicht bei Fremden.

»Dann fährst *du* also jeden Morgen mit diesem komischen Auto durch unsere Gegend«, stellte Alfred fest.

Die anderen nickten zustimmend. Sie hatten Ellens Wagen auch schon irgendwann gesehen. Er sah tatsächlich ein bisschen seltsam aus. Die Windschutzscheibe war etwas nach vorne versetzt wegen der Panzerung, und die Türen hatten nur rautenförmige Scheiben. Das fiel schon auf.

»Er ist gepanzert«, sagte Ellen beiläufig, wobei sie wusste, dass sie jetzt die volle Aufmerksamkeit von allen hatte. Das musste sie ausnutzen. »Kennt ihr eigentlich den Andreas Schuster?«

»Den Andreas? Ja klar«, sagte Alfred. Die anderen nickten wieder. »Was ist mit dem?«

»Der wollte sich umbringen.«

Jetzt fand Ellen es gut, nicht mehr im Dienst zu sein. Sie musste sich vor niemandem rechtfertigen, ob sie möglicherweise Dienstgeheimnisse verriet. Sie hatte die Freiheit, alles zu sagen, was und wie sie wollte. Außerdem würden die Leute es sowieso erfahren. Nur später. Die Antwort von Ellen verursachte erstauntes Raunen, nicht nur an ihrem Tisch. Sogar die Bedienung und der Wirt kamen näher. In einigen Gesichtern meinte Ellen einen Ausdruck zu erkennen, der so viel bedeuten konnte wie: Ich habe es doch gewusst.

»Und warum?«, fragte der Wirt das, was auch alle anderen brennend interessierte.

Ellen erzählte, wie sie Andreas am Morgen gefunden hatte. Von ihrem Besuch bei Danuta sagte sie nichts. »… warum er das tun wollte, kann ich nicht sagen«, schloss Ellen ihren Bericht. »Ich konnte ihn nicht fragen. Was glaubt ihr denn?«

Einige zuckten die Schultern, einige murmelten etwas, das Ellen nicht verstehen konnte. Ein paar sahen sich vielsagend an, aber keiner sagte etwas.

»Habt ihr keine Idee?«, legte Ellen nach.

Mehrere Männer sahen Alfred so intensiv an, als ob sie ihm eine Antwort suggerieren wollten.

»Nein«, sagte Alfred schließlich.

»Schade. Ich dachte, ihr würdet ihn kennen.«

»Andreas war nicht so beliebt«, sagte jemand, der bis jetzt still gewesen war. Er erntete umgehend einen Rippenstoß von seinem Nachbarn und einige böse Blicke von anderen. Ellen spürte, dass sie das Thema wechseln musste, wenn sie es sich nicht ganz verderben wollte, aber fertig war sie noch nicht.

»Ich habe gehört, dass hier ab und zu Männer auf den Höfen auftauchen.«

An den überraschten und zum Teil erschrockenen Reaktionen erkannte Ellen, dass sie ins Schwarze getroffen hatte.

Alfred räusperte sich. »Was für Männer?«

»Keine Ahnung. Männer, die Druck machen«, schoss Ellen einen Versuchsballon ab. Wieder ein Treffer.

»Was interessieren dich diese Männer?«, fragte ein besonders großer Mann, der sich jetzt an ihren Tisch drängte.

Ellen wollte keinen Streit. »Eh, Frauen interessieren sich halt für Männer«, sagte sie und sah ihn keck an. »Da hast du doch bestimmt nichts gegen.«

Damit hatte Ellen einige Lacher auf ihrer Seite, aber die Stimmung blieb angespannt. Ellen entschied sich zu gehen. Sie hatte eine Mauer des Schweigens angetroffen und angetastet. Hier und heute würde sie die nicht einreißen.

»Leute, ich muss los – damit morgen wieder Blut fließen kann«, verabschiedete sie sich augenzwinkernd, um sich die Optionen für später offenzuhalten.

Wieder draußen sog Ellen die klare Abendluft tief ein. Man gewöhnte sich zwar an alles, aber wenn man dann an die frische Luft kam, merkte man doch sehr, was man verpasst hatte. Zu Ellens Überraschung kam Alfred kurz hinter ihr aus dem Lokal. Er ging dicht an Ellen vorbei.

»Wenn du ein kluges Mädchen bist, hilft dir das hier weiter. Wenn nicht, ist eh alles egal«, raunte er ihr im Vorübergehen zu. Dabei drückte er ihr einen Zettel in die Hand.

Ellen ging zu ihrem Wagen. Erst als sie darinnen saß, faltete sie das Papier auseinander. Auf dem Blatt stand eine Telefonnummer. Keine Privatnummer, sondern die kostenlose Nummer einer Hotline. Ellen rief sofort an, äußerst gespannt, was für Informationen dort auf sie warten würden.

Eine angenehme Stimme meldete sich mit einer Bandansage: »Guten Tag, Sie haben die kostenlose Hotline der Firma Saatogo gewählt. Sie können uns mit Ihren Hinweisen unterstützen, um Missbrauch unseres geschützten Saatguts aufzudecken. Dadurch leisten Sie einen wertvollen Beitrag, damit wir Ihnen noch bessere Produkte anbieten können, und Sie schützen unsere ehrlichen und vertragstreuen Kunden. Sie können Ihre Hinweise anonym geben, aber für Rückfragen ist es nützlich, wenn Sie eine Adresse oder Telefonnummer hinterlassen. Wir weisen Sie darauf hin, dass es sicherer ist, von einem Festnetzanschluss anzurufen, da Handys leichter abgehört werden können. Bitte sprechen Sie nach dem Piepton.«

Ellen konnte kaum glauben, was sie da gerade hörte. Sie rief sofort wieder an, um die Ansage ein zweites Mal ablaufen zu lassen, dabei aktivierte sie die Aufnahmefunktion ihres Handys. Der Hinweis am Schluss, dass Handys leichter abgehört werden konnten, weckte unangenehme Erinnerungen, aber da war es um einen Erpresser gegangen. Das war etwas anderes. Aber was sollte das hier? In einer Hotline für Landwirte?

Bei der Vorstellung, was diese wohl modulierte Stimme wirklich wollte, lief es Ellen kalt den Rücken herunter. Das Ganze war nichts anderes als ein offener Aufruf zur Denunziation. Man konnte anonym anrufen und seinen Nachbarn anschwärzen. Der wusste nichts davon und konnte sich nicht wehren. Was war das für eine Firma, die so etwas provozierte?

4

Ellen parkte ihren Kleintransporter auf ihrem persönlichen Platz in einem Parkhaus. In der Neuruppiner Altstadt und besonders in der Nähe von Ellens Wohnung waren öffentliche Parkplätze eine Rarität, und wenn sie nicht jeden Tag lange suchen und noch länger laufen wollte, musste sie dieses Geld investieren. Das war der Preis für die besondere Wohnlage. Von einer Seite ihrer Wohnung konnte Ellen die beiden Türme der alten Klosterkirche sehen, und auf der anderen Seite hatte sie einen Blick auf die Anlegestellen der Segelboote im Hafen mit dem See dahinter. In dieser Richtung hatte Ellen sogar einen kleinen Balkon.

Verglichen mit ihrer vorigen Wohnung unter dem Dach eines relativ verwahrlosten Hauses in Berlin war das hier der reinste Luxus. Das galt allerdings nicht für die Größe. Ellens Schwester witzelte immer über Ellens Nähkästchen, wenn sie zu Besuch war. Diese Hänseleien störten Ellen nicht. Sie brauchte keine größere Wohnung, denn sie lebte allein. Trotz mancher Anläufe hatte sie die Kurve zu einer Beziehung nie gekriegt. Die wechselnden Arbeitszeiten im Polizeidienst machten Zeitplanung schwierig – und für jemanden in verantwortlicher Position nahezu unmöglich. Dazu kam das Schweigen. Mitglieder des SEK, der Sondereinsatzkommandos, durften über ihre Einsätze nicht reden. Die Leiterin erst recht nicht, aber vielleicht wurde ja jetzt alles besser.

Normalerweise ging Ellen früh zu Bett, weil sie zeitig aufstehen musste, aber der heutige Tag war nicht normal gewesen. Ellen wusste genau, dass sie keine Minute schlafen würde, wenn sie sich jetzt hinlegte. Also goss sie sich ein Glas Rotwein ein und setzte sich vor ihren Laptop. Es dauerte eine Weile, bis er hochgefahren war. Früher hatte sie ihn immer im Stand-by-Modus laufen lassen, bis man ihn ohne ihr Wissen manipuliert hatte. Jetzt lief er nur noch, wenn sie davor saß. Sie benutzte ein langes Passwort, das sie häufig wechselte, und der Laptop war gespickt voll mit Antiviren-Software und dem Schutz vor

Trojanern. Über der stecknadelkopfgroßen Kamera, die standardmäßig am Rahmen oberhalb des Monitors eingebaut war, klebte ein Pflaster. Jedes Mal, wenn sie dieses Pflaster sah – und das war täglich –, tauchten vor ihr die Bilder auf, die ein Erpresser heimlich von ihr aufgenommen hatte.

»Ich werde ihn kriegen«, hatte Ellen sich geschworen. Das Pflaster sorgte dafür, dass sie diesen Entschluss niemals vergaß.

Endlich waren die Sicherheitsüberprüfungen abgeschlossen. Ellen tippte Saatogo in die Google-Suchleiste. Sie hatte noch nie etwas von dieser Firma gehört. Nach einer halben Stunde Recherche wusste Ellen über das Wesentliche Bescheid:

- einer der größten Saatguthersteller weltweit
- hat in den letzten Jahren zahllose kleine und mittlere Saatgutfirmen aufgekauft
- starker Schwerpunkt auf Gentechnik!

Diese drei Punkte markierte Ellen mit einem orangefarbenen Textmarker, wobei sie den letzten noch mit einem Ausrufezeichen bedachte, denn der behagte ihr am wenigsten. Das schien auch anderen so zu gehen. Er war Ausgangspunkt für häufige und heftige Kritik, die Ellen bei ihrer Suche massenweise begegnete. Dazu kamen Vorwürfe, der Konzern würde seine Interessen skrupellos durchsetzen. Es schienen eine Anzahl Gerichtsverfahren am Laufen zu sein. Details waren über das Internet nicht zu erfahren, nur die Stichworte »vertragswidriger Gebrauch« und »Saatgut« tauchten immer wieder auf, dazu von anderer Seite »Erpressung« und »rüde Methoden«.

Auf seiner Website präsentierte sich Saatogo dagegen in den leuchtendsten Farben. Forschung zum Wohle der Menschheit, gegen den Hunger in der Dritten Welt, für einen verantwortungsvollen Umgang mit der Umwelt. Das klang alles gut. Zu gut, fand Ellen. Ihr eigener Anruf bei der Hotline ging ihr nicht aus dem Kopf. Sie hörte ihn nochmals von ihrem Handy ab. Das wollte so ganz und gar nicht zu der schönen Selbstdarstellung passen.

5

In der Nähe von Brüssel, mehr als siebenhundert Kilometer von Ellen entfernt, verfolgte Clark Hasels aufmerksam das Geschehen in Planquadrat T18.

Planquadrat T18 stand für Berlin und das nördliche Umland, aber das war unwichtig für Hasels. Ortsnamen interessierten ihn nicht, er dachte nur in Planquadraten. Jedes dieser Quadrate stand für eine Fläche von einhundert mal einhundert Kilometern. Ganz Europa war in solche Stücke aufgeteilt, als ob man eine Exceltabelle auf eine Europakarte projiziert hätte. So ähnlich jedenfalls funktionierte sein System.

Clark Hasels arbeitete in der Abteilung CRD, einer von unzähligen Abteilungen im Saatogo-Konzern. CRD stand für die klangvolle Bezeichnung »Customer Research and Development«, Kundenforschung und Entwicklung. Das war auch schon alles, was man in der Öffentlichkeit über diese Abteilung wusste. Den über zwanzigtausend Mitarbeitern des Konzerns ging es nicht anders. Nur die abteilungsinternen Mitarbeiter kannten die wahre Bedeutung des CRD, dazu ein kleiner Kreis ausgesuchter Personen, die der Geschäftsführung nahestanden.

Seit heute Morgen war das Planquadrat T18 in den besonderen Fokus von Hasels Aufmerksamkeit gerückt. Es hatte mehrmals kurz aufgeblinkt als Anzeichen dafür, dass in dieser Gegend irgendetwas geschah. Bei jedem Blinken verschob sich der Farbton in Richtung Rot. Das deutete auf ein erhöhtes Risiko hin. Etwas war dort in Bewegung – und zwar nicht zugunsten des Konzerns.

Hasels klickte auf T18 und zoomte das Feld heran, damit er die Details sehen konnte. Es enthielt je zwei schwarze Punkte und einen grauen. Jeder schwarze Punkt, von denen es über die ganze Tabelle verstreut gut zwei Dutzend gab, stand für den Selbstmord eines Endkunden. Das war für gewöhnlich ein Landwirt. Zwei je Planquadrat war für europäische Verhältnisse viel. Auf anderen Kontinenten waren es mehr, wusste Hasels von seinen Kollegen, aber da galten andere Maßstäbe. Die beiden Punkte in T18 waren ärgerlicherweise keine Ausnahme. Auch die benachbarten Planquadrate wiesen je einen Punkt auf. Das war ein untrügliches Anzeichen dafür, dass in dieser Gegend grundsätzlich etwas nicht stimmte, und Hasels' Aufgabe war es, genau das herauszufinden und abzustellen.

Am heutigen Morgen war ein grauer Punkt hinzugekommen. Grau stand für einen Selbstmordversuch. Damit hatte die Unruhe in T18 erst richtig begonnen. Nicht lange nach dem Erscheinen dieses Punktes war zweimal die Hotline angerufen worden, jedoch ohne dass jemand eine Nachricht hinterlassen hatte. Das war in diesem Zusammenhang verdächtig.

Hasels rief Rob zu sich. »Finde den Anrufer heraus und mache einen Namensabgleich!«

Rob hieß eigentlich Roberta Schuller, war noch nicht allzu lange beim CRD und musste immer alles genau erklärt bekommen. Lästig, fand Hasels.

Fünf Minuten später stand Roberta mit einem Zettel vor Hasels. »Der Anruf kam von einer Ellen Faber. Sie ist auf keiner der Listen mit Landwirten in diesem Planquadrat verzeichnet.«

Hasels verdrehte die Augen. »Wer ist sie dann, zum Teufel? Muss ich jede Information extra bestellen?«

Roberta zog ab, um bald darauf mit einem neuen Zettel zu erscheinen.

»Sie ist eine Expolizistin«, las Roberta vor.

Das gefiel Hasels ganz und gar nicht.

»Anschrift«, befahl er, »und die IP-Adresse ihres Computers. Aber schnell!«

Während Roberta sich aufmachte, um die gewünschten Informationen zu besorgen, rief Hasels ein spezielles Computerprogramm auf. Er tippte die Handynummer von Ellen in ein Feld und wählte das Menü »Analyse«. Ungeduldig verfolgte Hasels den Fortschrittsbalken, der sich langsam von links nach rechts auffüllte. Normalerweise hätte er jetzt schon die Handymarke und die Softwareversion angezeigt bekommen, was die Ausgangsbasis für weiter gehende Manipulationen war. Nichts. Der Balken quälte sich weiter voran. Am Ende angekommen erschien die Meldung:

Keine Analyse möglich.

»Scheiße!«, fluchte Hasels vor sich hin. Der Anruf war von einem Handy gekommen, das man nicht von außen anzapfen konnte. Das war selten – und damit verdächtig.

Übel gelaunt riss Hasels Roberta den neuen Zettel aus der Hand, bevor sie ihn vorlesen konnte. Er tippte die IP-Adresse in ein weiteres Programm, das auf das Eindringen in fremde Rechner spezialisiert war. Er musste einen Moment warten, was seine Laune nicht besserte. Wieder nichts.

»VERDAMMT NOCH MAL! Was soll dieser Mist?« Jetzt wurde es lästig.

»Könnten wir nicht von außen …«, versuchte Roberta einen Vorschlag.

Hasels ließ sie nicht ausreden. »Natürlich können wir sie von außen beobachten, aber das kann ich nicht leiden. Ich will sofort und selbst herausfinden, was los ist.«

Roberta zuckte die Schultern. Hasels sah es nicht. Er tippte bereits neue Befehle in seinen Rechner. »So leicht entwischst du uns nicht«, murmelte er dabei.

Nach einiger Zeit lehnte er sich zurück. Er hatte auf den Servern, über die Ellen Faber ins Internet ging, einige kleine Programme installiert, die die Internetaktivitäten ihres Rechners auswerteten und auch zukünftig protokollierten. Damit konnte er zwar nicht auf ihren Computer zugreifen, aber immerhin sehen, was sie im Internet trieb. Auf seinem Bildschirm baute sich eine Liste mit Internetadressen von Seiten auf, die Ellen besucht hatte.

»Sie recherchiert über Saatogo«, murmelte Hasels. »Sie ruft eine ganze Reihe kritischer Seiten auf.«

Hasels ließ seinen Rechner jedes Detail aufzeichnen. Dann wandte er sich wieder an Roberta, die schon mehr als ungeduldig wartete. »Du wirst mir ein Dossier über diese Ellen Faber zusammenstellen. Sofort.«

»Aber …«

Hasels wusste, dass Roberta viel Wert auf ihren Feierabend legte, zumal sie heute schon um einiges länger geblieben war.

»Wenn ein Planquadrat auf Rot steht, gibt es keinen Feierabend.«

Damit wandte sich Hasels der Übersicht zu und setzte per manueller Steuerung das Feld T18 auf Rot. Dann griff er zum Telefon und rief eine Nummer an, die auf dem Feld vermerkt war.

»Wir haben eine kritische Person«, sagte er in den Hörer. Er nannte Ellens Namen und Adresse. »Beobachten und alles herausfinden, was möglich ist. Report umgehend an mich.«

Hasels wandte sich wieder der Liste mit den besuchten Internetseiten zu. Die letzte Seite war die einer örtlichen Zeitung.

»Ich weiß, was du vorhast, Mädchen«, sagte Hasels zu sich selbst, »aber diesen Spaß werde ich dir verderben.«

Seinen Plan zu realisieren würde ihn eine gute halbe Stunde Zeit kosten, aber die Vorstellung, Ellen dadurch ins Leere laufen zu lassen, war ihm diesen Aufwand wert.

6

Nachdem Ellen am nächsten Tag ihre Blutproben abgeliefert hatte, machte sie einen kleinen Abstecher zum Märkischen Tageblatt. Das war die Nachrichtenquelle der Umgebung. Selbst kleinste Ereignisse fanden ihren Platz, und wenn es nur ein Dreizeiler im Lokalteil war. Wenn ihre Vermutung stimmte, dann war Andreas Schubert möglicherweise kein Einzelfall.

Kurz vor dem Eingang blieb Ellen stehen und rekapitulierte die Geschichte, die ihr den Zugang zum Archiv verschaffen sollte. Falls das wider Erwarten nicht gelang, hatte sie noch einen Plan B in Reserve. So vorbereitet trat Ellen in die Eingangshalle und auf die Dame an der Rezeption zu. Ellen kam nicht weit beim Aufsagen ihres Satzes.

»Ins Archiv wollen Sie?«, unterbrach die Dame. »Da wird sich Onkel Alfred aber freuen.«

»Onkel Alfred?« Ellen war sich plötzlich nicht mehr sicher, die Frau richtig verstanden zu haben.

»So nennen ihn alle hier«, erklärte die Dame, »weil er schon länger da ist als alle anderen im Haus und unser Onkel sein könnte. Aber seit wir durch Computer direkt aufs Archiv zugreifen können, geht kaum noch jemand zu ihm runter.«

Die Frau deutete zur Tür, die ins Treppenhaus führte. »Am besten nehmen Sie die Treppe. Dann ist es unten die erste Tür links.«

Gespannt auf »Onkel« Alfred ging Ellen die wenigen Stufen hinunter. Das lief einfacher als gedacht.

Das Archiv war nur mäßig beleuchtet. Bis unter die Decke hingen Zeitungen, sauber aufgereiht in speziellen Halterungen. Das System war überaus einfach: Die Zeitungen hingen chronologisch in jahrgangsweisen Blöcken. Die alten Jahrgänge ganz oben. Ellen staunte über die unzähligen Regalmeter. Der ganze Raum roch nach Geschichte – und nach Unmengen Altpapier.

Ellen scheute sich, »Onkel Alfred« zu rufen. Einen Nachnamen wusste sie nicht. Also beschränkte sie sich auf ein neutrales: »Ist hier jemand?«

Zuerst hörte Ellen ein Schlurfen. Dann tauchte eine Gestalt aus einem Seitengang auf und kam auf Ellen zu. Kein Zweifel, das war Onkel Alfred. Seine Haut schien sich den abgelegten Zeitungen angeglichen zu haben. Sie wirkte dünn, war bleich und etwas zerknittert.

Eigentlich müsste er schon lange in Rente sein, dachte Ellen. *Vielleicht haben ihn nicht nur die Redakteure im Haus, sondern auch die Mitarbeiter der Rentenversicherung vergessen.*

»Was wollen Sie?«, fragte Alfred mit einer trockenen Stimme, die ein bisschen an das Rascheln von Papier erinnerte.

»Ich möchte gerne etwas im Archiv nachschlagen«, sprach Ellen das Offensichtliche aus.

»Bitte, gerne. Bedienen Sie sich.« Dabei machte Alfred eine ausholende Handbewegung zu den Regalen hin, mit der er Ellen einzuladen schien, alle seine Schätze zu lesen. So hatte sich Ellen das nicht vorgestellt. Sie hatte weder Lust noch Zeit, kubikmeterweise Papier zu lesen.

»Haben Sie keinen Computer hier?«

Schlagartig wich jegliche Freundlichkeit aus Alfreds Gesicht.

»Computer.« Alfred spuckte das Wort aus wie ein faules Stück Apfel. »Alle wollen nur Computer.«

Alfred schien zu überlegen, ob Ellen es wert war, dass er auch nur noch ein Wort mit ihr wechselte.

»Kommen Sie mit«, sagte er mürrisch und schlurfte los.

Der Computer stand anscheinend am anderen Ende des Archivs. Alfred benötigte fast eine Minute, um die Länge eines Jahrgangs abzulaufen.

»Sie mögen keine Computer?«, versuchte Ellen, die Zeit zu nutzen und die Stimmung etwas zu verbessern.

»Merkt man das?«, fragte Alfred raschelnd zurück. »Computer haben mir meine Arbeit genommen. Früher, als es sie noch nicht gab, da war ich Schriftsetzer. Da hat man die Buchstaben in Metall gegossen. Da hatte eine Nachricht noch richtiges Gewicht.«

Ellen versuchte, es sich vorzustellen, eine in Metall gegossene Nachricht. Es fiel ihr schwer.

»Heute«, fuhr Alfred fort, »da bauscht man alles zu einer Nachricht auf. Jeden Fliegendreck. Und dann wird sie getwittert.«

Ellen war erstaunt, dass Alfred dieses Wort überhaupt kannte. Wahrscheinlich, weil diese Sache sein Feind war.

»Und wie lange halten diese vermeintlichen Nachrichten? Nach ein paar Minuten kommt schon die nächste«, beantwortete Alfred seine eigene Frage. »Was ist das gegen das hier?«

Alfred klopfte im Vorbeigehen gegen ein Bündel Zeitungen. Eine kleine Wolke Staub breitete sich aus und machte das Atmen noch schwerer als vorher.

Immerhin stauben getwitterte Nachrichten nicht, dachte Ellen, aber sie sprach es nicht aus. Zu ihrer Erleichterung kam der Computer in Sicht.

Noch drei Jahrgänge bis dahin, also etwa zwei Minuten.

Alfred zog eine Abdeckplane von Monitor und Tastatur, was eine neue Staubwolke hervorrief.

»Wird nicht oft gebraucht«, kommentierte Alfred.

Das sah Ellen selbst. Sogar mit ihrem spärlichen Wissensstand über Computer war erkennbar, dass sie ein älteres Modell vor sich hatte. Der Monitor war noch ein mächtiger Klotz anstatt flach. Die Farbe war ungleichmäßig angegilbt. Manche Buchstaben auf der Tastatur waren so abgewetzt, dass Ellen sie nicht mehr lesen konnte.

Man hat wohl das älteste Teil eines Redakteurs hier unten entsorgt und dann vergessen. Hoffentlich funktioniert es überhaupt.

»Mit diesem Ding müssen Sie selber klarkommen«, stellte Alfred fest. Er konnte Ellen nicht helfen oder wollte nicht. Wahrscheinlich beides.

Das Betriebssystem war älter als alles, was Ellen kannte, aber nach ein paar Versuchen kam sie zurecht. Zum Glück war ihre Aufgabenstellung nicht besonders anspruchsvoll. Sie wollte nur nach wenigen Stichworten suchen.

Ellen entschied sich für die Volltextsuche und tippte »Saatogo« ein. Der übliche Fortschrittsbalken erschien, aber es tat sich nichts. Erst nach einigem Warten entdeckte Ellen eine Veränderung. Es war wohl doch zu viel Text, der durchsucht werden musste. Bis zu einem Ergebnis wäre Ellen verhungert. Sie brach ab und schränkte die Suche zeitlich ein. Zehn Jahre waren immer noch zu viel. Drei ging einigermaßen zügig. Während Ellen herumprobierte, schlurfte Alfred um sie herum. Er war sichtlich unzufrieden. Jetzt kam endlich jemand zu ihm – und kümmerte sich doch nur wieder um dieses verhasste Gerät.

Ellen erhielt keine Ergebnisse. Nun gut, »Saatogo« war auch kein geläufiger Begriff. Vielleicht schaffte er es nicht bis in das Märkische Tageblatt. Viel wichtiger war Ellen sowieso das nächste Wort: »Selbstmord«. Das musste es zu hundert Prozent geben. Ellen wählte wieder die letzten drei Jahre.

Das Ergebnis kam.

Keine Treffer zu Ihrer Suche

Das konnte unmöglich sein.

Vielleicht habe ich mich vertippt.

Ellen startete einen neuen Suchlauf. Gleiches Ergebnis. Nichts. Jetzt war Ellen ratlos. Sogar Alfred merkte ihr das an.

»Geht nicht, hä?«, fragte er, als ob er das schon vorher gewusst hätte.

»Nein«, gab Ellen zu.

»Das ist immer so. Computer sind Schrott. Mal stürzen sie ab, mal fehlt ein Passwort, mal sind Daten verloren. Nie klappt alles. Sag ich doch.«

»Es müsste aber.«

»Das sagen sie alle«, behauptete Alfred.

Während er weitere Argumente gegen Computer aufzählte, startete Ellen eine andere Suche zur Probe. Zu »Auto« kamen unzählige Verweise auf Artikel und ebenso zu »Mord«. Nur was sie suchte, funktionierte nicht. Alfred war gerade bei dem Punkt angekommen, dass Zeitungen nie abstürzten, man sie auch nach zehn Jahren noch lesen konnte und keine Daten verloren gingen.

Ellen stutzte. Irgendetwas hatte Alfred gesagt, das wichtig für sie war. Bloß was? Sie kam nicht drauf. Stattdessen begann sie daran zu zweifeln, dass sie auf dem richtigen Weg war. Sie wusste aus Erfahrung, dass es leider nicht nur Anfängern passierte, dass sie sich bei polizeilichen Ermittlungen an einer Idee festbissen und gar nicht mehr offen waren für andere Gedanken.

Vielleicht liege ich selbst falsch? Vielleicht bilde ich mir nur einen Fall ein, wo es überhaupt keinen gibt?

»Was suchen Sie denn?«, riss Alfred Ellen aus ihren Gedanken.

»Ich möchte wissen, ob es hier in der Gegend in der letzten Zeit Selbstmorde gegeben hat.«

»Natürlich hat es das.«

»Aber in den Nachrichten steht nichts davon.«

Alfred sah Ellen mitleidig an. »In dem *Ding* da vielleicht nicht, aber in den *Zeitungen* steht es.«

Das kann nicht sein, wollte Ellen sagen, aber sie entschied sich kurzerhand anders. »Können Sie mir das zeigen?«

»Selbstverständlich. Kommen Sie mit.«

Auf einmal wirkten die Falten in Alfreds Gesicht glatter. Er schlurfte auch schneller an den Jahrgängen entlang. Die Gelegenheit, es diesem »Ding da« mal so richtig zu zeigen, motivierte Alfred ungemein. Er schien um Jahre jünger geworden zu sein. Ellen folgte ihm gespannt.

Jetzt hatten sie den aktuellen Jahrgang erreicht. Alfred begann zu wühlen. Da die Zeitungen noch nicht so lange hingen, hielt sich die Staubentwicklung in Grenzen.

»Hier drin steht was.«

Alfred hakte eine Aufhängung aus ihrer Halterung und drückte Ellen die Zeitung in die Hand. Mit einem »Und hier drin« von Alfred kam schon die nächste Zeitung. Und noch eine. Und dann noch eine. Ellen konnte es kaum glauben, aber noch hatte sie nur die Zeitungen in der Hand und keinen Artikel wirklich gelesen. Alfred führte Ellen zu einem Lesetisch. Im Gegensatz zu dem Computer war der staubfrei. Alfred nahm Ellen eine Zeitung aus der Hand, blätterte kurz darin herum und deutete schließlich auf einen Artikel.

Ellen staunte. »Sie wissen alles, was dadrin steht?«

»Selbstverständlich«, sagte Alfred wieder. Er tippte sich gegen die Stirn. »Hier ist mehr drin als in dem Ding dahinten. Aber mich fragt ja keiner«, fügte er bedauernd hinzu.

»Wenn ich noch mal etwas wissen will, werde ich Sie fragen. Das verspreche ich.«

Alfred strahlte. »Wollen Sie noch mehr Artikel haben?«

»Danke«, wehrte Ellen ab. »Das reicht fürs Erste.« Sie zögerte kurz. »Haben Sie auch einen …?«

»Kopierer?«, erriet Alfred ihre Gedanken. »Ja, sicher. Der ist auch nicht ganz so alt wie der Computer.«

Das stimmte, stellte Ellen fest. Er war nur halb so alt. Immerhin schien Alfred den Kopierer nicht als Konkurrenz zu sehen. Die Kopien waren zwar etwas blass, aber Ellen war sehr zufrieden. Eine Sache musste sie aber doch herausfinden.

»Darf ich noch mal an den Computer?«

Alfred sah sie irritiert an. »Warum? Genügt Ihnen das nicht?«

»Doch. Aber ich möchte Ihnen beweisen, dass Sie wirklich besser sind.«

Diesen Grund ließ Alfred gelten. Ellen nahm eine Zeitung mit, schlug einen beliebigen Artikel auf und tippte ein passendes Suchwort ein. Der Computer fand den Artikel problemlos. Nur die Suchwörter zu dem Artikel über den Selbstmord brachten kein Ergebnis. Es war, als hätte es diesen Artikel nie gegeben.

Alfred hatte sich ein Lob reichlich verdient, fand Ellen. »Wenn ich Sie nicht gehabt hätte, hätte ich diese wichtigen Nachrichten niemals gefunden.«

Alfred sah Ellen dankbar an. Sie wusste, dass sie einen neuen Freund gefunden hatte.

»Kommen Sie bald wieder«, bat Alfred zum Schluss. »Sie dürfen so viel suchen, wie Sie wollen.«

Ellen verließ das Redaktionsgebäude mit den Ergebnissen ihrer Suche in der Hand. Sie war zufrieden mit ihrem Erfolg – einerseits. Andererseits bedauerte sie fast, dass sie mit ihrer Vermutung nicht falsch gelegen hatte. Die Menschen, die sich das Leben genommen hatten, taten ihr leid. Genauso die Angehörigen. Hinter jeder gefundenen Nachricht verbarg sich eine menschliche Tragödie.

Aber neben den Toten gab es etwas, das fast noch beunruhigender war: Da gab es jemanden, der unbedingt verhindern wollte, dass man sich mit diesen Selbstmorden beschäftigte. Und derjenige besaß ganz offensichtlich beträchtliche Mittel.

7

Zwei Minuten, nachdem Ellen das Redaktionsgebäude verlassen hatte, erschienen die ersten Fotos von ihr auf Clark Hasels Rechner. Er sah, dass Ellen klein war, aber ihre ganze Körperhaltung warnte ihn, diese Frau zu unterschätzen. In der Hand hielt sie mehrere Papiere. Die Schrift konnte er nicht lesen, aber nur ein Idiot hätte in den Blättern keine Fotokopien vermutet.

Hasels zoomte Ellens Gesicht auf Bildschirmgröße heran.

Sie macht einen zufriedenen Eindruck. Diese Frau hat bekommen, was sie gewollt hat.

Hasels stieß einen üblen Fluch aus. Er wusste genau, wonach Ellen in den Archivsystemen gesucht hatte. Und er wusste ebenso genau, dass die gesuchten Artikel auf Nimmerwiedersehen aus den Dateien verschwunden waren. Er hatte sie persönlich gelöscht. Der Teufel musste ihr geholfen haben, wenn sie nun die Artikel trotzdem besaß.

So kann das nicht weitergehen.

Hasels griff wieder zum Hörer.

»Was machst du für ein Gesicht, Boris?«, fragte Alexej seinen Kollegen, als der das Handy aus der Hand legte.

»Hasels war dran. Er ist wütend.«

Alexej verzog sein Gesicht zu einer Grimasse. »Was will der faule Sack? Sitzt nur in seinem Büro und stänkert herum.«

So wagte Alexej nur zu reden, wenn Hasels weit weg war. Das war meistens der Fall, er hatte Hasels erst zweimal gesehen. Der Kontakt verlief üblicherweise per Telefon und dann auch noch über Boris, der als Kopf ihres Zweierteams fungierte. Boris war zwar kleiner als Alexej, aber deutlich intelligenter. Sein Deutsch war akzentfrei, denn er war in Berlin geboren. Boris hatte sogar die mittlere Reife bestanden, wenn auch mit Ach und Krach, was nicht an mangelnder Intelligenz lag. Boris interessierte sich eben mehr für Wrestling als für Vokabeln. Im Grunde war er sogar ziemlich clever, weshalb Hasels ihn eingestellt und ihm sogar einige Weiterbildungskurse spendiert hatte. Der andere Grund war sein Aussehen, das dem eines voluminösen Kühlschranks entsprach. Kein Wunder, dass er in seinem Job bei einem Inkasso-Unternehmen eine ganze Reihe von Erfolgen aufzuweisen hatte. Aber Hasels zahlte besser. Viel besser. Und der Job war kaum anders.

Alexejs Karriere bestand aus einem Job als Türsteher vor einer Russendisco. Das war nicht besonders schwierig für ihn gewesen, weil er eben auch aussah wie ein Kühlschrank – nur mit zusätzlichem Gefrierteil. Alexej trauerte gelegentlich diesem früheren Job nach. Das Geld war knapper gewesen, aber die Frauen … Sie waren irre heiß. Besonders, wenn sie unbedingt in spezielle Veranstaltungen wollten, in die nicht jede hineinkam. Es war schon cool, was es da für Gegenleistungen gab. Das konnte Hasels nicht bieten. Bei dem ging es nur um langweiliges Bauernvolk. Alexej spielte gelegentlich mit dem Gedanken, wieder zu kündigen. Einzig seine geistige Trägheit hielt ihn davon ab.

»Diese Ellen Faber schnüffelt zu viel herum«, klärte Boris seinen Kollegen über das Telefonat auf. »Sie hat sich Unterlagen verschafft, die sie nichts angehen. Wir sollen sie ab jetzt nicht mehr aus den Augen lassen.«

Dabei zeigte er auf Ellen, die gerade ihren Wagen aus der Parklücke bugsierte.

Alexej schnalzte mit der Zunge. Vielleicht bot sich bald etwas Abwechslung. Ellen Faber kam zwar nicht an die Discogirls heran, aber sie war doch interessanter als die Bauern und Bäuerinnen, mit denen sie sonst zu tun hatten.

Boris erriet Alexejs Gedanken. »Unauffällig«, schnauzte er.

»Wie langweilig. Ein bisschen Action wäre schön.«

»Halt die Klappe und fahr hinter ihr her. Aber so, dass sie uns nicht entdeckt.«

Das war schwieriger als gedacht, denn Ellen fuhr aufs Land hinaus. Dort gab es wenig Verkehr, und sie mussten einen großen Abstand einhalten. Dazu kam, dass die Straßen manchmal lange geradeaus führten, weshalb der Abstand zeitweise sehr groß wurde. Umso mehr Gas musste Alexej geben, wenn es doch in einen Ort hineinging, damit sie den Anschluss nicht verpassten.

Fast wären sie an dem kleinen Kiosk kurz hinter dem Ortseingang vorbeigerast. Glücklicherweise stach Ellens Auto aus den anderen heraus. Boris entdeckte es im letzten Moment. Ihr eigener Wagen, ein schwarzer Mercedes C-Klasse mit dunkel getönten Scheiben war auch nicht gerade unauffällig. Normalerweise half das bei ihrer Aufgabe, wenn sie Leute einschüchtern sollten. Ihren heutigen Auftrag machte es schwieriger, aber das konnten sie nicht mehr ändern.

Alexej parkte den Mercedes einhundert Meter weiter neben einem Altpapiercontainer. Er fuhr so nah wie möglich daran, um nicht entdeckt zu werden. Fast hätte er den Seitenspiegel abgebrochen.

»Pass auf, du Idiot!«, brüllte Boris.

»Machs besser«, brüllte Alexej zurück. »Was will die Frau eigentlich da?«

»Woher soll ich das wissen? Vielleicht fragt sie nach dem Weg.«

»Was bist du blöd. Jeder hat heute ein Navi.«

Boris lag mit seiner Vermutung richtig. Aus den Zeitungsartikeln kannte Ellen nur die Ortsteile und die Namen, zu wenig für ihr Navigationsgerät. Die genaue Adresse über Internet zu recherchieren, war Ellen zu unsicher. Es gab Namensdopplungen, und nicht jeder stand im Telefonbuch oder in Adressverzeichnissen.

Es ging einfacher und schneller. In diesen kleinen Orten kannte jeder jeden, und bei einem Selbstmord erst recht. Den Erstbesten am Ortseingang zu fragen, genügte vollauf, und Ellen wusste, wohin sie fahren musste. Das war der einfachste Teil der Aufgabe. Viel schwieriger war die Kontaktaufnahme zu Wildfremden, die sie dann auch noch zu einem traumatischen Erlebnis befragen wollte.

Alexej hatte sein Parkmanöver gerade erst abgeschlossen, da startete Ellen schon wieder. Mit einem recht kurzen Abstand setzte Alexej sich wieder hinter sie.

»Lange geht das nicht gut«, meinte er.

»Ich kann nichts dran ändern. Noch nicht. Ich brauche nur eine Minute, in der ich unbeobachtet an ihr Auto kann.«

Boris sollte diese Gelegenheit bald bekommen, denn Ellen bog in den Hof eines Bauernhofs ein und parkte direkt hinter dem Tor. Alexej stoppte den Mercedes auf der Straße kurz vor der Einfahrt, sodass sie gerade in den Hof sehen konnten. Boris wartete, bis Ellen in dem Haus verschwunden war, dann rannte er gebückt zu ihrem Wagen. In der Hand hielt er ein streichholzschachtelgroßes Kästchen. In genau einer Minute kam er ohne das Kästchen zurück.

»So, der Sender ist dran. Jetzt zisch ab, sonst erwischt sie uns doch noch.«

Alexej setzte zurück, um nicht an der Einfahrt vorbeifahren zu müssen. Boris angelte währenddessen einen Laptop von der Rückbank.

»Weißt du eigentlich, wo wir sind?«, fragte Alexej beiläufig.

»Nö.«

»Hier waren wir schon mal. Und kurz darauf hat sich der Kerl umgebracht.«

Boris erstarrte. Alexej hatte recht. Jetzt erinnerte er sich auch. Über der Hektik wegen des Senders war ihm das gar nicht aufgefallen. Plötzlich wusste er auch, was die Faber hier wollte und warum Hasels sie beobachten ließ.

Boris wählte die Nummer von Hasels, um ihn über den Besuch in Kenntnis zu setzen.

Rechts neben der Haustür gab es eine einfache Klingel. »Heinz und Maria Pawelek« stand auf dem Schild. Als Ellen daraufdrückte, gab es ein kratziges Geräusch. Hinter einem Fenster bewegte sich etwas, sonst tat sich nichts. Ellen klingelte wieder. Beim dritten Mal wurde die Tür einen Spaltbreit geöffnet, gerade so weit, wie eine dicke Kette reichte. So eine Kette hatte Ellen selbst in Berlin nicht gesehen.

»Was wollen Sie?«, fragte eine abweisende Stimme. Das musste Maria sein. Sie war deutlich älter als Ellen oder Danuta.

Ellen erzählte in kurzen Stichworten, was sie mit Andreas Schuster erlebt hatte. Maria öffnete sich zusehends.

»Kommen Sie herein.«

Die Kette wurde gelöst.

»Sie müssen verstehen. Ich will nicht mit jedem reden«, sagte Maria entschuldigend.

»Kein Problem.«

Maria erweckte den Eindruck einer eingeschüchterten, verzweifelten Frau. Sie ging gebeugt in die große Küche und setzte sich auf einen Stuhl. Die Hände legte sie gefaltet in ihren Schoß und sah einfach zu Boden. Ellen setzte sich schweigend neben sie und überlegte, wie sie anfangen sollte. Sie hatte so viele Fragen.

Glücklicherweise schien Maria jetzt reden zu wollen. Anfangs stockend, dann immer flüssiger erzählte sie von ihrem Mann. Mitten in einem Satz begann das Telefon zu klingeln. Schrill und altmodisch. Maria sah überrascht auf. Es gab nur selten Anrufe. Ellen verwünschte den Apparat. Gerade jetzt, wo es für sie spannend wurde, musste er stören.

Ellen verfolgte ungeduldig, wie Maria sich aufrappelte und unsicher den Hörer ans Ohr presste. Es konnten keine guten Nachrichten sein. Maria wirkte zuerst ungläubig. Dann stand die blanke Angst in ihren Augen. Sie sagte während der ganzen Zeit kein einziges Wort. Zitternd legte sie den Hörer wieder auf.

»Gehen Sie jetzt«, sagte Maria kaum verständlich.

Ellen zögerte.

»Sie müssen gehen!«, forderte Maria deutlich lauter.

»Werden Sie bedroht?«, versuchte Ellen, die Situation zu retten.

Ohne eine Antwort ging Maria zur Tür und öffnete sie. Sie zitterte am ganzen Körper. Ellen sah ein, dass weiteres Drängen keinen Zweck hatte. Trotzdem wollte sie mindestens eine Information mitnehmen.

»Von wem haben Sie Saatgut gekauft? Ich gehe nicht, bis Sie mir das sagen.«

»Saaten-Schlaub«, sagte Maria widerwillig. »Und jetzt gehen Sie. Bitte!«

»Ich wünsche Ihnen alles Gute.« Was sonst eine billige Floskel war – in diesem Moment wünschte Ellen Maria das wirklich aus ganzem Herzen.

Draußen vor dem Tor sah Ellen sich kritisch nach allen Seiten um. Es gab nichts Ungewöhnliches zu sehen. Trotzdem war sie beunruhigt.

Irgendetwas stimmt hier nicht. Dieser Anruf ist kein Zufall gewesen.

Die nächsten Versuche verliefen noch ernüchternder. Niemand machte überhaupt die Tür auf. Kein Einziger. Dabei war in den meisten Fällen offensichtlich, dass jemand zu Hause war. Für Ellen war die Sache eindeutig. Die Leute waren vorgewarnt. Beim ersten Mal war der Anrufer nicht schnell genug gewesen, später dann doch.

Sie wissen, wo ich hinfahre. Ich werde beobachtet.

Der letzte Besuch würde anders ablaufen. Eine Firma konnte man nicht einfach verrammeln. Ellen kannte Saaten-Schlaub vom Vorbeifahren. Die Gebäude lagen an der B 167 kurz vor Neu-Ruppin, also auf ihrem Weg nach Hause. Die Firma war nicht sonderlich groß, sie belieferte die Landwirte der Region mit Saatgut und anderem Verbrauchsmaterial.

Ellen kam kurz vor Geschäftsschluss an. Nach den Erfahrungen der letzten Stunden rechnete sie auch hier nicht mit einem freundlichen Empfang, und genauso kam es auch. Sobald sie ins Blickfeld der Empfangsdame kam, froren deren Gesichtszüge ein, aber weglaufen konnte sie nicht. Sie musste noch zehn Minuten hinter ihrem kleinen Tresen aushalten.

»Kann ich bei Ihnen Saatgut kaufen?«, fragte Ellen ganz neutral.

Die Antwort kam gezwungenermaßen und so knapp wie möglich: »Ja.«

»Und auch Dünger und Pestizide?«

»Pflanzenschutzmittel und Schädlingsbekämpfungsmittel«, korrigierte die Dame bissig. Der Sammelbegriff »Pestizide« war in der Branche äußerst unbeliebt.

»Darf ich fragen, von wem Sie Ihre Ware beziehen?«

»Das dürfen Sie nicht. Das geht Sie gar nichts an.«

Ellen wies schmunzelnd auf das riesige Plakat hinter der Frau. Es zeigte einen fröhlichen Bauern auf seinem Traktor. Eine attraktive Frau stand daneben. Hinter dem Traktor sah man ein erntebereites Feld und zwei blonde Mädchen mit einem Hund. Die perfekte Werbe-Idylle. Darüber der Schriftzug »Saatogo –

wir arbeiten für Ihren Erfolg«. Rundherum hingen ähnliche Plakate an den Wänden.

»Sie verraten mir kein Betriebsgeheimnis, wenn Sie mir sagen, dass Sie von Saatogo beliefert werden. Ich sehe keine anderen Plakate. Ist das Ihr einziger Lieferant?«

Die Frau schwieg.

»Dann grüßen Sie mir mal die Leute von Saatogo, die Sie eben angerufen haben und die nicht wollen, dass Sie mit mir sprechen.«

Das war zwar nur eine Vermutung, aber die eine Sekunde, in der ein Anflug von Überraschung über das Gesicht der Frau wehte, war Ellen Bestätigung genug. Sie wusste, was sie wissen wollte.

Ellen lehnte sich auf den Tresen und sah die Frau an. »Wenn Saatogo so glücklich macht wie auf diesen schönen Bildern, warum sehen Sie dann so verkniffen aus?«

Ellen drehte um und ging nach draußen. Wenn Blicke töten könnten – Ellen hätte den kurzen Weg bis zur Tür nicht überlebt.

Es tat gut, wieder an der frischen Luft zu sein. Ein kritischer Rundblick ergab erwartungsgemäß nichts. Ihre Verfolger waren gut. Dass es sie gab, stand außer Zweifel. Ellen war nur noch nicht klar, wie sie überwacht wurde. Lokalisierte man sie über ihr Handy? Oder hatte man einen Peilsender an ihren Wagen angebracht?

Ellen tippte auf Letzteres. Sie wollte ihren Wagen aber nicht untersuchen, denn das würden ihre Verfolger wahrscheinlich mitkriegen. Dann waren sie gewarnt und würden demnächst vorsichtiger sein. Außerdem war der Peilsender das geringere Problem. Ellen musste wissen, wer hinter ihr her war.

»Dann wollen wir euch mal eine kleine Falle stellen«, sagte Ellen zu sich selbst. »Mal sehen, wie gut ihr wirklich seid.«

Ellen rief die Nummer eines kleinen, privaten Taxiunternehmens an. Dort würden sie am ehesten auf ihr Anliegen eingehen. Ellen musste das Doppelte des üblichen Fahrpreises bieten plus fünfzig Euro extra. Ziemlich viel, fand sie, aber sie wollte unbedingt Klarheit.

Der vereinbarte Treffpunkt lag in der Nähe des Bahnhofs. Um

diese Zeit war dort viel los. Die Pendler aus Berlin kamen zurück, liefen zum Teil kreuz und quer über die Straßen zu ihren Autos, um so schnell wie möglich nach Hause zu kommen. Genau das richtige Umfeld für Ellen. Ein Taxi stand in einer Parkbucht. Mit einem kurzen Aufblinken signalisierte der Fahrer, dass er Ellen entdeckt hatte. Kein Wunder, Ellens Wagen war unverwechselbar. Sie wendete bei der nächsten Gelegenheit, fuhr zu der Parkbucht und hielt einfach neben dem Taxi auf der Straße. Dass die Autos hinter ihr aufgeregt hupten, störte sie nicht.

Ellen stieg aus, ließ ihren Wagen mit laufendem Motor stehen und ging schnell zu dem Taxi hinüber. Der Fahrer machte ihr auf seinem Sitz Platz und ging zu Ellens Wagen.

»Den Weg wie besprochen«, rief Ellen ihm nochmals zu. Der Mann signalisierte mit seinem erhobenen Daumen sein Okay. Dann fuhr er mit Ellens Wagen davon. Die ganze Aktion dauerte nur wenige Sekunden.

Ellen wartete die nachfolgenden Autos ab und versuchte, ein paar verdächtige herauszufiltern. Der Audi Q5 da vorne könnte es sein oder der Mercedes mit den dunklen Scheiben. Vielleicht auch der kleine Kastenwagen vom Pizzadienst. Ellen speicherte die auffälligsten in ihrem Gedächtnis ab. Jetzt war es Zeit aufzubrechen. Auf dem kürzesten Weg fuhr sie an einen bestimmten Punkt in Berlin und suchte eine gute Stelle zum Beobachten. Wenn der Taxifahrer wie vereinbart mit ihrem Wagen den längeren Weg gefahren war, müsste er bald hier sein.

Da kam er schon – und fuhr wie besprochen weiter. Ellen wartete gespannt. Kaum war ihr Wagen außer Sicht, tauchte der dunkle Mercedes auf.

»Hab ich euch«, murmelte Ellen.

Durch die Scheiben konnte sie die Gesichter nicht erkennen. Es waren zwei Männer, ein größerer und ein etwas kleinerer. Das war's schon.

Die Männer, von denen Danuta gesprochen hat und die wahrscheinlich mit ihren Telefonaten alle Leute eingeschüchtert haben, mit denen ich reden wollte.

Ellen hatte nur ein ziemlich unanständiges Wort für die beiden übrig. Sie verzichtete darauf, hinter ihnen herzufahren, denn sie kannte das Ziel ja schon. Der Taxifahrer brachte ihren Wagen auf einem Umweg zu ihrem Parkplatz im Parkhaus. Ellen fuhr auf direktem Weg dorthin. Sie parkte das Taxi gut sichtbar vor der Einfahrt. Für die Verfolger war das unverdächtig, dem Fahrer signalisierte es, dass alles in Ordnung war. Den abgesprochenen Betrag legte sie auf die Fußmatte vor dem Beifahrersitz. Dann beeilte sie sich, ins Parkhaus zu kommen. Von der zweiten Parketage beobachtete sie, wie ihr eigener Wagen ins Parkhaus einfuhr. Der Mercedes folgte kurz darauf, fuhr dann aber weiter. Vielleicht würden sie irgendwo auf Ellen warten und ihr zu Fuß folgen.

Der Taxifahrer stellte den Wagen wie besprochen ab, entdeckte Ellen, kam auf sie zu und drückte ihr ihre Autoschlüssel in die Hand.

»Alles klar?«

»Sicher.«

»Warum machen Sie so was?«

»Ich wollte mal Mercedes fahren.«

Der Taxifahrer sah Ellen kritisch an. Er ahnte, dass diese Antwort nicht vollständig war, er wusste aber auch, dass er nicht mehr erfahren würde. Aber er hatte gutes Geld verdient, alles andere war nicht sein Problem. Er verschwand kopfschüttelnd im Fahrstuhl.

Also hat man mir einen Sender verpasst.

An dieser Tatsache gab es für Ellen keinen Zweifel mehr. Allein der Gedanke daran ließ die Wut in ihr hochkochen. Sie hasste es, überwacht zu werden, und wenn sie daran dachte, was diese Männer Danuta und den anderen Familien angetan hatten …

Lauft mir bloß nicht im falschen Moment über den Weg.

Ellen zwang sich zu einer Atemtechnik, mit der sie ihre Gefühle schnell wieder unter Kontrolle bekam.

Cool bleiben! Mit Wut erreichst du nichts. Du wirst nur unnötig Fehler machen.

Ein abschließender, tiefer Atemzug. Jetzt konnte Ellen die Sache wieder mit klarem Verstand angehen.

Erste Frage: Wo ist der Sender?

Irgendwo im Auto konnte er nicht sein. Ihr Wagen war für Sicherheitstransporte ausgelegt und daher nicht so leicht zu knacken wie andere Autos. Also draußen. Da kamen nur die Radkästen und der Unterboden in Frage. Ellen fand den Sender in der Nähe des hinteren Auspufftopfs. Nicht ungeschickt. Dort war er vor Steinschlag sicher, und zufällig würde man da auch nicht nachsehen.

Zweite Frage: Was mache ich damit?

Am liebsten hätte Ellen ihn abgerissen und zertrümmert. Sie entschied sich dagegen. Sie wäre den Sender zwar los, aber ihre Verfolger würden Bescheid wissen und sich etwas Neues ausdenken. Wenn sie ihn dranließ, besaß sie selbst einen Informationsvorsprung. Sie wusste, dass und wie sie überwacht wurde, und konnte sich darauf einstellen. Ihre Verfolger dagegen ahnten nicht, dass sie es wusste. Der Gedanke, möglicherweise aus diesem Wissen Kapital schlagen zu können, versöhnte Ellen mit der Vorstellung, einen Peilsender unter dem Auto und Verfolger im Nacken zu haben.

8

»AGRuLa« stand in großen Buchstaben an der Stirnseite des Versammlungsraums. Darunter in kleineren Buchstaben »Agrar-Genossenschaft Ruppiner Land«. Der Vorsitzende hieß nicht zufällig Schlaub. Sein Saatguthandel war der größte Sponsor der permanent klammen AGRuLa. Ohne seine Zuwendungen wären die Beiträge der Mitglieder deutlich höher. Deshalb war es kein Wunder, dass Schlaub auf den Posten des Vorsitzenden abonniert war, freie Wahlen hin oder her. Außerdem war es den meisten recht, wenn jemand anderes das Wort führte und sie sich selbst mehr oder weniger zurücklehnen konnten.

»Hat jemand zum Tagesordnungspunkt ›Sonstiges‹ etwas zu sagen?« Die selbstbewusste Stimme von Schlaub füllte den Raum ohne Mühe.

Alle Anwesenden schüttelten den Kopf. Sie waren immer froh, wenn so eine Versammlung vorbei war.

»Dann habe ich noch etwas.«

Die Männer in der Runde sahen erstaunt zu Schlaub. Normalerweise war er immer derjenige, der aufs Tempo drückte, um danach in die benachbarte Kneipe zu gehen. Schlaub hasste Diskussionen. Er hielt sie für absolut überflüssig, weil es am Ende doch immer so lief, wie er wollte. Gelegentlich musste man aber eine Diskussion zulassen, um die Form zu wahren.

»Seit ein paar Tagen schnüffelt eine Frau bei uns in der Gegend herum. Sie heißt Ellen Faber. Wer kennt die?«

Niemand meldete sich.

»Ich hab sie mal in einer Kneipe gesehen«, sagte einer. Andere nickten. »Aber kennen tu ich sie nicht.«

»Wir mögen keine Schnüffler«, stellte Schlaub mit großer Bestimmtheit fest. Er sah kritisch in die Runde und vermerkte befriedigt, dass wieder alle nickten.

»Sie hat nach den Selbstmorden gefragt«, sagte jemand plötzlich.

Schlaub wusste sofort, wer der Sprecher war. Paschewski, der

Idiot. Er bewirtschaftete zusammen mit seiner Schwester einen winzigen Hof. Er war nicht der Hellste, was natürlich jeder im Raum wusste. Schlaub sah Paschewski durchdringend an. Der sah sich unsicher zu den anderen um, aber die blickten nur vor sich auf die leere Tischplatte. Langsam wurde Paschewski bewusst, dass er mal wieder einen Fehler gemacht hatte, aber er wusste noch nicht, welchen.

»Darüber reden wir nicht«, zischte sein rechter Nachbar.

Jetzt begriff auch Paschewski. Die Selbstmorde waren unter ihnen ein Tabu. In den Dörfern wurde darüber gesprochen, aber nicht hier.

»'tschuldigung«, murmelte Paschewski und sah jetzt auch auf die Tischplatte.

»Es gibt keinen Grund, mit ihr zu reden«, ergriff Schlaub wieder das Wort. »Über nichts«, ergänzte er mit scharfem Blick auf Paschewski. »Sie will nur unseren Frieden stören und Unruhe stiften.«

Allen war klar, dass diese Aussage einem Kontaktverbot gleichkam, aber das war ihnen egal. Niemand brauchte diese Faber. Jeder musste sehen, dass sein eigener Hof am Laufen blieb, was oft genug harte Arbeit war.

»Die Sitzung ist hiermit geschlossen.«

An diesem Abend ging Schlaub nicht wie üblich sofort zur Kneipe. Er suchte sich in einer Nebenstraße einen Ort, wo er ungestört telefonieren konnte.

Schlaub wählte eine Nummer in der Nähe von Brüssel.

»Ich habe alles so gemacht, wie Sie gesagt haben. Hier wird niemand mehr mit Ellen Faber reden.«

»Sehr gut. Sie wissen, nur gute Kunden bekommen gute Konditionen.«

»Das müssen Sie mir nicht jedes Mal unter die Nase reiben. Ich weiß es inzwischen.«

Die andere Seite hatte schon aufgelegt. Schlaub ärgerte sich. Er konnte absolut nicht leiden, wenn jemand so mit ihm umsprang. Aber was blieb ihm anderes übrig? Er war freier Unternehmer. Gut und schön. Aber die meisten Leute überschätzten diese Freiheit dramatisch. Er musste Gewinn machen, und den gab es nur, wenn er gute Konditionen bei seinen Lieferanten heraushandelte. Saatogo war eine marktbeherrschende Größe, die ihre Konditionen wie kein anderes Unternehmen an das Wohlverhalten ihrer Kunden band. Gute Rabatte gab es nur, wenn man exklusiv für Saatogo arbeitete. Und nur mit diesen Rabatten konnte er Preise machen, die die Bauern zu ihm lockte. Würde er Saatogo verprellen, könnte er seinen Laden gleich verkaufen.

So viel zum freien Unternehmertum, dachte Schlaub missgelaunt. *Spurst du nicht, wirst du von deinem Geschäftspartner fallen gelassen und von den Konkurrenten gefressen.*

Jetzt brauchte er mehr als ein Bier und mehr als einen Schnaps.

Hasels war an diesem Tag sehr zufrieden mit sich. Ellen Faber hatte zwar eine Spur aufgenommen, aber seine Maschinerie lief wie geschmiert. Er sah auf die Übersichtskarte. Überall waren seine Figuren platziert. Es war wie ein überdimensionales Schachspiel. Der Unterschied zu einem Schachspiel war, dass der Sieger in diesem Spiel schon feststand. Er hieß Hasels. Wie immer. Was sollte Ellen Faber gegen ihn ausrichten? Sie war allein, hatte nichts Konkretes in der Hand – und nicht die geringste Ahnung, mit welcher Art Gegner sie sich eingelassen hatte. Fast tat es Hasels leid, dass dieses Spiel so einfach war. Das wurde mit der Zeit langweilig.

Zur Abwechslung loggte Hasels sich ins Internet ein. Über ein paar Umwege besuchte er die Seiten mehrerer Onlinebroker, bei denen er Wertpapierdepots besaß, unter falschem Namen natürlich. Er hatte keine Lust, wegen der Verwendung von Insiderwissen angeklagt zu werden, und davon besaß er jede Menge. Es wäre Verschwendung gewesen, dieses Wissen nicht zu Geld zu machen, zu viel Geld. Warum sollten nur »die da oben« dick absahnen?

Nach der Durchsicht der Zahlen lehnte Hasels sich zufrieden zurück. Die Depots entwickelten sich prächtig. Wie gut, dass er nicht bloß auf Aktien oder Fonds gesetzt hatte. Optionen besaßen einen wesentlich größeren Hebel. Dementsprechend stiegen seine Gewinne überproportional. Am besten liefen die Optionen auf Rohstoffe – und vor allem die auf landwirtschaftliche Produkte. Jede Preiserhöhung auf dem Markt spülte Geld in seine Kasse. Und da würde demnächst noch einiges in Bewegung kommen. Dieses Geschäft würde ihm niemand verderben, erst recht nicht so eine kleine neugierige Expolizistin.

In Gedanken verlängerte er seine Gewinnkurve. Sie zeigte steil nach oben. Einfach phantastisch.

9

Früher gehörten Polizeiwachen zu Ellens Leben wie eine Backstube zu einem Bäcker. Meistens erkannte man Ellen sofort. Als Leiterin des LKA 632 in Berlin war sie für die wirklich schwierigen Brocken verantwortlich gewesen. Ellen hatte vier SEK-Teams plus Scharfschützen unter sich gehabt, was gerade in der Hauptstadt eine besondere Herausforderung war. Bombendrohungen und Terroranschläge waren in Berlin um ein Vielfaches sensibler als anderswo. Heute betrat sie die Polizeiwache nur noch als Privatperson, was zwangsläufig eine Kaskade an Erinnerungen lostrat.

Ellen war mit Leib und Seele Polizistin gewesen. Auch die Jahre des härtesten Dienstes hatten nichts daran geändert, dass Gerechtigkeit und Menschen zu helfen das Wichtigste für sie waren. Sie hatte erfolgreich vermieden, innerlich abzustumpfen.

Bis ich zum Äußersten gehen musste – und darüber hinaus. Dieser Gedanke war jeden Morgen da, wenn sie nackt in ihrem Bad vor dem Spiegel stand. *Die ganze Welt hat dich so gesehen.*

Ellen war erpresst worden. Eigentlich nicht sie selbst, sondern die Berliner Polizei. Ellen hatte die Verantwortung übernommen. Um Menschenleben hatte sie gespielt. Der Preis war die Aufgabe ihres Privatlebens. Stück für Stück hatte sie es geopfert, um Menschen zu retten. Sie hatte geschafft, eine Katastrophe zu verhindern, aber dabei hatte sie viele Leute vor den Kopf gestoßen. Wichtige Leute. Und das tat man nicht, ohne dafür bezahlen zu müssen.

Ellen hätte auch in ihren Wagen steigen, an den See fahren und diesen Nachmittag in der Sonne liegend verbringen können. Es ging nicht. Sie musste einfach diese Treppe hinaufgehen. Sie sah die Tränen von Danuta vor sich, die fragenden Augen der Kinder, die Verzweiflung von Maria – und irgendwo im Hintergrund schreiende Ungerechtigkeit. Nein, sie konnte jetzt nicht in der Sonne liegen.

Ellen erkundigte sich nach dem Zuständigen für die Selbstmorde in der Umgebung. Hauptkommissar Rux. Sie war wenig begeistert, aber das änderte nichts.

Rux legte gerade das Telefon aus der Hand, über das er von Ellens Anliegen erfahren hatte. Er machte sich nicht die Mühe, aufzustehen.

»Frau Faber, wir kennen uns bereits«, stellte er fest. »Was kann ich für Sie tun?«

»Sie sind für die Selbstmorde in der Umgebung zuständig, sagte man mir. Ich wollte mich erkundigen, ob es dazu Ermittlungen gibt.«

»Ob es dazu Ermittlungen gibt?«, wiederholte Rux gedehnt. »Ich frage mich, was Sie das angeht, Frau Faber.«

Rux betonte das »Frau« ganz besonders und beobachtete aufmerksam, wie Ellen darauf reagierte.

Er weiß, wer ich bin, war Ellen blitzschnell klar. Aber so leicht ließ sie sich nicht überrumpeln. Ellen ließ sich nichts anmerken.

»Immerhin habe ich einem Ihrer Bürger das Leben gerettet. Von daher denke ich, dass mich diese Angelegenheit interessieren darf. Als verantwortungsvoller Polizist verstehen Sie das bestimmt.«

»Als informierte Bürgerin wissen Sie genauso bestimmt, dass ich Ihnen keine Ermittlungsergebnisse verraten darf«, konterte Rux.

»Es gibt also Ermittlungen?«

»Nein.« Rux machte eine Pause, um seine provozierende Antwort wirken zu lassen. »Um Ihr Bürgergewissen zu beruhigen: Wir haben keinen Grund zu ermitteln. Die Leichen sind alle von der Gerichtsmedizin untersucht worden. Es wurde in keinem Fall eine Fremdeinwirkung festgestellt. Damit sind die Akten geschlossen. Sie sehen, es ist alles vorschriftsmäßig gelaufen.«

»Und die Gründe für die Selbstmorde? Interessieren Sie die nicht?«

»Das ist eine Angelegenheit der bedauernswerten Familien und nicht der Polizei.«

»Es gibt Hinweise, dass Druck auf die Familien ausgeübt wurde. Sie sind allesamt eingeschüchtert worden.«

»Wie kommen Sie denn darauf?« Rux tat erstaunt. »Haben

Sie Beweise, oder ist es bloß, weil die Leute nicht mit Ihnen reden wollten?«

Rux ist über alles informiert.

Zeit, über die Konsequenzen nachzudenken, hatte Ellen keine, denn Rux redete weiter.

»Wenn jemand Druck auf die Familien ausüben sollte, können sich die Leute gerne an mich wenden und Anzeige erstatten.«

Einen Teufel werden die Leute tun. »Auf den Feldern dieser Leute wächst nichts. Das ist doch verdächtig.«

Rux zuckte die Schultern. »Jeder Bauer kann selbst entscheiden, was er mit seinem Land macht. Nichts zu tun ist nicht strafbar.«

»Das muss doch einen Grund haben.«

»Ich bin kein Landwirt, aber ich kann sie ja fragen, wenn ich das nächste Mal dort vorbeikomme.«

Ellen wusste, dass es dieses nächste Mal nie geben würde. Rux würde überhaupt nichts in dieser Angelegenheit unternehmen, warum auch immer. Zwingen konnte sie ihn nicht. Wenn sie bei der Polizei etwas erreichen wollte, musste sie weiter oben ansetzen. In dieser Hinsicht hatte sie weder Hemmungen noch Berührungsängste.

»Wer ist der Leiter des Schutzbereichs Ostprignitz-Ruppin?«

»Sie wollen meinen obersten Vorgesetzten?« Rux tat wieder erstaunt, aber er schauspielerte schlecht.

Ellen bekam ein ungutes Gefühl.

Rux kritzelte etwas auf einen Zettel und reichte ihn ihr.

»Ich habe Ihnen direkt die Zimmernummer und die Durchwahl dazugeschrieben.«

Ellen nahm den Zettel. »Walter Rux« stand darauf.

»Wollen Sie mich verarschen?«, rutschte es Ellen heraus.

Rux sah sie kritisch an. »Wir wollen doch keinen Amtsträger beleidigen. Aber ich will heute darüber hinwegsehen«, tat er großzügig. »Immerhin sind Sie eine ehemalige Kollegin. Walter Rux ist der Bruder meines Vaters. Er ist Polizeidirektor. Wir sind eine alte Polizistenfamilie, müssen Sie wissen.«

Ellen starrte wortlos den Zettel an. Damit hatte sie nicht gerechnet.

»Sie können sich selbstverständlich trotzdem bei ihm beschweren, falls Sie mit mir unzufrieden sein sollten.«

Das süffisante Lächeln von Rux sprach Bände.

»Ich werde es mir überlegen.«

Rux verfolgte durch das Fenster, wie Ellen das Gebäude verließ und zu ihrem Wagen ging. Sie war nicht zu Polizeidirektor Rux gegangen. Zufrieden griff er zum Telefon.

»Sie war hier«, sagte Rux, ohne seinen Namen zu nennen.

Der andere wusste, wer anrief. »Wie ist es gelaufen?«

»Sie wollte mehr über die Selbstmorde wissen und was wir in dieser Sache tun.«

»Aber sie hat nichts erfahren.«

»Natürlich nicht. Sie hat sich eine wunderbare Abfuhr eingehandelt. Bei uns ist alles im grünen Bereich.«

»Es kann sein, dass sie trotzdem weitermacht.«

»Was sollte sie tun?«

»Sie ist kein Typ, der so schnell aufgibt. Ich will kein Risiko eingehen, dafür ist die Sache zu wichtig. Wir sollten etwas nachhelfen, damit sie die Lust an der Sache verliert. Sie verstehen?«

Rux verstand.

10

»… aber bitte mit Sahne.«

Ellen wusste, dass Sina, ihre Freundin und ehemalige Kollegin, auf Sahne stand. Ihrer Figur hätte fettarmer Naturjoghurt ohne Zucker besser getan, aber eher hätte Sina Regenwürmer gegessen.

Die Bedienung packte zwei Obststücke mit Sahne für Sina und eins ohne Sahne für sie selbst ein. Ellen war froh, nicht an der Nachbarkasse zu stehen. Da entwickelte sich gerade eine Diskussion mit einer Kundin.

»So teuer?«, fragte die ältere Dame. »Ich wollte nur vier Brötchen.«

»Vier Brötchen kosten zwei Euro vierzig.«

»Ich will normale Brötchen, keine Körnerbrötchen.«

»Das ist der Preis für normale Brötchen«, beharrte die Verkäuferin. Sie schien langsam die Geduld zu verlieren. Es war wohl nicht die erste Kundin, mit der sie diskutierte. »Da auf dem Schild steht's groß: ein Brötchen sechzig Cent. Das Mehl ist so teuer geworden. Und jetzt zahlen Sie bitte. Sie sehen doch die lange Schlange hinter sich.«

Die alte Dame kramte unsicher in ihrer Geldbörse. »Dann gehen nur drei Brötchen.«

Ellen hatte keine Zeit, den weiteren Verlauf abzuwarten. Sie musste sich beeilen. Sina konnte jederzeit bei ihr zu Hause eintreffen, und dann wollte Ellen den Kaffee fertig haben.

Das Wasser blubberte noch in der Maschine, als Ellen einen Motor hörte. Von ihrem Fenster beobachtete sie, wie Sina aus ihrem Wagen stieg. Sie hatte tatsächlich einen Parkplatz gefunden. Eine echte Rarität, wenn man davon absah, dass der Platz nur wegen des Parkverbotsschilds frei war. Aber von solchen Kleinigkeiten ließ Sina sich nicht beeindrucken.

Ellen musste schmunzeln. Sina hatte sich im letzten Jahr nicht verändert. Sie trug die gleichen roten Stoppelhaare wie früher.

Sie standen nach allen Seiten ab und schienen sich jedem Versuch, sie in eine Frisur zu zwingen, zu verweigern. Sinas Figur war noch etwas rundlicher geworden.

»Dich besuche ich nie wieder«, keuchte Sina, als Ellen ihr öffnete. »Nie wieder, solange du keinen Fahrstuhl hast.«

»Du solltest öfter kommen«, widersprach Ellen. »Dann würdest du dich dran gewöhnen – und vielleicht sogar abnehmen.«

Ellen war eine der wenigen, die das so offen aussprechen durften. Sina und Ellen kannten sich schon seit Jahren. Ellen würde ihr nie vergessen, dass Sina sich für sie eingesetzt hatte. Sie hatte eine ganze Nacht geschuftet, um Ellens Unschuld zu beweisen. Nur so war Ellen so schnell aus der Untersuchungshaft gekommen. Gemeinsam hatten sie gekämpft, um den Erpresser zur Strecke zu bringen, leider vergeblich. Sina war außer Ellens Schwester, Annika, die Einzige, die wusste, was zwischen Ellen und ihrem Erpresser auf Mallorca geschehen war.

»Du meinst, ich soll abnehmen?« Sinas Entrüstung war nur gespielt. »Ich nehme jeden Tag ab. Fünf Mal! Immer zwischen den Mahlzeiten, das reicht.«

Ellen lachte. »Komm erst mal rein. Ich habe Kaffee und Kuchen für uns. Danach fällt dir das Abnehmen sicher leichter.«

Das ließ sich Sina nicht zweimal sagen. Sie stellte ihren Koffer und eine Plastiktute ab und steuerte auf Ellens Korbsessel zu. Das war Ellens Lieblingsplatz. Man konnte sich so wunderbar in die weichen Kissen kuscheln. Der Sessel ächzte bedrohlich, als Sina sich hineinfallen ließ. Dieses Gewicht war er nicht gewohnt, aber er hielt. Ellen zog sich den Stuhl heran, der vor dem Schreibtisch mit ihrem Laptop stand.

Sina entdeckte das Pflaster, das über der Webcam klebte. »Du kannst ihn immer noch nicht vergessen?«

Ellen wusste, wer gemeint war.

»Ich habe geschworen, ihn zu jagen, und das Pflaster verhindert, dass ich es je vergesse.«

»Du bist nicht mehr im Polizeidienst. Du solltest dich auf dein neues Leben konzentrieren.«

Ellen machte eine wegwerfende Handbewegung. »Was machen denn die im Polizeidienst? Haben sie ihn gefasst? Oder machen sie wenigstens Fortschritte?

»Du weißt genau, dass das BKA uns den Fall weggenommen hat.«

»Und was hört man von da? Nichts. Das heißt, sie haben ihn nicht, sonst hätten sie ihren Erfolg an die große Glocke gehängt.«

Sina nickte zustimmend. »Ich habe gehört, dass Burgsmüller immer noch glaubt, dass du mit in der Sache drinsteckst.«

»Burgsmüller und sein ganzes BKA können mich mal. Sie werden ihn nie kriegen, dazu ist er zu clever. Er hinterlässt keine Spuren, und ich bin die Einzige, die ihn jemals gesehen und gehört hat.«

»Aber du bist auf dich allein gestellt. Wie willst du ihm so auf die Spur kommen? Oder hast du etwas? Brauchst du deshalb den Lensfinder, den ich dir mitbringen sollte?«

Ellen machte hastig ein Zeichen, dass Sina still sein sollte.

»Ich geh mich mal etwas frisch machen. Iss du noch ein Stück«, sagte Ellen laut.

Ellen nahm die Tüte, die Sina mitgebracht hatte, und verschwand im Bad. Dort packte sie den Inhalt aus. Der Lensfinder war ein äußerlich unscheinbares Gerät, das es aber in sich hatte. Die Werbung versprach, dass der Lensfinder unterschiedlichste Sorten von Wanzen und versteckten Kameras aufspüren würde, gleichgültig, ob sie über Funk oder drahtgebunden arbeiteten.

Ellen überprüfte den Batteriestatus und steckte sich das Gerät in die Hosentasche. Es beulte sie ziemlich aus, aber immerhin passte es hinein. Dann ging sie zu Sina zurück. Anstatt sich zu setzen, drehte Ellen eine Runde im Zimmer, immer an der Wand entlang. In ihrer Hosentasche blieb es ruhig. Kein Vibrationsalarm. Um versteckte Kameras zu entdecken, musste Ellen den Modus wechseln. Sie hielt den Lensfinder so wie eine Kamera und sah durch den Sucher. Spezielle LEDs und Filter sollten auf diese Weise selbst kleinste Linsen sichtbar machen. Wieder nichts, aber Ellen wollte sichergehen.

Als Gegentest entfernte sie das Pflaster von ihrer Laptopkamera. Der Lensfinder entdeckte sie auf Anhieb. Es funktionierte. Ellen klebte das Pflaster wieder hin.

Sina verfolgte die Prozedur kauend und schweigend. Als Ellen fertig war, konnte Sina sich eine Bemerkung nicht verkneifen.

»Das steht aber sehr ernst um dich. Du bekommst doch keinen Verfolgungswahn?«

»Ich habe gute Gründe.«

Ellen erzählte von ihrem Tag und dem dunklen Mercedes, der sie verfolgt hatte. »... wenn du mir nicht glaubst, gehen wir zu meinem Auto und ich zeige dir den Sender.«

Die angedeutete Drohung mit den Stufen und dem Fußweg zog. »Ist schon gut«, sagte Sina, »ich glaube dir. Ist die Autonummer, die du wissen wolltest, von dem Mercedes?«

»Ja.«

»Du weißt, dass ich so etwas nicht für dich heraussuchen darf?«

»Ich weiß vor allem, dass du dich nicht an alle Regeln hältst.«

Tatsächlich war Sina für ihre manchmal unkonventionelle Vorgehensweise bei den einen berühmt und bei den anderen berüchtigt. Aber weil sie in der KTU zu den Besten gehörte, sah man ihr so einiges nach.

»Die kriminaltechnische Untersuchung ist eine Kunst«, verteidigte sich Sina bei Vorwürfen. »Und ein Künstler darf sich nicht von Vorschriften einengen lassen.«

»Also, auf wen ist der Mercedes zugelassen?«, drängte Ellen.

»Auf eine winzige Firma. Gehört einem Boris Sokolev. Er ist der einzige Angestellte.«

»So, wie ich dich kenne, weißt du noch mehr.«

Sina verzog das Gesicht. »Du kennst mich viel zu gut. Der einzige Auftraggeber für Sokolevs Firma ist Saatogo. Das ist ein Konzern, der ...«

»... Saatgut herstellt und verkauft, blablabla«, unterbrach Ellen sie. Sie hatte mit nichts anderem gerechnet, aber Vermutungen waren die eine und Beweise eine andere Sache. »Das ist kein Zufall.«

»Bei solchen Zufällen bin ich auch misstrauisch«, stimmte Sina zu. »Du glaubst also, dass diese Firma hinter dir her ist. Aber warum?«

»Sie muss etwas zu verbergen haben. Etwas so Wichtiges, dass sich eine Überwachung lohnt.«

»Nicht nur das. Wenn es stimmt, was du erzählt hast, dann geht es ihnen darum, die Selbstmorde der Bauern zu vertuschen.«

»Vielleicht sind sie ihnen einfach unangenehm? Schlecht fürs Geschäft?«

»Das zieht nur, wenn eine direkte Verbindung zwischen ihnen und den Selbstmorden existiert. Sonst könnte ihnen das im Prinzip egal sein.«

»Wenn es diese Verbindung gibt, können das nur die Bauern wissen und die Zwischenhändler.«

»Da kannst du genauso gut Steine fragen. Die Bauern sind so verschlossen, wie die Chinesische Mauer lang ist.«

»Wenn wir Beweise wollen, müssen wir sie uns selbst beschaffen.«

Sina bemerkte, wie Ellen zu ihrem Koffer hinübersah. Es war kein Reisekoffer, sondern ihr Arbeitskoffer, vollgestopft mit allem, was man für eine professionelle Spurensicherung an einem Tatort benötigte.

»Deshalb musste ich dieses Ding mitschleppen. Ist dir eigentlich bewusst, dass ich heute freihabe? Und da willst du mich arbeiten lassen?«

»Wenn du nicht freihättest, könnte ich dich nicht einladen.«

»Hm. Ich werde mir gründlich überlegen, wie du das wiedergutmachen kannst. Wo soll's denn hingehen?«

»Zum Hof der Schusters. Da liegt der Schlüssel für die offenen Fragen. Die Scheune ist so was von sauber, dass sie geradezu danach schreit, untersucht zu werden.«

»Niemand kann so gut putzen, dass ich nichts mehr finde.« In dieser Beziehung war sich Sina ziemlich sicher. Die Untersuchungstechnologie war so weit fortgeschritten, dass kleinste Spuren ausreichten, die man mit bloßem Auge nicht mehr sehen konnte. Sina hatte bisher tatsächlich immer Spuren gefunden, mit einer Ausnahme: bei Ellens Erpresser. Das hatte Sina mächtig gewurmt.

»Ich glaube nicht, dass Danuta die Polizei rufen würde, falls sie uns entdecken sollte«, sagte Ellen. »Vielleicht ist sie gar nicht da, sondern besucht ihren Mann im Krankenhaus.«

»Dann mal los.« Sina wuchtete sich aus dem Sessel. »Wie kommen wir hin?«

»Ich würde dich ja gerne fahren, …«

»… aber der Sender an deinem Auto …«, führte Sina den Satz fort.

»Vor allem musst du dann nicht so weit bis zum Parkhaus laufen …«

»… und ich kriege keinen Strafzettel, wenn ich noch länger vor deiner Tür stehe. Ich bin beeindruckt, wie fürsorglich du im letzten Jahr geworden bist.«

»Nicht wahr?«

»Dann wirst du sicher gerne meinen Koffer tragen.«

Das war keine Frage. Das kurze Wortgeplänkel mit Sina hatte gutgetan. Die dunklen Wolken, die sich in der letzten Zeit über Ellen zusammengebraut hatten, rissen auf.

11

Während der Fahrt plauderten sie über das Gute an der alten Zeit. Ellen genoss das Zusammensein mit Sina, und Sina genoss die freie Fahrt auf den Landstraßen. Für jemanden, der kaum aus Berlin herauskam, war das ein echtes Erlebnis.

»Wir sind gleich da.« Ellen deutete nach halb links vorne.

»Bei dem Rauch?«, fragte Sina.

»Ja. – Himmel, was ist da los? Fahr schneller!«

Sina gab Gas. Nach ein paar Kurven hatten sie freie Sicht.

»Nein!«, rief Ellen. »Das ist Danutas Scheune. Sie brennt.«

Jetzt brauchte Sina keine Aufforderung mehr. Sie trat das Gaspedal durch. Auf den letzten paar hundert Metern alarmierte Ellen die Feuerwehr.

Fast hätte Sina Danuta angefahren. Die kam gerade aus dem Wohnhaus gestürzt und wollte zur Scheune hinüberlaufen.

»Die Kinder! Die Kinder sind dadrin«, schrie Danuta verzweifelt.

Ellen sprang aus dem Auto und versperrte Danuta den Weg. »Du darfst da nicht rein. Das ist zu gefährlich. Ich hole sie da raus.«

Danuta versuchte, sich aus Ellens Griff zu winden. Vergeblich. Jetzt war auch Sina heran. Ellen drückte ihr Danuta in die Arme.

»Halt sie fest!«

Das Feuer hatte am Rand des großen Tors, das für die Maschinen gedacht war, begonnen. Die Tür für einzelne Personen war eigentlich ein kleiner Ausschnitt des großen Tors und stand bereits in Flammen. Lange konnte das Feuer noch nicht brennen, aber es griff rasend schnell um sich. Der leichte Wind fachte das Feuer an, das in dem trockenen Holz der Scheune leichte Nahrung fand. Die Hitze am Tor war schon so groß, dass man an die Tür nicht mehr herankam.

Ellen rannte zur Tonne für das Regenwasser, schöpfte einen Eimer voll und goss den Inhalt über ihren Kopf. Dann holte sie tief Luft, nahm Anlauf und hielt auf die brennende Tür zu. Mit unverminderter Geschwindigkeit krachte ihre Schulter dagegen. Ellen brach tatsächlich durch. Drinnen rollte sie sich ab. Sie blieb einen Atemzug lang liegen, um die Lage zu sondieren. Die Kinder hatten sich in die gegenüberliegende Ecke zurückgezogen, wo die Flammen noch nicht hinkamen, aber der Dachstuhl fing bereits Feuer. Viel Zeit blieb nicht.

Ellen suchte die Fenster ab. Konnte man eins davon einschlagen?

Verdammt, warum haben die Glasbausteine genommen?

Das war unüblich für eine Holzscheune, aber nicht zu ändern. Da gab es kein Durchkommen. An der Rückwand lehnte eine Leiter, aber bis zu einem der beiden Dachfenster würde sie nicht reichen. Ellen lief hin, packte die Leiter an einem Ende, hielt sie so gut wie möglich waagerecht und rannte wieder zum Tor. Die Hitze war so groß, dass das Atmen wehtat, der Rauch biss in die Lungen. Ellen hustete bei jedem Atemzug. Zum Glück hatte das Feuer das Holz des Tors schon so weit geschwächt, dass Ellen eine ausreichend große Lücke hineinstoßen konnte.

Ellen lief zu den Kindern zurück und klemmte sich die beiden unter die Arme. Sie waren so verängstigt, dass sie sich nicht wehrten. Trotzdem schaffte Ellen die beiden kaum gleichzeitig zu tragen, aber einzeln ging auch nicht. Ellen wusste, dass sie es nicht ein zweites Mal in die Scheune schaffen würde. Es musste einfach gelingen.

Durch die Lücke im Tor erreichte Ellen den Hof. Sie ließ die Kinder einfach auf den Boden fallen und fiel selbst daneben. Sie konnte vor lauter Husten kaum mehr richtig atmen. Sina zog Ellen vom Tor weg, während Danuta sich um ihre Kinder kümmerte.

»Wie gut, dass du nicht so dick bist wie ich«, hörte Ellen Sina sagen. »Sonst müsste ich dich hier verschmoren lassen.« Sina hatte wirklich in jeder Situation einen blöden Spruch drauf.

Ellen antwortete nichts. Sie konnte nur husten. In der Ferne tönten die Martinshörner der Feuerwehr. Die Scheune brannte inzwischen lichterloh. Danuta, die Kinder und auch Sina und Ellen zogen sich bis zum Wohnhaus zurück.

Mit der Feuerwehr traf auch Rux ein. Sie entschieden, die Scheune kontrolliert abbrennen zu lassen und sich auf den Schutz der anderen Gebäude zu konzentrieren. Ellen ließ sich zwar vom Notarzt untersuchen, weigerte sich aber, ins nächste Krankenhaus eingewiesen zu werden. Die Hautabschürfungen betrachtete sie als unwesentlich, die Prellung an der Schulter sowieso. Die beiden kleinen Brandverletzungen würden schon wieder heilen, und das Atmen ging auch wieder einigermaßen. Ellen hasste Krankenhäuser.

»Ich würde mich gerne waschen.«

Danuta kam gerade von einem Gespräch mit Rux und führte Ellen ins Haus. Sina ging einfach mit. Hier draußen stand sie nur im Weg herum, und bei der Scheune war für sie nichts mehr zu holen. Falls Spuren darin gewesen sein sollten, waren sie jetzt verbrannt, zertrampelt oder vom Löschwasser weggeschwemmt.

Im Haus wirkte alles friedlich. Die Kinder hatten sich beruhigt und sahen durch ein Fenster den Feuerwehrleuten zu. Danuta kochte schweigend Tee. Von Zeit zu Zeit hörte Sina Danuta schluchzen.

Ellen kam aus der Dusche. Danuta hatte ihr Kleider geliehen, die aber allesamt deutlich zu groß waren. Die Hosenbeine hatte Ellen zweimal umgekrempelt, und das T-Shirt schlabberte bis über den Po, aber auf solche Äußerlichkeiten legte sie keinen Wert. Die nassen Haare waren zu einem Pferdeschwanz zusammengebunden, von dem noch das Wasser heruntertropfte. Im Gesicht und an den Armen wurde ansatzweise deutlich, wo Ellen blaue Flecken bekommen würde.

Danuta sah sie besorgt an. Sie wollte etwas sagen, aber Sina kam ihr zuvor.

»Mach dir keine Sorgen, Danuta. Ellen liebt Kampfeinsätze. Ohne blaue Flecken fühlt sie sich nicht wohl. Nicht wahr, Ellen?«

Statt einer Antwort hielt ihr Ellen die geballte Faust hin. Danuta blickte die beiden verständnislos an.

»Ellen war jahrelang bei der Polizei in Berlin«, erklärte Sina. »Sie hat die Sondereinsatzkommandos geleitet und dafür gesorgt, dass die Bombendrohungen aufgehört haben, mit denen ein

Erpresser ganz Berlin in Atem gehalten hat. Vielleicht hast du sie damals im Fernsehen gesehen.«

Danuta musterte Ellen ungläubig. Ellen konnte verstehen, wenn Danuta sie nicht wiedererkannte. Damals vor den Kameras war sie fast nackt gewesen, jetzt stand sie in etwas abgetragenen Sachen da, die alle ein paar Nummern zu groß waren, und ausweisen konnte Ellen sich auch nicht mehr. Aber Sina konnte es, wenn sie denn ihren Ausweis fand. Sina benötigte ihren Dienstausweis so gut wie nie, weil sie nur auf Anforderung von Kollegen an einen Tatort kam, der für gewöhnlich gesichert und abgesperrt war. Sina begann, ihre Tasche zu durchwühlen.

»Ich bin eine Kollegin von Ellen«, erklärte Sina zwischendurch. »Ich arbeite in der kriminaltechnischen Abteilung. Wir untersuchen die Spuren, um ein Verbrechen aufzuklären.«

Im Spurenfinden ist Sina wesentlich besser als im Finden von Ausweisen, dachte Ellen.

»Ach, hier ist er ja.«

Sina hielt Danuta ihren Dienstausweis, der leider schon den einen oder anderen Knick abbekommen hatte, vor die Nase. Danuta studierte das Teil, aber die Skepsis in ihrem Gesicht ließ kaum nach. Sie wusste anscheinend nicht, was sie von den beiden Frauen halten sollte.

»Du musst uns sagen, was hier los ist«, unterbrach Ellen das Schweigen. Danuta durfte auf keinen Fall zu viel nachdenken und womöglich die falschen Fragen stellen, etwa, warum sie nicht mit Rux zusammenarbeiteten, der in ihren Augen eindeutig Polizist war, schließlich trug er Uniform und fuhr mit einem Streifenwagen durch die Gegend.

Danuta sagte nichts. Sie sah nur zum Fenster hinaus.

»Danuta, dein Mann wäre fast gestorben, deine Kinder wären fast verbrannt. Das ist doch kein Zufall. Willst du, dass das wieder passiert? Ich werde nicht jedes Mal rechtzeitig da sein.«

Ellen spürte, wie es in Danuta arbeitete, deshalb setzte sie nach: »Wir wollen dir helfen. Aber damit wir das können, müssen wir wissen, was los ist. Warum wollte Andreas sich umbringen? Warum sind da Männer, die euch unter Druck setzen?«

»Wir haben Schulden«, begann Danuta zögernd. »Viele

Schulden. Das Saatgut wird immer teurer. Dann die Pflanzenschutzmittel. Wir brauchen jedes Jahr mehr davon, und die Firma steigert dauernd den Preis. Wir können es uns nicht mehr leisten.«

Das konnte Ellen zwar nachvollziehen, aber zufrieden war sie mit dieser Erklärung nicht. Was Danuta beschrieb, war der Alltag jedes Bauern – und vieler anderer Geschäftsleute auch. Ein Grund für Selbstmord? In Einzelfällen vielleicht, aber nicht so gehäuft. Die Brandstiftung wurde dadurch auch nicht erklärt.

»Könnt ihr nicht bei einer anderen, günstigeren Firma kaufen?«

»Das geht nicht. Für jede Sorte, die wir säen, braucht man ein ganz bestimmtes Mittel. Sonst funktioniert es nicht.«

Ellen sagte das wenig, aber Sina kam eine Idee. Aufgrund ihrer wissenschaftlichen Ausbildung ahnte sie erste Zusammenhänge.

»Ihr müsst die Pestizide von derselben Firma kaufen, die auch das Saatgut liefert?«

Danuta bejahte.

»Könntest du mich an deinen Gedanken teilhaben lassen?«, beschwerte sich Ellen bei Sina.

»Aber sicher. Saatogo ist Marktführer bei gentechnisch veränderten Pflanzen. Eine beliebte Methode ist, die eigenen Pflanzen auf ein ganz bestimmtes Pflanzenschutzmittel abzustimmen. Vorzugsweise gegen das aus der eigenen Produktion. Dieses System wird unter dem Deckmantel verkauft, dass dadurch die Menge der Pestizide reduziert wird, aber hauptsächlich dient es dazu, die Gewinne zu steigern.«

»Weil die Bauern genau dieses spezielle Mittel kaufen müssen«, spann Ellen den Gedanken weiter. »Selbst wenn es viel teurer ist als Mittel der Konkurrenz. Aber warum kaufen die Bauern ihr Saatgut nicht einfach von einer anderen Firma, wenn die erste sie so erpresst?«

»Das dürfen wir nicht«, wusste Danuta. »Es bleibt immer ein bisschen was auf den Feldern liegen bei der Ernte. Das geht nicht anders. Und dieses bisschen geht im nächsten Jahr mit der normalen Saat auf. Wenn man eine Analyse macht, ist also immer etwas von der vorigen Saat dabei. Deshalb kann uns die Firma wegen Patentverletzung verklagen, weil wir diese erste Saat nicht mehr verwenden durften.«

Die Denunziations-Hotline. Langsam rundete sich für Ellen das Bild ab. Die Ungerechtigkeit tat ihr fast körperlich weh. »Was habt ihr dann gemacht?«

»Wir haben Kredite aufgenommen. Nichts hier gehört uns mehr.« Danuta rannen Tränen über die Wangen. Sie zögerte weiterzureden, aber das Reden tat gut. Zu lange hatten sie alles in sich hineingefressen. Und konnte es überhaupt noch schlimmer kommen, als es schon war? »Wir haben weniger Saatgut kaufen können. Dafür haben wir etwas von der letzten Ernte zurückbehalten und untergemischt.«

»Was verboten ist.«

»Ja. Aber was sollten wir tun? Wir müssen doch etwas säen. Sonst können wir nicht leben.«

Ellen nickte verständnisvoll. »Aber wenn ihr gesät habt, warum ist dann nichts aufgegangen? Eure Felder sind leer.«

Danutas Tränen wurden zu zwei kleinen Bächen. Zwischen ihrem lauten Schluchzen konnte Ellen Danutas »Ich weiß es nicht« kaum noch verstehen. Es dauerte, bis sie sich so weit gefangen hatte und weitersprach.

»Andreas hat gesät. Ganz bestimmt. Es ist einfach nichts draus geworden. Vielleicht wollte Gott uns strafen.«

Ellen war klar, dass die Existenz der Schusters auf dem Spiel stand. Sie waren durch die Tücken des Patent- und Vertragsrechts in eine ausweglose Lage geraten, weil eine Firma ihre Aktionäre mit steigenden Gewinnen beglücken wollte und ihr dazu jedes Mittel recht war. Aus Verzweiflung und Liebe zu seiner Familie hatte sich Andreas über die Verträge hinweggesetzt – einfach nur dadurch, dass er das getan hatte, was jeder Bauer seit Jahrtausenden tat: etwas von der Ernte für das nächste Jahr aufheben.

»Terminator-Saatgut«, platzte Sina in Ellens Gedanken.

»Was redest du da?«

»Terminator-Saatgut, habe ich gesagt.«

»Das habe ich verstanden, aber was soll das? Wir sind hier nicht in einem Film.«

»Terminator-Saatgut nennt man Saatgut, das gentechnisch so verändert ist, dass man es nur einmal verwenden kann.«

»Erklär mal genauer.«

»Das Normale geht so: Du säst ein Korn, es wächst ein Halm mit zwanzig Körnern dran. Davon verkaufst du neunzehn und behältst das eine, um es wieder zu säen. So geht es jedes Jahr. Terminator-Saatgut geht so: Du säst ein Korn, es wächst ein Halm mit zwanzig Körnern dran. Davon verkaufst du neunzehn und behältst das eine. Aber wenn du es säst, ist Schluss. Aus. Ende. Deshalb ›Terminator‹. Das Korn sieht genauso aus, wie alle anderen, aber es ist im Prinzip tote Saat. Andreas Schuster hat gesät – aber seine Saat ist im Boden verfault.«

Ellen verfolgte Sinas Erklärung mit wachsendem Entsetzen. Sie hatte keinen Zweifel daran, dass es technisch möglich war, wenn Sina es sagte. »Und das ist erlaubt?«

Sina schüttelte den Kopf. »Das hätten die Firmen gerne. Dann wären ihnen die Bauern ganz ausgeliefert. Aber das Terminator-Saatgut ist verboten. Noch.«

»Warum haben sie es dann verkauft? Niemand kann so dumm sein und denken, dass dieses Terminator-Saatgut nicht irgendwann auffliegt.«

»Vielleicht war es eine Panne. Vielleicht steckt mehr dahinter. Das ist ein offener Punkt, aber es würde alles erklären, sogar die abgebrannte Scheune. Schuster hat sie aus Angst vor den Männern geputzt, damit sie ihm seinen Schwindel mit dem Saatgut nicht nachweisen können. Das war jetzt nicht mehr sauber genug. Die Männer wissen über Schuster Bescheid und fürchten kriminaltechnische Methoden. Sie mussten die Spuren radikaler vernichten. In diesem Geschäft geht es um Milliarden. Sehr viele Milliarden. Da vergessen manche Leute ihre Skrupel.«

»Das klingt alles plausibel. Leider haben wir keinen einzigen Beweis.« Ellen seufzte innerlich.

Diese Schwierigkeit begegnete einem immer wieder im Polizeidienst. Man wusste ziemlich genau, wer der Täter war, aber ohne Beweis war dieses Wissen wertlos. Ellen hatte dann den ganzen ihr zur Verfügung stehenden Polizeiapparat darauf angesetzt, diesen entscheidenden Beweis zu finden.

Und heute? Sie kämpfte allein, von Sina abgesehen. Sie konnte weder Mittel noch Menschen einsetzen. Trotzdem musste etwas geschehen. Ihr Instinkt sagte ihr, dass sie erst an der Spitze des Eisbergs gekratzt hatte.

Soll ich doch versuchen, Rux zu überzeugen?

Als ob Rux Ellens Gedanken hätte lesen können, kam er gerade in diesem Moment herein, gefolgt von einem Feuerwehrmann. Beide hinterließen mit jedem ihrer Schritte einen schmutzigen Abdruck auf dem Fußboden, was sie aber nicht im Geringsten zu stören schien. In der Hand hielt Rux einen Plastikbeutel, wie sie bei der Spurensicherung verwendet wurden. Ellen konnte nicht erkennen, was darin war.

»Frau Faber, warum treffe ich Sie immer da, wo etwas Dramatisches passiert?«, begann Rux ohne jegliche Einleitung.

Ellen zuckte die Schultern. »Das wüsste ich auch gerne.«

»Was wollten Sie hier?«, schoss Rux seine Frage in ungewöhnlich scharfem Tonfall ab.

Ellen wusste sofort, dass etwas nicht stimmte.

»Wir wollten Frau Schuster besuchen, fragen, ob sie alleine zurechtkommt.« Den anderen Teil der Wahrheit hielt Ellen vorsichtshalber zurück. Sie wollte zunächst herausfinden, was los war.

»Sie wissen sicher, dass dieser Brand kein Unfall war?«, fragte Rux.

Rux will mir eine Falle stellen. »Woher sollte ich das wissen?«

»Ich stelle hier die Fragen.«

»Nein, ich weiß es nicht. Wenn es Brandstiftung war, wer sollte es gewesen sein?«

»Das werden wir herausfinden.« Der Blick, mit dem Rux Ellen bei diesen Worten bedachte, verriet ziemlich eindeutig, wen er als Täter im Fokus hatte. Rux hielt Ellen den Plastikbeutel vor die Nase. »Kennen Sie das hier?«

»Ich habe keine Ahnung, was das sein sollte.«

»Ein Zünder, den wir am Brandherd gefunden haben.«

»Und jetzt denken Sie, ich hätte den Brand gelegt?«, sprach Ellen das Offensichtliche aus.

Rux setzte ein triumphierendes Lächeln auf. »Sie sind beobachtet worden, wie Sie vor zwei Tagen heimlich die Scheune betreten haben.«

Ellen begriff. *Verdammt. Danuta hat mich gesehen. Sie muss es Rux erzählt haben, als wir noch draußen waren.*

Rux redete genüsslich weiter: »Ich frage mich natürlich, was Sie dort wollten.«

»Ich habe gehofft, dort Hinweise zu finden, warum sich Andreas Schuster umbringen wollte.«

Rux lächelte mitleidig. »In einer leeren Scheune?«

»Da wusste ich noch nicht, dass die Scheune leer war. Außerdem, was sollte ich für ein Motiv haben?«

»Was für ein Motiv sollten andere haben? An einen Versicherungsbetrug glauben Sie wohl selbst nicht. Frau Schuster würde kaum die Scheune anzünden, wenn ihre eigenen Kinder darin sind. Und neidische Nachbarn? Jeder hier weiß, dass es den Schusters nicht gut geht. Auf die braucht man nicht neidisch zu sein.«

»*Ich* würde die Scheune auch nicht anzünden, wenn Kinder darin sind«, widersprach Ellen zornig.

»Stellen Sie sich vor, das glaube ich Ihnen sogar. Dummerweise kann man das bei einer Fernzündung nicht wissen. Vielleicht wollten Sie auch wieder den Retter in höchster Not spielen? Das scheint Ihre Spezialität zu sein, warum auch immer.«

Rux' Anschuldigungen trafen Ellen sehr. Sie wusste nicht mehr, was sie entgegnen sollte.

»Wenn Sie Beweise haben, werde ich mich dafür verantworten.«

Rux schwenkte nochmals den Beutel mit dem verbrannten Zünder. »Wir werden es herausfinden. Sie wissen ja aus eigener Erfahrung, wozu die moderne Kriminaltechnologie in der Lage ist. Morgen um neun Uhr werden Sie im Präsidium erscheinen. Dann werden wir Ihre Antworten zu Protokoll nehmen. Eine Speichelprobe brauche ich ja nicht. Kollege Daudert aus Berlin wird mir Ihre Daten im Zuge der Amtshilfe sicher gerne zur Verfügung stellen.«

Er grinste Ellen frech an.

Nach einer Pause fügte Rux hinzu: »Eigentlich sollte ich Sie sofort mitnehmen, aber weil Sie eine ehemalige Kollegin sind, lasse ich Ihnen noch eine Nacht. Neuruppin dürfen Sie natürlich nicht mehr verlassen.«

Damit drehte sich Rux um und ging hinaus. Weder Sina noch Danuta schienen für ihn zu existieren. Danuta hatte die ganze Szene ratlos verfolgt. Jetzt sah sie Ellen abweisend an.

»Geht«, war das Einzige, was sie sagte.

»Danuta, ich war es nicht. Du musst mir glauben!«, bat Ellen eindringlich. »Wir wollen dir helfen.«

»Geht!«

Sina fuhr nicht allzu weit. Nach drei Kilometern hielt sie an und parkte in der Einmündung eines kleinen Feldwegs. Sie wollte reden.

»Das können wir wohl kaum als erfolgreichen Besuch verbuchen.«

Ellen war noch aufgewühlt. »Immerhin haben wir die Kinder gerettet.«

»Das ist wahr. Dafür sitzt du umso tiefer in der Scheiße. Dieser Rux scheint dich gefressen zu haben.«

»Glaubst du, der fälscht Beweise?«

»Schwer zu sagen. Vielleicht hat er sich nur in eine Theorie verbissen, aber sicher kannst du nicht sein.«

»Nur mal angenommen, er würde mir was anhängen wollen, könnte er das, ohne dass es auffällt? Draußen sind genug Blutspuren von mir, an denen er sich bedienen kann. Wenn er ein winziges Bisschen davon an den Fernzünder manipulieren würde, würdest du das bei einer Untersuchung merken?«

»Wenn ich nicht misstrauisch wäre – nein. Bei so einem verbrannten Teil ist man froh, wenn man überhaupt verwendbare DNA-Reste findet. Dass ein Polizist DNA eines Verdächtigen bewusst an ein Beweisstück bringt, ist nicht das, an was man ständig denkt.«

»Und wenn ich so etwas behaupten würde, würde es keiner glauben.«

»Kaum. Wie du mir erzählt hast, sitzt Rux fest im Sattel. Außerdem warst du tatsächlich in der Scheune. Dafür gibt es

Zeugen. Danuta ist absolut glaubwürdig. Sie hätte keinen Grund, dir was unterzuschieben, und sie ist auch nicht von Rux beeinflusst.«

»Zu blöd, dass ich dadrin war. Aber mit dem, was passiert ist, konnte keiner rechnen.«

»Warum musst du deine Nase in alles hineinstecken? Du hast wohl keine Lust, in Frieden zu leben.«

»Soll ich tatenlos zusehen, wie Leute in den Selbstmord getrieben werden?«

»Natürlich nicht. Trotzdem hast du eine besondere Gabe, dich bei deinen Rettungsversuchen in immer größere Schwierigkeiten hineinzureiten.«

»Diese Erkenntnis hilft mir nicht. Jetzt stecke ich drin – und wie komme ich wieder raus?«

»Eigentlich ist das ganz einfach: Wenn alles mit rechten Dingen zugeht, finden sie keine Hinweise auf dich. Dann brauchst du dir keine Sorgen zu machen.«

»Und wenn nicht?«

»Dann brauchst du dir auch keine Sorgen mehr machen. Mit einer übereinstimmenden DNA-Probe und der Aussage einer glaubwürdigen Zeugin holt dich der beste Anwalt der Welt nicht mehr raus. Dann ist deine Wohnungsfrage für die nächsten Jahre geklärt.«

»Tolle Aussichten. Du kannst einem so richtig Mut machen. Wie viel Zeit bleibt mir?«

»Kommt drauf an, wie schnell sie arbeiten. Mit mehr als einem Tag würde ich nicht rechnen.«

»Verdammt kurz, um meine Unschuld zu beweisen.«

»Wenn Rux dir überhaupt diese Zeit lässt und dich nicht sofort dabehält.«

»Man kann nicht immer nur Pech haben. Wenn er mich aufgrund der Aussage Danutas hätte festnehmen wollen, hätte er es gleich tun können. Morgen früh hat er auch nicht mehr Beweise als eben.«

»Ich hoffe für dich, dass du recht behältst. Ich habe keine Ahnung, was ich noch für dich tun kann.«

Sina setzte ihre Freundin zu Hause ab. Sie selbst musste wieder nach Berlin zurück. Ellen war eine ganze Weile damit beschäftigt, einen Ersatz für ihre vormittägliche Fahrt zu finden. Sie durfte diesen Auftrag nicht verlieren. Von irgendetwas musste sie schließlich leben, denn sie hatte nicht vor, die nächsten Jahre bei Vollpension hinter Gittern zu verbringen.

12

Ellen wachte auf, und sofort waren ihre Gedanken wieder da.

Man will mich hereinlegen. Man? Wer kann das sein? Rux? Die Männer? Saatogo? Was wissen die von mir?

Ellen war überzeugt, dass die Männer, die die Bauern unter Druck setzten und die sie verfolgt hatten, für den Brand verantwortlich waren. Mit dem Sender an ihrem Auto hätte sie die beiden irgendwohin locken und sich vorknöpfen können. Aber falls es tatsächlich eine Querverbindung zu Rux gab, wäre Rux informiert gewesen und hätte Ellens Aktion als willkommenen Anlass benutzt, sie festzunehmen. Selbst wenn die Aktion wider Erwarten geglückt wäre – die beiden Männer waren nur Figuren in einem größeren Spiel. So viel wusste Ellen inzwischen. Wenn irgendjemand sie ausschalten wollte, würde er sich nicht davon abhalten lassen, wenn sie diese beiden Typen der Polizei übergab.

Ellen dachte an die Zeit, die Sina ihr für den DNA-Abgleich genannt hatte.

Vierundzwanzig Stunden.

Das war entschieden zu wenig Zeit, um ihre Unschuld zu beweisen in einem Spiel, dass sie bisher nur ansatzweise durchschaute.

Vierundzwanzig Stunden. Im Fernsehen rettet der Held in dieser Zeit die Welt. Aber die Realität sieht anders aus. Leider.

Trotzdem. Ich werde nicht aufgeben. Niemals!

Das Prozedere im Präsidium empfand Ellen als überaus peinlich. Sie wurde erkennungsdienstlich erfasst wie ein Verbrecher. Fotos von vorne und im Profil. Fingerabdrücke. Ein weiterer Beamter nahm Ellens Aussage kommentarlos zu Protokoll. Als einzige positive Aspekte konnte sie verbuchen: Rux war nirgends zu sehen, und man nahm sie nicht fest.

»Halten Sie sich zu unserer Verfügung.«

»Selbstverständlich.«

Ellen knurrte der Magen. Gestern Abend hatte sie keinen Bissen herunterbekommen, heute Morgen war sie zu müde gewesen, aber jetzt musste sie unbedingt etwas essen. Auf dem Weg vom Präsidium nach Hause steuerte Ellen ihre Stamm-Bäckerei an. Die beiden Türhälften, die ganz aus Glas bestanden, schoben sich automatisch auseinander, als Ellen sich näherte. Das war wie immer.

Schon nach dem ersten Schritt durch die Tür fühlte sie es: Etwas war nicht wie immer. Aber was? Es stand förmlich im Raum und war doch schwer zu fassen. Ellen hatte gelernt, solche Empfindungen nicht zu ignorieren. Manchmal konnte man dadurch Situationen schneller erfassen als mit rein rationalem Denken.

Ellen ging nicht sofort zur Theke, sondern trat einen Schritt zur Seite und tat so, als würden sie die Aktionswaren interessieren. Dabei horchte sie aufmerksam in sich hinein und verglich ihre jetzigen Empfindungen mit denen, die sie normalerweise hatte.

Normalerweise kam sie hier herein und wurde umhüllt von dem Duft frischer Brötchen, dem Geruch von Kuchen und dem Aroma von Kaffee. Eine Atmosphäre zum Wohlfühlen, in der man nicht anders konnte, als zu kaufen. Meistens mehr als beabsichtigt. Heute war es, als läge Gift in der Luft. Natürlich dufteten die Brötchen, der Kuchen und der Kaffee.

Trotzdem. Die Verkäuferin war die gleiche wie gestern und vorgestern. Sie machte einen missmutigen Eindruck. Sie lief nicht geschäftig hin und her, sondern aggressiv. Kein freundliches Wort, wenn sie die Tüten über die Theke reichte. Die Kunden nahmen ihre Tüte in Empfang und gingen mit finsterem Gesicht.

Jetzt ging Ellen selbst zur Theke. »Zwei Brötchen, bitte.«

Die Verkäuferin stopfte die Brötchen wortlos in eine passende Tüte. Ellen hielt ihr die abgezählten ein Euro zwanzig hin.

Die Verkäuferin warf einen kurzen Blick auf das Geld. »Eins fünfzig«, sagte sie kurz und genervt. Dabei zog sie die ausgestreckte Hand mit Ellens Tüte wieder zurück.

Ellen stutzte. »Gestern kosteten zwei Brötchen ein Euro zwanzig.« Sie hatte die Diskussion der alten Dame noch nicht vergessen.

»Gestern!«, sagte die Verkäuferin patzig. »Gestern war gestern, und heute ist heute. Heute sind zwei Brötchen eben eins fünfzig.«

So war Ellen noch nie bedient worden. »Geht das auch etwas freundlicher?«

»Freundlichkeit kostet zwei Euro extra.«

Ellen kannte die Berliner Schnauze nur zu gut, aber das war doch etwas heftig. »Was ist los?«

Die Frau rümpfte die Nase. »Wenn Sie sich anhören müssten, was ich schon seit Stunden höre, wären Sie auch nicht freundlich. Ein paar sind sogar einfach mit ihrer Tüte gegangen, und ich kann am Ende die Differenz zahlen, wenn was in der Kasse fehlt.«

Diesen Ärger verstand Ellen gut. »Die Kunden waren sicher über die Preise sauer.«

»Natürlich sind es die Preise, aber ich mache die nicht. So, und jetzt der Nächste bitte.«

Ellen bekam beim Hinausgehen noch die ersten Sätze einer Diskussion mit, die die nächste Kundin anzettelte. Ellen schüttelte den Kopf. So etwas hatte sie noch nie erlebt. Diese Atmosphäre und diese Preissteigerungen. Vor einiger Zeit hatten die Brötchen noch fünfunddreißig Cent gekostet, gestern sechzig und heute fünfundsiebzig. Im Schaufenster lag das Preisschild für ein gewöhnliches Weizenmischbrot: vier Euro achtzig. Ellen sah zweimal hin. Nein, sie hatte sich nicht getäuscht.

Die miese Stimmung konnte Ellen gut nachvollziehen. Wer für mehrere Personen einkaufte, musste bei diesen Preisen schon tief in die Tasche greifen. Steigende Preise hatte es schon immer gegeben, aber so nicht. Hatte das etwas mit den Selbstmorden zu tun? Ellen spürte, wie es in ihrem Unterbewusstsein in diese Richtung arbeitete.

Das Gefühl, einer Antwort nahe zu sein, verflog schlagartig, als Ellen vor ihrer Wohnungstür stand. Aufgebrochen. Die Kratzer am Schloss waren nicht zu übersehen. Die Einbrecher hatten sich nicht allzu viel Mühe gegeben, sondern waren einfach nur brutal vorgegangen. Ellen legte die Brötchentüte geräuschlos auf den Boden. Die Tür stand einen winzigen Spalt weit auf.

Sie lauschte angespannt. Nichts zu hören. In Zeitlupe schob

sie die Tür so weit auf, dass sie in die Wohnung sehen konnte. Von den Einbrechern war nichts zu sehen, wohl aber von dem Chaos, das sie hinterlassen hatten. Ellen schob die Tür vollständig auf und schlich auf Zehenspitzen hinein, immer darauf gefasst, dass plötzlich jemand auftauchte und sie angriff. So arbeitete sie sich Stück für Stück vor, bis sie alle Winkel kontrolliert hatte. Es war niemand mehr da.

Erst jetzt hatte Ellen Augen für ihr Inventar. Die Einbrecher hatten böse gewütet. Sie hatten nicht nur alles durchsucht, Schubladen lagen herausgerissen auf dem Boden, der Inhalt war wahllos verstreut. Kein Buch stand mehr im Bücherregal. Gläser lagen zersplittert herum. Es sah fürchterlich aus.

Sie sind nicht zum Stehlen gekommen. Sie wollten zerstören. Dieser Einbruch ist eine Warnung.

Ellen sah sich um.

Haben sie überhaupt etwas mitgenommen?

Viel konnte es nicht sein. Schmuck besaß Ellen nicht, und Bargeld hatte sie kaum im Haus. Das allerdings fehlte, etwa hundert Euro. Ihren Laptop fand Ellen unter einem umgestürzten Regal, in dem einmal ihre ganzen Gläser gestanden hatten. Er lag unter einem Berg von Scherben, was ihm wahrscheinlich das Leben gerettet hatte. Ein kurzer Test, er sah nicht mehr gut aus, war aber funktionstüchtig.

Eine einzige heil gebliebene Flasche Rotwein gab es auch noch. In ihren geliebten Korbsessel konnte Ellen sich nicht setzen. In dem Teil des Korbgeflechts, das noch an einem Stück war, steckte ihre Stehlampe, der Rest hing in Fetzen. So ließ sich Ellen in einen Stapel zerschnittener Polster fallen. Mangels Glas trank sie aus der Flasche.

Das werdet ihr mir büßen. So wahr ich Ellen Faber heiße.

Ellen hatte eine ziemlich sichere Vermutung über die Täter.

Auch wenn sie wenig Hoffnung auf Hilfe von dieser Seite hatte, rief sie die Polizei. Bis die kam, suchte sie weiter in ihren Sachen, ob etwas fehlte. Nichts, außer den Kopien, die sie von den Selbstmord-Artikeln gemacht hatte. Im Spülbecken im Bad fand sie schließlich ein DIN-A4-Blatt. »20:00 Uhr in der alten Brotfabrik« stand in großen roten Buchstaben darauf. Ellen drehte das Blatt um. Es war eine der fehlenden Kopien. Das war eine deutliche Botschaft.

Ellen kannte die Fabrik. Eine verkommene Industrieruine am Ortsrand. Ellen faltete das Blatt zusammen und steckte es ein.

Die Polizei ließ auf sich warten, dabei war der Weg nicht weit. Ellen aß die Brötchen und trank den Wein dazu. Die Flasche war fast leer, als es klingelte. Zwei Beamte kamen herein – mit Rux im Gefolge.

Verdammt. Ist der denn immer dabei? Wahrscheinlich fängt er alles ab, was mit mir zu tun hat.

»Schon wieder Sie«, lautete Rux' Begrüßung.

Er sah sich kurz um.

»Sieht aber übel aus.«

Das war eher den beiden anderen Beamten geschuldet, die ihn begleiteten. So etwas sagte man, wenn man anständig sein wollte. Es gelang Rux nicht, es tatsächlich nach Mitgefühl klingen zu lassen.

Die Beamten machten einen kleinen Rundgang und sahen hierhin und dorthin.

»Fehlt etwas?«, fragte Rux.

»Nein«, sagte Ellen.

»Dann war es wohl kein Einbruchdiebstahl. Haben Ihre Nachbarn etwas gehört?«

»Es ist keiner im Haus. Die einen sind in Urlaub, der andere ist auf Montage in Hannover.«

»Sie sind sicher, dass es Einbrecher waren?«

»Glauben Sie etwa, dass ich meine Wohnung selbst so herrichte?«

»So was soll's geben. Was glauben Sie, was impulsive Leute manchmal machen, wenn sie wütend sind. Sie sind doch impulsiv, oder? Und wütend sind Sie sicher auch?«

Wenn Ellen noch nicht wütend gewesen wäre, wäre sie es mit Sicherheit geworden. Und impulsiv wäre sie jetzt auch gerne. Sie hatte Mühe sich zu beherrschen.

Rux fächelte Luft von ihrem Gesicht zu seinem.

»Sie haben getrunken«, stellte er fest.

»Nachher.«

»Wenn wir in dieser Angelegenheit etwas unternehmen sollen, dann sollten Sie einer Blutprobe zustimmen. Wir müssen in alle Richtungen ermitteln, das verstehen Sie doch sicher.«

Ellen wollte sich eine weitere Farce ersparen. »Ich verzichte auf eine Anzeige«, sagte Ellen, während sie Rux böse ansah.

»Wie Sie meinen.« Rux wandte sich zu den Beamten. »Die Dame verzichtet auf eine Anzeige.«

»Aber ...«

Der Mann, der gerade das Türschloss untersuchte, wollte einen Einwand bringen, aber Rux ließ ihn nicht ausreden.

»Wir sind fertig hier. Wir können gehen.«

Im Lauf des Nachmittags verschaffte Ellen sich einen Überblick über ihren Besitz. Die Männer hatten ganze Arbeit geleistet. Abgesehen von Kochtöpfen, Plastikschüsseln und Besteck war alles andere reif für die Tonne. Die verwendbare Kleidung passte in eine Reisetasche. Obendrauf packte Ellen den Laptop. Sie musste raus aus dieser Wohnung, fort von dem Trümmerhaufen. Hier konnte sie vor lauter Zorn keinen Gedanken mehr fassen, und einen klaren Kopf brauchte sie mehr als jemals zuvor.

In der Nachbarschaft gab es eine kleine Pizzeria, in der nie viel los war. Die Pizzeria lebte von den Leuten, die sich die Pizza nach Hause bringen ließen. Alle drei Tische waren frei. Genau das Richtige. Ellen hatte keine Lust auf laute Gespräche rechts und links, die leise Musik aus den Lautsprechern störte nicht.

Ellen bestellte Pizza Diavolo, extra scharf – und keinen Wein, sondern Cola. Für das, was ihr vorschwebte, musste sie voll da sein. Der Pizzabäcker ließ sich Zeit, aber Ellen hatte es nicht eilig. Sie faltete das Blatt mit der Botschaft auseinander, strich es glatt und legte es vor sich auf den Tisch.

Was bezwecken die Männer? Rechnen sie ernsthaft damit, ich würde kommen? Allein?

Die Verwüstung der Wohnung war Warnung, Drohung, Einschüchterung. Ein Zeichen, wer hier der Stärkere war und dass man ihnen nichts anhaben konnte. Jeder normale Mensch hätte hier aufgegeben und wäre niemals zu dem Treffpunkt gekommen. Allein die Idee wäre töricht gewesen. Bestenfalls hätte man die Polizei eingeschaltet, aber das ging hier nicht. Das wussten die Männer genau, sonst hätten sie niemals einen Ort und eine Zeit angegeben.

Auf der anderen Seite wusste man über sie Bescheid. Die Männer waren nur die ausführenden Organe. Hinter ihnen stand jemand, der die Fäden zog, im Auftrag eines Konzerns, und deshalb vermutlich mit viel Geld und Einfluss ausgestattet. Solch ein Strippenzieher war intelligent und besaß normalerweise keinerlei Skrupel.

So viel konnte Ellen sich zusammenreimen. Mehr nicht, aber das reichte für die nächsten Schritte. Und die musste sie gehen, wenn sie nicht davonlaufen wollte.

Er weiß, dass ich eine ehemalige Polizistin bin. Er weiß, dass ich nicht aufgebe. Nur dann macht die Einladung zu dem Treffen Sinn.

Über Ellen konnte man eine Menge erfahren. Viel zu viel, wie sie selbst fand. Das war einer der Gründe, weshalb sie ihren Dienst quittiert hatte. Die Videos von ihren Auftritten vor der Kamera standen immer noch zum Download im Internet. Das Internet vergisst nie.

Dieser Wahrheit konnte man auch mit Polizeimitteln nicht beikommen. Schaffte man es, endlich, mit viel bürokratischem Aufwand, ein Video von einer Plattform zu löschen, tauchte es am nächsten Tag auf drei anderen Plattformen auf. Bilder von ihr waren auf Millionen von Rechnern gespeichert, schien es Ellen. Diese Informationen gaben dem Unbekannten eine Menge Einblick in ihre Persönlichkeit. Und wenn er dazu noch Kontakte zur Polizei besaß, was durch Rux nahelag, kannte er möglicherweise sogar Interna.

Er weiß, dass mir keine andere Wahl bleibt, als zu kommen.

Ellen konnte sich ausrechnen, was der Unbekannte mit diesem Treffen bezweckte: Er wollte sie endgültig fertigmachen, sie ein für alle Mal demütigen.

Die Pizza Diavolo brannte in Ellens Hals wie Feuer. Fast so heiß wie das Feuer der Wut auf diesen Unbekannten. Sie wollte wissen, wer er war. Um jeden Preis. Sie würde es herausfinden.

13

Nach der Pizza ging Ellen ins benachbarte Internetcafé. Mit Google Earth und Google Maps verschaffte sie sich einen Überblick über die Umgebung der alten Fabrik. Sie stand abseits auf einem eingezäunten Gelände. Vorne gab es eine große Zufahrt für Lastwagen und Kunden, hinten eine kleinere, die zu einem Mitarbeiterparkplatz führte. In der Nachbarschaft lagen zwei weitere Industriebrachen und einige kleinere Betriebe. Um die verabredete Zeit arbeitete dort niemand mehr, es würde sehr einsam sein, kein Ort, an dem man abends allein als Frau unterwegs sein sollte.

Ellen bestellte ein Taxi, das sie genau dorthin bringen würde.

Der Fahrer freute sich, als er Ellen sah. »Wollen Sie wieder Mercedes fahren?«

Es war kein Zufall, dass Ellen gerade ihn angerufen hatte. Für ihre Pläne brauchte sie jemanden, der nicht zu konventionell dachte.

»Dieses Mal dürfen Sie mich fahren. Zur alten Brotfabrik.«

Der Fahrer sah Ellen ungläubig an. »Zur alten Fabrik? Jetzt? Allein als Frau?«

»Genau so.«

»Aber …«

»Ich habe keine Angst«, kürzte Ellen die Diskussion ab. »Sie etwa?«

Der Mann straffte sich. »Natürlich nicht.«

»Na also. Dann los! Ich habe einen Termin.«

Die Fahrt dauerte nicht lange. Auf die Frage, was sie dort wolle, antwortete Ellen kurz angebunden: »Was erledigen.« Daraufhin schwieg der Fahrer für den Rest der Fahrt.

»Fahren Sie bitte erst zur hinteren Einfahrt«, bat Ellen.

Zu sehen war dort nichts. Ellen inspizierte das Tor. Das Schloss war dick mit Rost überzogen, Gebrauchsspuren gab es keine. Vor und hinter dem Tor wuchsen Pflanzen. Hier war schon lange niemand mehr durchgegangen. Ellen hatte auch nicht damit gerechnet, aber sie wollte jegliche Überraschung ausschließen. Das Unternehmen war auch so gefährlich genug. Ellen ließ sich zum Vordereingang fahren. Hier stand das Tor offen.

»Sie wollen wirklich allein da reingehen?«, fragte der Fahrer ehrlich besorgt.

»Das werde ich. Bitte warten Sie hier. Wenn ich in einer halben Stunde nicht zurück sein sollte, können Sie die Polizei rufen, aber keine Minute früher.« Ellen dachte kurz nach. »Und Sie werden mir auch nicht folgen.«

»Versprochen. Aber – Sie sind wirklich seltsam.«

»Es können ja nicht alle normal sein.«

Damit stieg Ellen aus und ging langsam durch das Tor. An einigen Stellen, besonders an den Rändern, war der Asphalt aufgerissen, Gräser und Löwenzahn führten in den Spalten ein karges Leben. Rechts stand ein Schuppen mit eingeschlagenen Scheiben. Brombeerranken wuchsen bereits über das Dach. Dahinter parkte der dunkle Mercedes. Er war nicht versteckt, sondern stand einfach da. Ellen sah sich aufmerksam um. Sie fand keinen Hinweis auf weitere Autos, die beiden Männer waren allein. Wozu hätten sie auch Verstärkung gebraucht, zwei gegen eine? Wahrscheinlich beobachteten sie Ellen. Sie selbst entdeckte niemanden. Wäre sie mit Verstärkung gekommen oder bewaffnet, hätten die Männer sie sicher ins Leere laufen lassen.

Eine Tür stand auf.

Aha, meine Einladung.

Ellen steuerte darauf zu. Sie ging einen Schritt hinein und wartete, bis sich ihre Augen an das deutlich dunklere Licht gewöhnt hatten. Sie horchte und spähte mit allen Sinnen nach allen Seiten. Nichts.

Vor Ellen erstreckte sich ein vier Meter langer Gang mit jeweils einer Tür rechts und links. Der Gang mündete in eine Halle. Ellen kontrollierte die beiden Türen. Verschlossen. Sie ging weiter zur Halle. An der rechten Wand reichten Regale bis unter die Decke, davor war ein kleiner, freier Platz, auf dem diverses Gerümpel wahllos verstreut lag. Dann kamen Maschinen, deren Bedeutung Ellen nicht mehr erkennen konnte. Die

Fenster zu beiden Seiten waren dick mit Spinnweben überzogen, ließen aber genug Licht durch, sodass Ellen gut sehen konnte.

Ellen ging zwei Schritte in die Halle hinein – und spürte ein deutliches Vibrieren in ihrer linken Hosentasche. Der Lensfinder schlug an. Ellen beglückwünschte sich, dass sie ihn immer bei sich trug. So war er beim Anschlag auf ihre Wohnung nicht zerstört worden. Die Taschen ihrer Jeans platzten mit Lensfinder, Handy, Geldbörse und Schlüsselbund zwar fast aus den Nähten, aber hier ging es nicht um Bequemlichkeit. Sie wurde beobachtet. Irgendwo gab es Abhöreinrichtungen, versteckte Kameras konnte der Lensfinder aus der Hosentasche heraus nicht identifizieren. Ellen tat einen schnellen Schritt zur Seite in eine Nische und zog das Gerät aus der Tasche. So unauffällig wie möglich checkte sie die Umgebung. Da, in einem der Regale, etwas über Augenhöhe, markierte der Lensfinder eine Kamera, etwa so groß wie eine Zigarettenschachtel. Ellen sah nicht direkt dorthin, sondern tat so, als sondierte sie ganz normal die Wand.

Hier soll also der Showdown stattfinden, und der Chef will wissen, was seine Leute machen.

Nachdem nichts weiter passierte, ging Ellen bis zur Mitte des freien Platzes. Da sie nicht wusste, was sie erwartete, hatte sie dort den größten Abstand zu allen Überraschungen. Sie ging nicht davon aus, dass man sie erschießen wollte, das hätten die Männer einfacher erledigen können. Man wollte die Einschüchterung auf die Spitze treiben.

»Was wollen Sie von mir?«, rief Ellen in den Raum hinein.

Eine Tür schlug zu, die, durch die Ellen hereingekommen war. Der Rückweg war versperrt. Auf der anderen Seite, zwischen den Maschinen, schepperte etwas. Sicher kein Zufall.

Man spielt mit mir. Sie wollen mich verunsichern.

Ellen spürte ihren Puls beschleunigen. Diese Situation war so anders als alles, was sie jemals erlebt oder trainiert hatte. Kein SEK-Team wartete im Hintergrund, keine schusssichere Weste, keine Stiefel, kein Helm. Sie stand hier alleine, in Sweatshirt, Jeans und Turnschuhen – und wusste nicht, was auf sie zukommen würde.

»Was wollen Sie von mir?«, wiederholte Ellen ihre Frage. »Warum haben Sie mich hierherbestellt?«

Aus dem Schatten einer Maschine schälte sich eine Gestalt. Sie war deutlich größer als Ellen und sehr breit. Hinter sich hörte Ellen scharrende Schritte näher kommen. Ellen drehte sich halb herum. Noch eine Gestalt. Nicht ganz so groß wie die erste aber genauso breit.

Sie wollen mich in die Zange nehmen.

Ellen stellte sich so, dass sie beide aus den Augenwinkeln sehen konnte. Nach dem nächsten Schritt der Männer erkannte Ellen ihre Gesichter. Der größere hatte eine Narbe über der rechten Braue und eine am Kinn. In seinem Blick lag etwas Gieriges, Lüsternes. Seine Finger arbeiteten, als würden sie einen Teig kneten. Der andere strahlte Überheblichkeit aus. Er war ohne Zweifel der Boss der beiden.

»Was wollt ihr von mir?«, fragte Ellen zum dritten Mal. Ihre Stimme zitterte, weniger aus Angst, mehr aus Wut. Ellen dachte an ihre Wohnung. Diese Kerle hatten alles verwüstet, was sie besaß. Sollten die beiden ruhig denken, sie würde vor Angst zittern. Das war nur gut so.

»Unserem Boss gefällt nicht, wo du deine Nase reinsteckst. Diese Sachen gehen dich nichts an.«

»Ich stecke meine Nase rein, wo ich will«, sagte Ellen – aber nicht zu bestimmt, sondern etwas zögerlich.

»Deshalb sind wir hier. Um dir den Spaß am Schnüffeln zu verderben.«

»… und um selbst etwas Spaß zu haben«, fiel ihm der Größere ins Wort. Er verzog seinen Mund zu einem hässlichen Grinsen. Seine Augen maßen Ellen von oben bis unten ab.

Ellen ging einen Schritt rückwärts. Sie bemühte sich, ängstlich zu wirken, was nicht so einfach war, weil so viel Wut in ihrem Bauch wühlte. Die beiden rückten nach und kamen sich dabei auch näher. Gut so. Ellen wollte gegen beide gleichzeitig kämpfen. Dazu musste sie die Männer in die richtige Position bringen. Würde sie sich die beiden nacheinander vornehmen, könnte sich der zweite auf einen Kampf einstellen, und dann würde es länger dauern. Ellen wollte ihnen eine Lektion verpassen, die sie nicht so schnell vergessen würden. Dazu musste sie die beiden überraschen. Der Boss der Männer hatte ihnen vermutlich erzählt, dass sie früher Polizistin war.

Sie müssen seine Warnung vergessen.

»Lasst mich doch einfach in Ruhe. Ich könnte euch versprechen, nicht mehr zu schnüffeln.«

Ellen zog sich noch einen Schritt zurück.

Der Größere lachte. »Ja. Wir werden dich in Ruhe lassen. Nachher!«

In seinen Augen las Ellen, dass er nur noch die Frau in ihr sah, fast zwei Köpfe kleiner und im Rückzug begriffen.

Er ist es gewohnt, dass Leute Angst vor ihm haben, und kann sich nichts mehr anderes vorstellen.

Ellen mochte sich nicht ausmalen, was er mit einer wirklich schwachen Frau anstellen würde.

Ellen spürte, dass sie nicht mehr viel Platz nach hinten hatte. Der andere schien inzwischen auch von ihrer Harmlosigkeit überzeugt. Beide zeigten keinerlei Anzeichen von Körperspannung oder Kampfbereitschaft. Eine wichtige Voraussetzung für Ellens Vorhaben. Sie tastete nach hinten. Es sollte hilflos wirken. Gleichzeitig sammelte sie sich innerlich, wie sie es aus unzähligen Stunden Kampftraining kannte. Sie sah zu Boden, damit die beiden ihre wachsende Spannung nicht in ihren Augen ablesen konnten. Für die Männer wirkte dieser Blick wie das Eingeständnis einer Niederlage.

Ellen spannte ihre Muskeln, dass es schmerzte.

Die Männer rückten noch ein Stück näher.

JETZT!

Ellen ließ ihre Muskeln los. Aus dem Stand heraus sprang sie auf den Wortführer zu und trat ihm mit voller Wucht in die Seite. Sie traf diesen ungeschützten Bereich mit der Wucht, die dem Schlag eines Schwergewichtsboxers nahekam. Sie nahm den Schwung aus der Bewegung mit, stieß sich nochmals ab, wirbelte in der Luft herum und traf mit dem anderen Fuß die Halsschlagader des Großen. Beide waren so überrascht, dass sie weder Zeit zu einer Gegenwehr hatten, noch überhaupt einen Muskel anspannen und Ellens Angriff dadurch abmildern konnten. Der Große knickte in den Knien ein und kippte um wie ein gefällter Baum. Der Kleine starrte Ellen aus schreckgeweiteten Augen an.

Ellen wusste, dass ein Leberhaken einen Moment brauchte, um zu wirken. Dann erreichte der höllische Schmerz sein Gehirn. Er stieß einen hohlen Schrei aus und sackte vor Ellen zusammen.

Die ganze Aktion hatte keine fünf Sekunden gedauert. Viel zu wenig, um den Zorn und das Adrenalin in Ellen abzubauen. Sie griff dem Wortführer ins Haar und riss ihm den Kopf hoch, sodass er sie ansehen musste.

»Wer ist euer Boss?«, brüllte sie ihm ins Gesicht.

Der Mann war noch nicht fähig zu denken. In ihm tobte dieser wahnsinnige Schmerz. In solchen Situationen konnte man nicht lügen.

»Clark Hasels«, röchelte er.

»Welche Firma?«

»Saatogo.«

Ellen stieß ihn von sich, rannte zu dem Regal mit der Kamera, griff unterwegs nach einer herumliegenden Stange.

Hasels saß vor seinem Monitor und sah Ellen auf sich zukommen.

»HASELS!«, schrie sie ihn an, während sie mit dem Finger auf ihn zeigte. »ICH WERDE DICH KRIEGEN! VERLASS DICH DRAUF!«

Dann sauste etwas auf die Linse zu. Es krachte. Das Bild wurde schwarz.

Hasels zuckte zusammen. Damit hatte er nicht gerechnet. Als die Schrecksekunde vorüber war, lehnte er sich zurück und lächelte.

»Das wird vielleicht amüsanter, als ich dachte. Die Kleine ist wirklich gut.«

Er hatte gar nicht richtig mitgekriegt, wie sie seine beiden Leute fertiggemacht hatte, so schnell war es gegangen. Dabei waren die beiden nicht von Pappe. Das musste er sich gleich noch mal in Zeitlupe ansehen, aber vorher war noch etwas zu regeln.

»Rob«, sprach Hasels in die Gegensprechanlage, »die Bezüge für Boris und Alexej um die Hälfte kürzen. Diese Flaschen sind nicht mehr wert.«

Ellen hatte die Kamera zerstört, aber fertig war sie noch nicht. Sie ging wieder zu den Männern. Jetzt lag auch der Wortführer am Boden, vor Schmerzen zusammengekrümmt. Er hielt sich die Seite. Der andere lag still. Ellen prüfte mit geübten Griffen den Zustand der beiden, so gut es ihr möglich war. Außer heftigen Schmerzen in den nächsten Stunden würden sie keine bleibenden Schäden davontragen. Vorausgesetzt, sie schonten sich und riskierten nicht so schnell wieder einen Kampf, aber das war nicht Ellens Problem.

Der Wortführer rührte sich und versuchte, sich aufzurichten.

»Liegen bleiben!«, herrschte Ellen ihn an. Er gehorchte sofort.

In seinen Taschen fand Ellen eine Pistole und etwas Geld. Der andere hatte nur ein Messer und ebenfalls Geld. Zusammen kam sie auf knapp vierhundert Euro. Ellen nahm es ohne schlechtes Gewissen an sich. Sie betrachtete es als Anzahlung für ihre demolierte Einrichtung. Die Pistole steckte sie sich hinten in den Hosenbund und das Messer dazu, mit eingefahrener Klinge natürlich. Die Handys und die Autoschlüssel nahm sie ebenfalls mit.

Als Ellen die alte Fabrik verließ und draußen den Mercedes stehen sah, spielte sie kurz mit dem Gedanken, den Wagen zu nehmen. Sie entschied sich dagegen. Über das eingebaute Navigationssystem oder andere Einrichtungen konnte er möglicherweise geortet werden. Woher sollte sie wissen, wie dieser Hasels seine Leute überwachte? Den Wagen zu benutzen war einfach zu gefährlich. Also warf Ellen den Autoschlüssel kurzerhand weit in die dichte Brombeerhecke hinein. Die Geldbörsen mit Ausweis, Führerschein und Kreditkarten folgten, nachdem sie sich die Adressen gemerkt hatte. Ersatz zu besorgen würde die Männer einige Mühe kosten, aber in dieser Zeit würden sie wenigsten keine Leute unter Druck setzen.

Das Taxi wartete tatsächlich noch da, wo sie es verlassen hatte.

Der Fahrer war erleichtert, Ellen zu sehen. »Ich hab mir echt Sorgen um Sie gemacht.«

»Unnötig. Das war nur ein unwichtiges Treffen.«

Ellen hatte keine Lust, dem Taxifahrer mehr als nötig zu verraten. Außerdem hatte sie keine Zeit. Ihr Handy meldete sich. Es war Sina.

»Ellen, du musst verschwinden. Rux hat DNA-Proben auf dem Handy untersuchen lassen, und sie stimmen mit deinen überein.«

»Ich dachte, ich hätte vierundzwanzig Stunden?«

»Das dachte ich auch. Rux muss mächtig Druck gemacht haben. Wie sie das so schnell ausgewertet haben, weiß ich auch nicht.«

»Bist du sicher? Woher weißt du das eigentlich?«

»Sagen wir so: Ich habe einen Kollegen auf dem kurzen Dienstweg um Amtshilfe gebeten. Mehr konnte ich aber nicht tun. Rux wird in diesem Moment den Bericht erhalten.«

»Fuck! Und jetzt?«

»Sagte ich doch: verschwinden – oder in den Knast wandern. Das kannst du dir aussuchen.«

»Okay. Ich melde mich wieder.«

Jetzt musste es schnell gehen. Wenn Rux und Hasels in Verbindung standen, wusste Rux, wo sie war. Sie musste hier weg.

»Fahren Sie los! Irgendeine Richtung.«

In aller Eile durchkämmte Ellen den Rufnummernspeicher der beiden Handys. Die meisten Namen sagten ihr nichts, aber sie fand die Nummer von Hasels.

»Wir kommen dir näher«, murmelte sie vor sich hin.

Die Nummer kam aus dem europäischen Ausland. Mehr konnte sie noch nicht sagen, aber das würde sich bald ändern. Zuerst musste sie ihr aktuelles Problem lösen. Die Wohnung der beiden Männer nach Beweismaterial zu durchsuchen, fiel flach. Falls Hasels auf den gleichen Gedanken kam, lief sie der Polizei dort ins offene Messer. Sie musste sich etwas Luft verschaffen und ihre Gedanken sortieren, stellen konnte sie sich später immer noch. Die Handys warf sie einfach aus dem Fenster. Die Polizei würde mit Sicherheit nach ihnen suchen.

»Fahren Sie mich nach Neuruppin zum Bahnhof«, bat Ellen.

Der Fahrer schüttelte den Kopf, sagte aber nichts. Ellen war es recht. Sie musste nachdenken. Aus eigener Erfahrung kannte sie die Schritte und Möglichkeiten der Polizei zur Genüge. Sie musste höllisch aufpassen, um keinen Fehler zu machen.

Ellen überflog die Adressen in ihrem Handy.

Mateusz Rudzinski. *Der ist ideal.*

Mateusz war ein Kollege aus Warschau, den sie bei einem europäischen Austausch kennengelernt hatte. Er war ganz nett gewesen, hatte ihr Warschau gezeigt und hätte wohl auch gerne eine Nacht mit ihr verbracht. Ellen hatte ihn freundlich, aber bestimmt auf Distanz gehalten.

Ellen tippte eine SMS: Hallo Mateusz. Komme morgen. Ruf nicht zurück. Bis bald. EF

Entschuldige, Mateusz, aber das ist ein Notfall, dachte Ellen und drückte auf Senden.

Anschließend löschte sie den Gesendet-Speicher und auch alle anderen Adressen.

»Warten Sie hier«, sagte Ellen zu dem Fahrer, als sie vor dem Bahnhof parkten.

Der Fahrer machte die Bewegung des Geldzählens.

Ellen legte ihm einen Hunderter hin. »Als Anzahlung. Es geht gleich weiter.«

»Wieder was erledigen?«

»Genau.«

Am Fahrkartenschalter fand Ellen einen Mann, dessen Gepäck nach einer längeren Reise aussah. Sie stellte sich hinter ihm an. Er wollte nach Hamburg, das passte. Ellen manipulierte ihr eigenes Handy in eine Manteltasche des Mannes. Dann war sie an der Reihe – und kaufte ebenfalls ein Ticket nach Hamburg. Dabei zahlte sie mit ihrer Kreditkarte. Vielleicht würde Rux die Zahlung aufspüren. Wenn er dann noch versuchte, sie über ihr Handy zu orten und es auch auf dem Weg nach Hamburg war, würde er die falsche Fährte vielleicht schlucken. Irgendwann würde ihr Handy in seine Hände gelangen, Rux würde die gelöschten Daten rekonstruieren lassen und die SMS finden. Natürlich würde er herausfinden, dass auch die Spur nach Polen falsch war, da machte Ellen sich keine Illusionen, aber sie konnte Zeit gewinnen, ein oder zwei Tage vielleicht.

Auf dem Weg zum Ausgang machte Ellen an einem Geldautomaten halt. Sie belastete ihre Kreditkarte und ihre EC-Karte bis zur Grenze und hob alles ab, was ging. Das gute alte Bargeld war immer noch die beste Möglichkeit, unerkannt zu bezahlen. Alles andere wurde gnadenlos aufgezeichnet und konnte verfolgt werden.

»Wohin jetzt?«, wollte der Fahrer wissen.

»Sie sind Türke?«, fragte Ellen.

Der Fahrer nickte. »Warum ist das wichtig?«

»Sie haben Familie?«

»Zwei Jungs und eine wunderschöne Tochter«, antwortete der Mann stolz.

»Wenn Sie mir bei Ihrer Familienehre schwören, dass Sie nachher vergessen, dass Sie mich nach Berlin gefahren haben, zahle ich Ihnen zweihundert Euro für den Weg.«

Der Mann überlegte nicht lange. »Dreihundert Euro.«

»Zweihundertfünfzig.«

»Abgemacht. Für den Rest des Tages weiß ich nicht mehr, wo ich gewesen bin.«

14

Ellen ließ sich in der Nähe des Hauptbahnhofs absetzen. Vor dem Haupteingang parkten eine Anzahl Einsatzfahrzeuge der Polizei. Ein paar waren immer hier, aber das jetzt waren entschieden zu viele, fand Ellen. Das war kein üblicher Einsatz. War Rux ihr schon auf der Spur? Hatte er geahnt, dass sie nach Berlin wollte? Auf jeden Fall war die Situation heikel. Sie durfte nichts riskieren. Ellen stieg in den nächstbesten Bus. Mit der S-Bahn wäre es schneller gegangen, aber da gab es Überwachungskameras. Langsam wurde ihr bewusst, wie eingeengt man war, wenn nach einem gefahndet wurde. Allzu lange konnte das nicht gut gehen.

Sina wartete bereits vor der Pension »Berlin«, ihrem vereinbarten Treffpunkt, auf Ellen.

»Ich habe schon ein Zimmer gebucht.«

»Sehr gut.« So vermied Ellen, beim Einchecken ihren Ausweis vorlegen zu müssen. Das wäre geradezu eine Einladung für Rux gewesen. »Was schulde ich dir?«

»Die ersten drei Tage sind geschenkt. Dann sehen wir weiter.«

»Danke. Was täte ich nur ohne dich?«

»Im Knast sitzen, was sonst?«

»Davon bin ich ch nicht weit entfernt. Am Bahnhof wimmelt es nur so von Polizisten. Ich fürchte, Rux ist mir schon auf den Fersen.«

»So schnell auch wieder nicht. In ganz Berlin ist die Hölle los – ausnahmsweise nicht wegen dir. Deshalb habe ich auch keine Zeit, ich muss gleich wieder zurück ins LKA. Siehst du eigentlich keine Nachrichten?«

»Ich war oft genug selbst in den Nachrichten und auf den Titelseiten. Das hat mir gereicht.«

»Du solltest dich aber dafür interessieren, vielleicht geht dir dann ein Licht auf. Kann ich dich bis morgen Mittag allein lassen, ohne dass du dir neue Schwierigkeiten einhandelst?«

»Ich werde aufpassen.«

»Das hoffe ich. Bis morgen dann.«

Ellen bezog ihr Zimmer. Es war äußerst bescheiden, Bett, Schrank, Stuhl und ein Tisch mit einem Fernseher, aber mehr benötigte Ellen auch nicht. Hauptsache sie konnte sich hier zurückziehen, ohne mit Überraschungen rechnen zu müssen. Mit einer Mischung aus Widerwillen und Neugier schaltete Ellen den Fernseher ein.

Vor wenigen Minuten hatte ein Brennpunkt begonnen, der Moderator begrüßte einen Experten und stellte seine erste Frage: »Wie kommt es, dass die Lebensmittelpreise in wenigen Tagen quasi explodiert sind?«

Das war Ellen auch schon aufgefallen. Ihre eigenen Erlebnisse waren also keine Ausnahmefälle, wenn es dazu sogar einen Brennpunkt gab. Die folgende Antwort fing Ellens Aufmerksamkeit endgültig ein.

»Die Märkte befürchten Ernteausfälle in größerem Umfang. Diese Perspektive lässt die Preise steigen.«

»Wir haben erst Frühjahr«, hakte der Moderator nach. »Die Ernte liegt noch Monate in der Zukunft. Zurzeit sind genug Lebensmittel da.«

»Das ist korrekt, aber weil jetzt schon abzusehen ist, dass viele Bauern auf ihren Feldern nichts ernten werden, halten die Firmen ihre Vorräte zurück. Je länger sie warten, desto mehr können sie später verdienen. Dadurch wird das Angebot verringert, was sich auf die Preise auswirkt.«

»Und deshalb steigen die Preise so unglaublich schnell?«

»Nicht nur deshalb. Die steigenden Preise rufen Hedgefonds auf den Plan, die auf weitere Steigerungen spekulieren. Sie kaufen Optionen zum Beispiel auf Getreide oder mieten direkt ganze Lagerhäuser. Dabei überbieten sie sich gegenseitig, was die Preisspirale weiter antreibt. Dadurch werden die Spekulationen noch interessanter und so weiter. Freies Kapital fließt immer dahin, wo die größten Renditen winken. Auf diese Weise kann sich ein Preis in wenigen Tagen vervielfachen.«

»Für die Verbraucher ist diese Entwicklung fatal. Ist ein Ende abzusehen?«

»Leider nicht. Die realen Ernteausfälle werden mit Sicherheit kommen, so viel ist klar. Wo jetzt nichts wächst, ist im Herbst nichts zu ernten. Das kann nicht kurzfristig kompensiert werden und wird uns mindestens bis ins nächste Jahr begleiten.«

»Ist wenigstens geklärt, was diese Ausfälle verursacht?«

»Es ist noch zu früh, hierzu etwas zu sagen. Die Untersuchungen laufen noch.«

Der Experte fühlte sich sichtlich unwohl bei dieser Aussage, was den Moderator zur weiteren Nachfrage veranlasste: »Also können wir nicht einmal sagen, dass es nächstes Jahr besser werden wird, weil wir die eigentliche Ursache noch nicht kennen?«

»Bis dahin werden wir die Ursache gefunden haben.«

Der Moderator wandte sich wieder der Kamera zu. »Das sollten wir hoffen. Wohin diese Entwicklung bereits in wenigen Tagen geführt hat, zeigen Ihnen die folgenden Bilder.«

Ein Filmbeitrag wurde eingespielt. Er zeigte eine Bäckerei in Berlin-Mitte, die Scheiben waren eingeworfen. Gut ein halbes Dutzend Polizisten versuchte, eine wütende Menge vom Eindringen in die Bäckerei abzuhalten.

»Ähnliche Szenen spielen sich an zahlreichen Stellen in unserer Stadt ab«, kommentierte eine Stimme aus dem Off.

Der Ort wechselte. Ein Parkplatz vor einer Aldi-Filiale. Ein Mann schob einen Einkaufswagen auf den Parkplatz. Der Wagen war bis an den Rand beladen mit Mehl und Nudeln. Auf der untersten Ebene lagen Netze mit Kartoffeln. Ein ähnlich beladener Wagen folgte. Dann strömte eine Gruppe Frauen durch die Tür, sie schrien die beiden mit den vollen Wagen an. »Unverschämt. Kaufen alles weg«, waren einige Wortfetzen, die Ellen verstehen konnte. Die Frauen waren allem Anschein nach leer ausgegangen. Ellen malte sich aus, wie die Situation eskalieren würde – und genauso kam es. Die Diskussion wurde heftiger. Ein Mann schubste eine der Frauen weg. Sofort taten sich einige zusammen und fielen über die Männer her. Ein Einkaufswagen kippte um. Mehlbeutel platzen auf, was die Menschen noch wütender machte. Als nach einer gefühlten Ewigkeit ein Polizeiwagen eintraf, war die eine Hälfte der Lebensmittel unbrauchbar und die andere auf unerklärliche Art und Weise verschwunden.

Am Schluss des Brennpunkts folgte ein Aufruf der Polizei, keine Hamsterkäufe zu tätigen. Es gäbe genug Vorräte. Ellen wusste, dass dieser Aufruf vergeblich war. Die Leute würden sich nicht abhalten lassen, alles Essbare aufzukaufen. Wenn man damit rechnen musste, morgen wesentlich mehr bezahlen zu müssen, kaufte man eben heute das Doppelte oder Dreifache. Das war verständlich, aber für die allgemeine Lage katastrophal. Panik-Käufe führten zwangsläufig zu leeren Regalen, was die folgenden Kunden in ihrer Einschätzung bestätigte, dass es zu wenig gab. Das musste gar nicht mal stimmen, aber es war wie eine Lawine, die, einmal in Gang gesetzt, immer mächtiger wurde. Hier rollte etwas auf Berlin zu, und nicht nur auf Berlin.

Ellen schaltete ab. Sie hatte genug gesehen, um nicht mehr schlafen zu können.

Am nächsten Morgen wollte Ellen sich ein eigenes Bild verschaffen. Sie schlug den Weg in Richtung Kurfürstendamm ein. Tatsächlich dauerte es nicht lange, bis sie die ersten vernagelten Schaufenster entdeckte. Die Glassplitter auf dem Bürgersteig zeugten davon, was hier am Vortag geschehen war. Die meisten Passanten strömten in die gleiche Richtung wie Ellen. Es lag eine allgemeine Aggressivität in der Luft.

In den Seitenstraßen zum Kurfürstendamm traf Ellen die ersten Polizisten. Zunächst versuchte sie auszuweichen, aber das war kaum möglich. Als Ellen bemerkte, dass die Polizisten keine Notiz von ihr nahmen, ging sie einfach weiter wie die anderen Leute auch.

Auf dem Kurfürstendamm formierte sich ein Demonstrationszug. Überall war das Logo von Greenpeace zu sehen. Die Transparente machten schnell deutlich, worum es ging.

Gentechnologie bringt uns um!
Gensaatgut raus!
Wir wollen gesundes Essen.

Die Menge der Leute war nicht zu zählen. Normalerweise führten Demonstrationen bei Ellen zu erhöhter Anspannung, ein Erbe unzähliger Polizeieinsätze, bei denen es immer wieder um die Einschränkung von Gewalt ging. Diese Demonstration wirkte beruhigend auf Ellen. Sie hatte den Eindruck, nicht mehr allein dazustehen. Sie ließ sich einige hundert Meter mit der Menge treiben, bis der Zug ins Stocken kam.

Ellen schlängelte sich bis zur Spitze durch. Vor der Gedächtniskirche gab es eine Veranstaltung. Sie konnte den Mann auf der Bühne nicht erkennen, aber gut verstehen. Er vertrat eine Gewerkschaft und wetterte gegen die Großkonzerne, die seiner Ansicht nach für die Preissteigerungen verantwortlich waren. Er machte immer wieder Pausen, um den Zuhörern Gelegenheit zu geben, in ihre Trillerpfeifen zu pusten. Ellen war über jeden Meter Abstand heilfroh. Sie versuchte, weiter an den Rand zu kommen. Leider war sie zu klein, um sich orientieren zu können. Sie drängte einfach in eine beliebige Richtung. Es war die falsche. Plötzlich fand Ellen sich mitten in einer Gruppe junger Männer in Springerstiefeln wieder.

»Ausländische Konzerne raus«, skandierten sie, so laut sie konnten. Dabei stießen sie ziemlich rücksichtslos andere Demonstranten zur Seite.

Scheiße!, dachte Ellen. *Das ist keine gute Mischung.*

Sie musste unbedingt hier weg. Die Situation konnte jederzeit eskalieren, und sie war mittendrin.

Für eine Frau von kaum einem Meter sechzig Größe war es ziemlich schwierig, sich zwischen diesen Typen einen Weg zu bahnen. Sie nutzte jede noch so kleine Lücke. Endlich erreichte sie den Rand, wo die Leute nicht mehr so dicht standen.

Ellen kletterte auf einen Altpapiercontainer, um überhaupt so etwas wie Übersicht zu bekommen. Die Menschen standen dicht an dicht, soweit sie sehen konnte, die idealen Voraussetzungen für eine Panik. Das war beim besten Willen keine organisierte Demo. Anfangs vielleicht, aber dann waren immer mehr Menschen unterschiedlichster Einstellungen dazugekommen. Ellen erkannte sogar Transparente der Linken.

Enteignet die Banken!
Geld kann man nicht essen.

Ihre Exkollegen taten Ellen leid. Das konnte man nicht mehr unter Kontrolle halten, hier konnte man nur noch hoffen und beten und auf ein Ende warten.

Eine junge Frau, die in diesem Moment an dem Container vorbeiging, reichte Ellen eines von ihren Blättern, die sie unter die Umstehenden verteilte.

Die Bibel hat es prophezeit
Zwei Pfund Weizen für einen Tageslohn.
Offenbarung, Kapitel 6 Vers 6
Die Menschen werden sich gegenseitig umbringen.
Offenbarung, Kapitel 6 Vers 4
Das Ende ist nahe.
Kehrt um, damit ihr nicht verloren geht!

Es folgten weitere Ausführungen dazu, was die Bibel über die Zeit vor dem Weltuntergang angekündigt hatte und was man tun sollte, um nicht auf der falschen Seite zu stehen.

Ellen knüllte das Blatt zusammen und warf es weg. Sie wollte sich nicht auf den Weltuntergang vorbereiten, sie wollte kämpfen, um den Weltuntergang zu verhindern. Wenn sie sich das Geschehen um sie herum ansah, musste sie sich damit allerdings beeilen. Das gegenseitige Umbringen würde nicht mehr lange auf sich warten lassen.

Hier konnte sie jedenfalls nichts tun. Ellen kletterte von dem Container herunter. Wenigstens wusste sie jetzt, wie sie am schnellsten aus dieser Masse an Menschen herauskam.

Schnell ging es trotzdem nicht. Irgendwann verlor Ellen die Geduld und drängte immer rücksichtsloser zwischen den Leuten hindurch. Sina war sicher schon bei der Pension und würde warten. Schon wieder.

Genauso war es. Der Empfang war nicht unbedingt herzlich.

»Wo warst du? Ich stehe schon eine halbe Stunde hier rum!«

»Ich wollte mir ansehen, was in der Stadt los ist. Dabei bin ich in eine Demo geraten und nicht mehr herausgekommen. Meine Güte! Ich kenne Berlin nicht mehr wieder.«

»Aber angestellt hast du nichts?«

Ellen verdrehte die Augen. »Ich bin kein kleines Kind mehr.«

»Gerade deshalb. Mit kleinen Kindern hat man weniger Probleme als mit dir.«

»Mir ist im Moment nicht nach Scherzen zumute. Was ich gesehen habe, hat mir gehörig die Laune verdorben.«

Ellen stattete einen kurzen Bericht ab.

Sina nickte immer wieder. »Jetzt hast du erlebt, womit wir seit einigen Tagen kämpfen. Die Probleme explodieren genauso schnell wie die Preise. Bevor wir eine Situation entschärft haben, melden die Leute drei neue. Seit ein paar Tagen haben wir Urlaubssperre, die Leute schieben Zwölf-Stunden-Schichten.«

»Entlastung aus anderen Bundesländern?«

»Nichts. Die haben ähnliche Probleme, vor allem in den großen Städten. Auf dem Land geht es noch ruhiger zu.«

»Was tut die Regierung?«

Sina zuckte mit den Schultern. »Reden. Ich habe den Eindruck, sie sind selbst überrascht über die Eskalation. Einen roten Faden gibt es nicht, einige beschwichtigen und reden von den Kräften des Marktes.«

»Da draußen wirken bald andere Kräfte«, unterbrach Ellen sie und ging zum Fenster.

»Deshalb rufen welche nach einem starken Eingreifen des Staates. Dann gibt es Stimmen, die unbedingt Hartz IV aufstocken wollen. Ein Vorschlag jagt den anderen, und bis die Krisensitzung zu Ende ist, sind die Preise wieder gestiegen.«

Ellen schob die Gardine einen Spalt zur Seite und sah nach draußen. »Klingt wie bei einem Arzt, der die Ursache einer Krankheit nicht kennt. Dann doktert er an den Symptomen herum.«

»Aber du glaubst, dass wir der Ursache auf der Spur sind?«

»Ja, das glaube ich. Und du doch auch. Du selbst hast die Sache mit dem Terminator-Saatgut ins Spiel gebracht. Es passt einfach alles zusammen, auch wenn wir noch nicht wissen, warum es verkauft worden ist.«

Ellen ließ die Gardine wieder an ihren Platz fallen. Draußen war momentan alles ruhig.

»Und was willst du jetzt mit deiner Erkenntnis anfangen?«, fragte Sina.

»Ich kann schlecht damit zur Polizei gehen. Wenigstens in Neuruppin nicht.«

»Womit du ziemlich eindeutig recht hast. Dein Freund Rux lässt dich übrigens mit internationalem Haftbefehl suchen. Das kam gerade rein, bevor ich los bin.«

Ellen zerbiss einen heftigen Fluch zwischen den Lippen. »Er hat meine Polen-SMS entdeckt. Das ging aber sehr schnell.«

»Er scheint sich besonders für dich zu interessieren.«

»Er wird gut dafür bezahlt.«

»Wenn du das beweisen könntest, wären wir ein gutes Stück weiter.«

»Wie soll ich das beweisen können? Du weißt, dass das fast unmöglich ist. Man müsste sein Umfeld durchleuchten, seine Konten prüfen und so weiter. Dazu braucht man eine richterliche Verfügung. Die Zeiten, in der ich so was bekommen hätte, sind vorbei. Das müsste jemand vom LKA anleiern.«

Ellen ging auf die andere Seite des Zimmers.

Sina drehte sich auf dem Sessel mit, wobei der heftig knarzte. »Von Berlin kannst du keine Unterstützung erwarten. Stefan Daudert, dein Ex, lässt kein gutes Haar an dir, seit du gegangen bist.«

»Ich kenne ihn leider viel zu gut. Er war schon vorher unausstehlich, aber nachdem der Polizeipräsident persönlich ihn befördert und mir vor die Nase gesetzt hat, ist es noch schlimmer geworden. Er hat nur nach Gelegenheiten gesucht, um mich zu schikanieren.«

»Deshalb bist du gegangen, ich weiß.«

»Ich lasse mich nicht schikanieren, lieber gehe ich meinen eigenen Weg.«

»Und du lässt dir auch nichts vom Polizeipräsidenten sagen.«

»Ich musste so handeln. Es ging um eine Bombe auf einem vollbesetzten Ausflugsschiff.«

»Richtig. Aber wer dem Polizeipräsidenten so heftig auf die Füße tritt wie du, muss sich nicht wundern, wenn der nachher Aua schreit.«

»Ich wundere mich nicht. Er hätte allerdings auch dazu stehen können, dass er Bockmist gemacht hätte.«

»Er hat es nun mal vorgezogen, dich kaltzustellen. Das war

ja nicht schwer, nachdem du auch noch Burgsmüller vom BKA blamiert hast.«

»Der hat die Lage vollkommen falsch eingeschätzt. Ich bin nicht seine Marionette.«

»Alles richtig, nur hilft dir das überhaupt nicht weiter.«

»Okay, ich habe es mir also mit dem LKA, dem Polizeipräsidenten und dem BKA verdorben. Ich sehe ein, dass die kaum auf mich hören würden. Könntest *du* nicht …?«

Sina hob abwehrend die Hände. »Vergiss es. Soll ich hingehen und sagen ›Wir hätten da eine interessante Vermutung‹? Das könnte ich nicht mal, wenn wir Langeweile hätten. Aber wir *haben* keine Langeweile. Bei uns ist die Hölle los, eine Krisensitzung jagt die nächste. Um beim LKA auch nur anklopfen zu dürfen, brauche ich handfeste Beweise, und ob ich dann gehört würde, weiß ich trotzdem nicht.«

»Okay, wir brauchen Beweise. Wie immer. Es dürfte doch nicht so schwer sein, Bodenproben von den betroffenen Feldern zu nehmen und zu untersuchen. Das hilft zwar mir nicht, aber immerhin den Leuten da draußen.«

Ellen ging wieder zum Fenster zurück, um nach den Leuten »da draußen« zu sehen.

Sina machte ein unglückliches Gesicht. »Schön, dass du so selbstlos bist, aber leider muss ich dich enttäuschen. Ich war nicht untätig in der letzten Zeit. Seit meinem Verdacht mit dem Terminator-Saatgut habe ich mich umgehört. Ein paar Leute von Greenpeace hatten etwas Ähnliches vermutet wie wir. Die betroffenen Firmen haben diesen Vorwurf natürlich vehement abgestritten. Es gab dann tatsächlich Untersuchungen. Greenpeace hat Terminator-Saatgut nachgewiesen, sagen sie, aber zwei andere, unabhängige Institute nicht. Die Firmen schlachten das aus und werfen Greenpeace vor, sie würden verleumden und Propaganda betreiben.«

Ellen war entsetzt. »Das gibt's doch nicht. Und was glaubst du?«

»Ich glaube immer noch, dass Terminator-Saatgut im Spiel ist, aber ich bin weder Experte, noch ist mein Labor für solche Spezialuntersuchungen eingerichtet. Deshalb zählt meine Meinung in dieser Sache nicht. In der Öffentlichkeit und vor der

Politik steht jedenfalls Meinung gegen Meinung, und was dann passiert, weißt du selbst.«

»Nichts!«, sagte Ellen ärgerlich. »Es wird ein paarmal drüber diskutiert, und dann versickert die Sache. Man hat Greenpeace kaltgestellt«, sagte sie aufgebracht.

Sina hob abwehrend die Hände. »Ich war's nicht.«

»Nein, aber ich kann mir denken, wer es war.«

»Wenn du das jetzt auch noch beweisen könntest, wäre das richtig gut.«

Ellen ballte die Fäuste. »Irgendwie muss ich es schaffen, ich werde Beweise finden.«

Sina schüttelte den Kopf. »Du machst mir vielleicht Spaß. Du tust so, als bräuchtest du nur irgendwo hinzugehen, anzuklopfen und nach Beweisen zu fragen. Darf ich deine Lage mal zusammenfassen? In deiner weiteren Nachbarschaft redet kein Mensch mehr mit dir. Ein skrupelloser Weltkonzern will dich ausschalten, die Polizei ist hinter dir her, und alle deine Beweise sind verschwunden. Ich würde sagen, du hast ein Problem.«

Ellen sah Sina an. »Danke für deine Aufmunterung. Diese Sachen weiß ich selbst, aber sie helfen mir nicht weiter. Ich kann nicht einfach hier sitzen bleiben, die Hände in den Schoß legen und im Fernsehen zuschauen, wie in Berlin das Chaos regiert.«

»Du bist verrückt. Du wirst selbst gejagt und willst immer noch die Welt retten?« Sina schüttelte den Kopf.

»Was sollte ich deiner Meinung nach tun? Kneifen? Mich ins Ausland absetzen? Niemals. Ich laufe nicht vor Problemen weg.«

Ellen ballte eine Faust, als ob sie einem unsichtbaren Gegner gegenüberstehen würde.

»Deshalb mag ich dich ja so. Leider kann ich dir im Moment überhaupt nicht weiterhelfen. Was mir möglich war, habe ich getan. Ich habe weder eine Idee noch irgendwelche Zeit in den nächsten Wochen, wir haben Urlaubssperre und zum Teil Doppelschichten. Außerdem befürchte ich, dass Stefan Daudert mich überwachen lässt, weil er vermutet, dass wir Kontakt zueinander haben.«

Sina wuchtete sich aus dem Sessel heraus und ging zur Tür.

Ellen folgte ihr. »Du hast mir schon viel geholfen, mehr, als du durftest. Das werde ich dir nicht vergessen.«

»Du kannst dich gerne melden, wenn ich etwas Sinnvolles für dich tun kann. Ansonsten kann ich dir nur raten: Wenn du heil hier rauskommen und das da draußen auch noch lösen willst, dann musst du dir etwas so Verrücktes einfallen lassen, auf das selbst ich nicht kommen würde.«

»Ich werde einen Weg finden.«

»Das hoffe ich. Ich würde dich ungern im Knast besuchen müssen. Du solltest dich aber beeilen. Viel Zeit lässt dir Rux sicher nicht. Und Hasels. Und die beiden Typen. Und Daudert. Und wer sonst noch alles hinter dir her ist.«

15

Ellen wartete den Einbruch der Dämmerung ab, bevor sie die Pension verließ. Dann war die Gefahr, erkannt zu werden, geringer. Sie brauchte Bewegung, frische Luft, freie Sicht. Sie musste klar denken können, um eine vernünftige Entscheidung zu treffen. In dem kleinen Zimmer fühlte sie sich eingesperrt, eingespannt wie in einen Schraubstock. Nicht auszudenken, wie es ihr gehen würde, wenn sie viele Jahre in einer Zelle zubringen musste. Das durfte nicht passieren. Niemals!

Ihre Chancen standen schlecht. Das hatte das Gespräch mit Sina deutlich gezeigt. Ellen wusste, dass sie unschuldig war, aber sie konnte es nicht beweisen. Die Gegenseite hatte Beweise, zwar gefälschte, aber auch das konnte Ellen nicht nachweisen.

Nicht weit von Ellens Pension verlief die Schönhauser Allee. Zwischen den beiden Fahrstreifen standen zwei Baumreihen mit einem Weg in der Mitte, ideal zum Flanieren. Aber es flanierte niemand. Die Stimmung war angespannt, es herrschte überraschend viel Betrieb, und fast alle gingen in Richtung Berlin-Mitte. Ellen ging einfach mit. Das war leichter und unauffälliger, als gegen den Strom zu laufen. Sie hatte kein bestimmtes Ziel, sie wollte in Bewegung sein und nachdenken.

Egal, wie sie es drehte und wendete, sie brauchte Beweise. Beweise für ihre Unschuld und Beweise für die Machenschaften von Saatogo. An diesen Beweisen hing alles, im Prinzip sogar ihr Leben – und möglicherweise das von vielen anderen auch. Während ihrer Zeit in verantwortlicher Position beim LKA hatte sie Zugriff auf nahezu unbeschränkte Ressourcen gehabt. Bei Bedarf konnte sie auf Hundertschaften der Polizei zurückgreifen oder Scharfschützen oder Wissenschaftler, IT-Experten, Labors …

Jetzt hatte sie nichts mehr davon. Ihr ganzer Besitz passte in eine Reisetasche, abgesehen von zwei Fahrrädern im Keller und einem Auto, das sie nicht benutzen konnte, weil sie damit sofort auffallen würde. Sie konnte sich kaum bewegen, weil die Polizei nach ihr fahndete. S- und U-Bahn konnte sie vergessen, Taxi auch. Selbst Geld konnte sie keins mehr abheben.

Das war eine äußerst bescheidene Ausgangsposition im Hinblick auf die vor ihr liegende Aufgabe.

Ich brauche Verstärkung.

Das war leichter gedacht als getan. Ellens Bekanntenkreis war schon immer sehr übersichtlich gewesen. Zu allem Überfluss hatten ihre wenigen Freunde alle etwas mit der Polizei zu tun. Wer sich von denen mit ihr traf, ohne Meldung zu machen, machte sich strafbar. Das würde keiner riskieren, außer eben Sina. Zu ihrer Schwester, Annika, konnte Ellen auch nicht. Die würde garantiert überwacht, weil sie die einzige Verwandte von Ellen war.

Auf der Höhe des jüdischen Friedhofs kam Ellen kaum noch voran. Manche Leute waren stehen geblieben und behinderten die, die weitergehen wollten. Irgendwas war hier los.

Ellen zwängte sich nach vorne, um etwas sehen zu können. Vor dem Eingang zum Friedhof standen Polizisten. Ellen schätzte zwanzig bis dreißig. Sie taten nichts, aber ihre Anspannung konnte Ellen über die Straße hinweg spüren. Den Grund für diese ungewöhnliche Ansammlung fand Ellen etwa zweihundert Meter weiter südlich. Dort standen mehrere Gruppen, die Ellen unschwer als Neonazis erkennen konnte. Sie taten auch nichts, standen einfach nur da, rauchten, hielten Bierbecher in der Hand und redeten miteinander. Sie schienen sich über die Polizisten zu amüsieren, die allein deshalb aufgezogen waren, weil sie vielleicht etwas vorhaben *könnten*, vielleicht aber auch nicht. Nur konnten das die Polizisten nicht wissen. Es war ein übles Spiel, und Ellen beneidete ihre ehemaligen Kollegen nicht.

Sie wollte schon weitergehen, als sie eine Veränderung bei der Polizei spürte. Ein Außenstehender hätte es kaum bemerkt, aber Ellen kannte solche Situationen nur zu gut. Dort wurden möglichst unauffällig Informationen ausgetauscht. Befehle wurden in Funkgeräte gesprochen, die Beamten nahmen eine Haltung an, als ob sie gleich aktiv werden würden. Ellen sah zu den Nazis. Da war alles unverändert ruhig. Jetzt dort einzugreifen, wäre ein Fehler, den kein vernünftiger Kommandant begehen würde.

Dann sah Ellen, wie zwei Beamte verstohlen in ihre Richtung blickten.

Sie meinen mich! Diese Erkenntnis kam wie ein Blitz – und tat fast genauso weh. Jemand hatte sie erkannt. Eigentlich war das kaum verwunderlich, denn in solchen kritischen Situationen war es Pflicht, auch die Umgebung im Auge zu behalten.

Ellen wollte sich reflexartig umdrehen und weglaufen, bremste sich aber noch rechtzeitig. Wie beiläufig sah sie sich um und tat so, als hätte sie nichts bemerkt, und das war ihr Glück. Hinter ihr gab es an mehreren Stellen Bewegung unter den Leuten, als ob sich jemand durch die Menge vorarbeitete.

Man hat mich in der Zange.

Entweder hatte man sie so frühzeitig entdeckt, dass man Beamte losgeschickt hatte, bevor Ellen Verdacht geschöpft hatte, oder es waren von Anfang an Zivilbeamte in der Menge verteilt gewesen.

Ellen ging blitzschnell ihre Optionen durch. Es blieben nicht viele. Eigentlich blieb nur eine, und das war die, die ihr im Grunde absolut widerstrebte. Aber wenn sie nicht festgenommen werden wollte, hatte sie nur diese eine Wahl.

Ellen spurtete über die Straße auf die Neonazis zu. Nur zwei Sekunden später rannten auch die Polizisten los. Ellen war schneller. Schon war sie bei den Neonazis angekommen.

»Die Bullen verfolgen mich«, rief Ellen und zwängte sich an den ersten vorbei. Die kapierten überhaupt nicht, was plötzlich los war, aber die auf sie zustürmenden Polizisten reichten aus. Sofort flogen Bierbecher und anderes. Fäuste krachten auf Helme, Ellen hörte Pfefferspray zischen. Dann war sie durch die Menge durch, sah einen Hofeingang und verschwand darin.

Ellen fand einen anderen Ausgang und lief weiter, bis sie sicher sein konnte, dass ihr niemand folgte. Ihre Kollegen taten Ellen leid und in diesem Fall sogar die Neonazis. Sie allein hatte die Eskalation provoziert und niemand anderes. Ellen beruhigte ihr Gewissen damit, dass es in gewisser Hinsicht Notwehr gewesen war, und für die aggressive Aufstellung der beiden Parteien konnte sie nichts.

Eins war seit dieser Situation klar: Die Polizei wusste, dass sie in Berlin war. Alle falschen Spuren, die sie gelegt hatte, waren ab jetzt wirkungslos. Man wusste, wo man sie zu suchen hatte, und das bedeutete wiederum, dass ihre Zeit in Freiheit ablief. Hatte sie noch Tage? Oder nur noch Stunden? Das hing von vielen Faktoren ab und vom Glück, aber das war nichts, auf das sich Ellen verlassen wollte.

In leichtem Trab arbeitete Ellen sich nach Berlin-Mitte vor, wobei sie die großen Straßen vermied. Immer wieder kam sie an zugenagelten Schaufenstern vorbei. Nach längerer Suche fand sie eine Telefonzelle. In Zeiten, in denen fast jeder ein Handy hatte, waren sie selten geworden. Diese hier sah aus, als hätte man sie vergessen. Die Scheiben waren so zerkratzt und verschmiert, dass Ellen nicht hineinsehen konnte, was anderseits den Vorteil hatte, dass Ellen darin einigermaßen sicher vor Entdeckung war. Entscheidend war, dass das Telefon überhaupt noch funktionierte. Tatsächlich ertönte das Freizeichen, als Ellen den Hörer abnahm. Ein Telefonbuch gab es natürlich nicht, aber das war auch nicht nötig. Ellen hatte die Nummer im Kopf.

Sie hatte lange überlegt, ob sie es wagen konnte, Marina Wirtz anzurufen. Marina arbeitete auch im LKA, sie leitete den psychologischen Dienst, aber es war kaum anzunehmen, dass man Marinas Telefon überwachte, um Ellen auf die Spur zu kommen. Zu Ellens Zeiten im LKA war es ein offenes Geheimnis, dass Ellen und Marina sich nicht leiden konnten. Dafür waren sie zu verschieden. Dass sich dieses Verhältnis am Ende ins Gegenteil verwandelt hatte, hatte kaum jemand mitbekommen.

»Ellen, du?« Marina klang erstaunt. »Wie geht es dir? Alle Welt sucht dich.«

»Das habe ich vor Kurzem auch bemerkt. Wir müssen reden, aber nicht am Telefon. Traust du dich?«

»Was ist denn das für eine Frage?«

»Wenn herauskommt, dass du dich mit mir triffst, kriegst du Schwierigkeiten.«

»Mit wem ich mich treffe, entscheide ich ganz alleine, und das geht auch niemanden etwas an.«

»Danke. In unserem Kellercafé?«

»Gut, ich kann in zwanzig Minuten da sein.«

Ellen überschlug die Entfernung. Öffentliche Verkehrsmittel und Taxen fielen aus. Zu gefährlich. Sie musste wohl oder übel laufen. »Ich brauche etwa eine Stunde.«

16

Ellen nahm sich fünf Minuten Zeit, um die Umgebung nach Verdächtigem abzusuchen, bevor sie durch den Eingang trat und die schmale Treppe zu dem Café hinunterging. Sie rechnete nicht damit, verfolgt worden zu sein, aber man konnte nie sicher sein. Ein Keller konnte zu einer Falle ohne Ausgang werden.

Der Gastraum war schnell überblickt. Es hatte sich nichts verändert seit ihrem letzten Besuch vor etwa einem Jahr. Dieselben Bilder vom Spreewald an der Wand und immer noch sechs Tische, die dieses Mal allerdings alle besetzt waren. Ein leises Raunen von gedämpften Gesprächen lag in der Luft. Marina saß sogar am gleichen Tisch wie damals, aber sie hatte eine neue Brille, eine, die weniger streng wirkte. Ihre mittelblonden Haare trug sie jetzt schulterlang. Als Marina Ellen entdeckte, winkte sie.

Auf dem kurzen Weg zu Marinas Tisch warf Ellen nochmals einen kritischen Blick über die Anwesenden. Niemand kam ihr bekannt vor.

»Hier kommen keine Kollegen hin«, sagte Marina, der Ellens Blick offenbar nicht entgangen war. Dafür war sie eine zu gute Beobachterin.

»Sicher ist sicher«, sagte Ellen. »Entschuldige die Verspätung. Ich musste einen Umweg laufen, am Spittelmarkt gab es Randale.«

»Bist du etwa gelaufen?« Marina sah Ellen ungläubig an.

Die zuckte mit den Schultern. »Ist nicht so tragisch. Ist gut für die Gesundheit.«

»Und gut für die Freiheit«, ergänzte Marina. »Meine Güte. Als wir das letzte Mal hier saßen, hast du die härteste Truppe im LKA geleitet, und jetzt musst du dich vor jedem Streifenpolizisten verstecken.«

Ellen machte ein Zeichen, dass Marina schweigen sollte. Die Bedienung kam heran. Marina bestellte einen Cappuccino.

»Haben Sie auch etwas zu essen?«, fragte Ellen. »Etwas Deftiges?«

»Wenn Ihnen Buletten deftig genug sind, haben wir etwas für Sie.«

»Buletten sind gut. Und scharfen Senf und eine große Cola.«

»Auf deine Figur musst du wohl nicht achten«, meinte Marina.

»Im Moment verbrenne ich ziemlich viele Kalorien.«

»Erzähl mal, wie es dir geht.«

Ellen gab Marina einen Abriss der Ereignisse. Sie fasste sich kurz, aber es dauerte doch so lange, dass sie zwischendrin noch mal eine Portion Buletten verdrückte.

Marina hörte zu, ohne Ellen zu unterbrechen. »Klingt nicht gut«, sagte sie, als Ellen fertig war.

»Zu diesem Ergebnis bin ich auch schon gekommen.«

»Wenn ich mir die Situation im LKA ansehe, ist es noch schlimmer, als du denkst. Stefan Daudert lässt kein gutes Haar an dir. Seit du auf der Fahndungsliste stehst, hat er dich zur Chefsache erklärt. Er muss einen richtigen Hass auf dich haben.«

»Mich wundert, dass er überhaupt befördert worden ist. *Er* hat großen Mist gebaut, nicht ich. *Er* hat in der Kammer des Schreckens Beweise beiseitegeschafft und sich dabei filmen lassen.«

»Aber er *ist* befördert worden, warum auch immer. Und jetzt dreht er die Sache so, dass du ihn in diese Falle geschickt hättest.«

»So ein Schwein. Er weiß genau, dass das gelogen ist.«

Ellen war laut geworden, und einige Gäste sahen zu ihnen herüber. Marina bestellte zwei Cappuccino, um abzulenken. Bis die Cappuccinos kamen, schwieg Ellen. Sie musste verdauen, was sie gerade von Marina gehört hatte.

»Okay«, sagte Ellen, als die Tassen vor ihnen auf dem Tisch standen und die Bedienung wieder gegangen war. »Wir müssen die Fakten so nehmen, wie sie sind, auch wenn sie uns nicht gefallen. Das macht es umso dringender, dass bald etwas geschieht. Vonseiten der Polizei ist keine Hilfe zu erwarten, im Gegenteil. Selbst du und Sina können in dieser Lage nichts bewegen.«

Ellen streute Zucker auf den Milchschaum und rührte ihn vorsichtig hinein.

Marina beobachtete Ellen dabei. »Du siehst nicht so aus, als würdest du weglaufen wollen, wie es die meisten wohl tun würden.«

»Weglaufen bringt nichts. Man muss sich den Problemen stellen.«

»Das ist eigentlich mein Satz, den ich immer wieder sage«, bemerkte Marina. »Aber in deinem Fall hätte ich fürs Weglaufen Verständnis.« Marina dachte einen Moment nach, während Ellen weiter in ihrem Cappuccino rührte. »Es sei denn, du hast tatsächlich noch einen Plan.«

Jetzt ließ Ellen ihren Cappuccino in Ruhe und sah Marina an. »Einen Plan noch nicht, eher eine Idee. Eine ziemlich verrückte Idee. Ich kann selbst kaum glauben, dass ich so etwas überhaupt denke.«

17

Wenn das Licht der Straßenlaternen nicht gewesen wäre, hätte Ellen das Morgengrauen sehen können, das im Osten aufzog. Ellen hatte darauf bestanden, zu Fuß zur Pension zurückzugehen. Sie brauchte Zeit zum Nachdenken, denn vor ihr lag eine echte Herausforderung. Wie nimmt man Kontakt zu einem Menschen auf, den man nicht kennt? Wenn man weder einen Namen noch eine Adresse weiß, nicht mal weiß, wie derjenige aussieht?

Und dann: Wie soll derjenige schaffen, was der ganze Polizeiapparat vergeblich versuchte? Und das alles in wenigen Tagen?

Eigentlich war diese Aufgabe unmöglich. Es gab nur einen, dem Ellen das zutraute. Dem Mann, der ihr Privatleben bis ins Kleinste ausgeforscht hatte, der sie dazu gebracht hatte, sich vor laufenden Kameras auszuziehen. Sie war ihm persönlich begegnet und wusste doch nichts von ihm. Er wurde von allen gesucht – und war immer noch frei. Jemand, der dazu in der Lage war, war genau der, den Ellen jetzt brauchte.

Der Mann an der Rezeption war eingenickt. Ellen war es nur recht so. Er musste ihr Gesicht nicht häufiger sehen, als unbedingt nötig.

Ellen saß vor ihrem Laptop und ging ein letztes Mal ihre Optionen durch. Wenn sie den nächsten Schritt tat, begann eine Gratwanderung, gefährlich und eigentlich unmöglich. Ziel unbekannt. Der Preis, den sie dafür bezahlen musste? Unbekannt.

Und was ist, wenn ich diesen Schritt nicht gehe? Dann ist mein Weg ziemlich klar. Geradewegs zwischen Betonwände und Gitterstäbe.

Eigentlich konnte Ellen im Moment gar nicht viel tun. Sie konnte nur hoffen, dass ihr Erpresser tatsächlich noch Interesse an ihr hatte und wieder nach ihr suchte. Marina hielt das für möglich, ja sogar für wahrscheinlich. Es musste irgendeine besondere Verbindung zwischen ihr und diesem Mann geben, auch wenn sie sich selbst nicht vorstellen konnte, was das sein sollte.

Fest stand, dass der Mann ein Spieler war. Er hatte mit ihr um Menschenleben gespielt, aber sein eigentliches Ziel war gewesen, Ellen so weit zu bringen, wie sie es niemals für möglich gehalten hatte. Das war ihm gelungen, nicht nur einmal, sondern mehrmals. Er hatte sie so weit gebracht, sich in der Öffentlichkeit vor Kameras auszuziehen und sich später sogar nackt für ihn an ein Bett zu fesseln. Er hatte das Spiel gewonnen, was einen mächtigen Kick für ihn bedeuten musste. Aber jeder Kick verblasste mit der Zeit. Dann begann die Suche nach dem nächsten. Marina hatte Ellen in der Vermutung bestätigt, dass die Zeit wieder reif für einen neuen Kick sein konnte, ein neues Spiel mit Ellen, was auch immer das bedeuten mochte. Ellen hoffte, dass die Zeit tatsächlich so reif war.

Nachdem sie beim jüdischen Friedhof erkannt worden war, würde die Polizei beginnen, mögliche Unterkünfte rund um den Punkt ihrer Entdeckung abzuklappern. Sie konnte im besten Fall noch bis morgen hierbleiben.

Als Erstes deaktivierte Ellen die Sicherheitsprogramme ihres Rechners. Es gab eine Menge davon, und sie hatte sich von Experten beraten lassen. Noch einmal sollte es nicht passieren, dass jemand ungefragt in ihr Privatleben eindrang und sie ausschnüffelte. Jetzt hatte sich die Lage geändert. Sie musste ihrem Erpresser beweisen, dass sie ihm keine Falle stellte. Er war extrem vorsichtig und misstrauisch, und dem konnte sie nur durch totale Offenheit begegnen. Sollte auch nur der geringste Eindruck entstehen, dass sie ihn hereinlegen wollte, war die Kontaktaufnahme beendet, bevor sie begonnen hatte.

Ein Warnton und ein rotes Ausrufezeichen erschienen. »Achtung, wenn Sie die Software deaktivieren, ist Ihr Rechner ungeschützt! Wollen Sie das wirklich?«

Ellen wollte. Dann tippte sie ihre Botschaft in ein Textfeld, um sie anschließend in diversen Foren und Chatrooms zu platzieren.

Unbekannter Erpresser,
ich brauche deine Hilfe.
La Tigresa

Das war die seltsamste Nachricht, die sie jemals verfasst hatte, aber sie wollte auf keinen Fall ihren Namen preisgeben und erst recht nicht ihre Adresse. Wer bei den Foren einfach die Antwort-Funktion benutzte, den würde sie ignorieren. Damit konnte sie ziemlich sicher sein, alle falschen Hilfsangebote und Kontaktversuche Neugieriger eliminiert zu haben. Nur der wirkliche Erpresser wusste, wer hinter dieser Nachricht stand, und nur er würde einen Weg finden, ihr zu antworten. Allein der Reiz dieser Herausforderung würde schon ein erster Köder für ihn sein.

»La Tigresa« stand unter der Nachricht, auf deutsch: die Tigerin. Ellen glaubte zu spüren, wie das Tattoo an der Außenseite ihrer linken Brust zu glühen begann. Ein Tiger im Sprung, den sie sich während eines Urlaubs auf Mallorca hatte tätowieren lassen. Eine unerquickliche Geschichte, aber der Tiger war nun mal da – und der Erpresser wusste darum. Genau wie um ihren heimlichen Spitznamen »La Tigresa«. Für ihn war dieses Stichwort ein eindeutiger Hinweis auf Ellen und auch ein Hinweis auf die Echtheit der Nachricht.

Ellen öffnete ihren Internetbrowser, um mit den ersten Foren zu beginnen. In diesem Moment wurde ihr Monitor schwarz. Dann erschien eine Schrift.

Verlass das Gebäude
SOFORT!!!
Kammer des Schreckens
3578

So schnell hatte Ellen nicht mit einer Reaktion gerechnet. Sie hatte ihre Botschaft noch gar nicht abgesandt. Nach dem Deaktivieren der Sicherheitssoftware musste er ihren Rechner sofort übernommen haben. Er hatte den Text schon gelesen, als sie ihn bloß in das Textfeld des Editors geschrieben hatte. Anders konnte es nicht sein.

Dass die Botschaft von ihrem Erpresser kam, stand für Ellen fest. Die flammend roten Buchstaben auf einem schwarzen Monitor waren typisch für ihn, den Computerspiele-Entwickler. Der Text erschreckte sie mehr. SOFORT!!!

Ellen zweifelte keine Sekunde daran, dass es dringend war. Sie griff ihre Tasche mit Geld, Ausweis und Waffe und lief los. Auf der Treppe hörte sie, wie vor dem Haus Bremsen quietschten. Sie schaffte es gerade bis in den Abgang zum Keller, als die Tür aufgerissen wurde. Ellen spähte vorsichtig um die Ecke. Sie sah zwei Männer von hinten, die auf den Portier einredeten und ein Foto zeigten.

»Wo wohnt diese Frau?«

Das waren Hasels Leute. Meine Güte, waren die schnell. Und sie zweifelten offensichtlich nicht daran, dass Ellen hier war. Sie fragten nicht, ob sie hier wohnte, sondern nur, wo sie wohnte. Der Portier nannte Ellens Zimmernummer. Einer der Männer lief die Treppe hinauf, der andere wartete auf den Aufzug.

Sobald der Mann im Aufzug verschwunden war, lief Ellen an der Rezeption vorbei nach draußen. Es war ihr egal, ob der Portier sie sah. Die Männer würden sowieso jetzt schon wissen, dass sie ausgeflogen war, und auch, dass sie wenig Vorsprung hatte.

Als Erstes sorgte Ellen dafür, Abstand zur Pension Berlin zu gewinnen, indem sie wieder einige kleinere Straßen entlanglief, vorzugsweise entgegen der Einbahnstraßen-Fahrtrichtung. Ihr war klar, dass diese Taktik nicht lange gut gehen konnte. Was Hasels Leute wussten, wusste auch Hasels. Der hatte garantiert schon Rux informiert, und so wusste es bald die Berliner Polizei. Im ungünstigsten Fall dauerte diese Kommunikation fünf Minuten, wahrscheinlich weniger.

Vor dem Eingang zu einem Hinterhof standen mehrere Jugendliche lässig an ihre Motorroller gelehnt. Ellen lief darauf zu. Sie wirkten nicht so, als würden sie sich für die aktuelle Nachrichtenlage interessieren, eher so, als könnten sie Geld gebrauchen.

»Hat einer Lust, zwanzig Euro zu verdienen?«

Die Jugendlichen sahen sich fragend an.

»Was willst'n dafür?«, fragte ein schlaksiger, offensichtlich der Wortführer.

»Ich habe ein Date und will nicht zu spät kommen. Ich brauche einen, der mich hinbringt.«

»Zeig das Geld.«

Ellen holte einen Zwanzig-Euro-Schein hervor. Der Schlaksige wollte danach greifen, aber Ellen zog ihn zurück und schüttelte den Kopf.

»Erst am Ziel.«

Er zögerte.

»Kein Problem. Ich kann auch jemand anders fragen.« Ellen tat so, als ob sie gehen wollte.

»Hey, warte. Ich fahr dich.« Er ließ schon seinen Roller an. »Sitz auf. Wo soll's denn hingehen?«

»Fahr einfach los.«

»Ich kenn mich hier gut aus.«

»Schwätz nicht so viel und fahr. Oder kannst du nicht?«

Ellen hatte wenig Lust, ihm ihr Ziel zu verraten. Außerdem wollte sie nicht, dass er über den Weg entschied. Jeden Moment konnte irgendwo eine Streife auftauchen, und Ellen wollte dann ausweichen können, ohne etwas erklären zu müssen.

»Du bist eine schwierige Braut.«

»Du musst mich ja nicht heiraten.«

Damit war der Schlaksige wohl zufrieden. Er schwieg.

Die »Kammer des Schreckens« kannte Ellen gut. Das war ein Raum in einer abgelegenen Industriebrache, den der Erpresser in Computerspiel-Manier so genannt hatte. Der Erpresser hatte ihn zu einer Falle präpariert und ein SEK-Team hineingelockt. Dabei hatte Stefan Daudert sich unsäglich blamiert, auch vor laufenden Kameras, wie sich später herausgestellt hatte.

Ellen ließ sich in der Nähe der Brache absetzen.

»Komischer Ort für ein Date«, fand ihr Fahrer.

»Ich habe eben einen anderen Geschmack als du.« Ellen hielt ihm den Schein hin.

Der Junge griff hastig danach.

Ellen wartete, bis er außer Sichtweite war, dabei überlegte sie, was sie als Nächstes tun sollte. Die Zahlenkombination 3578 sagte ihr beim besten Willen nichts, aber sie musste eine Bedeutung haben. Sie konnte sich nicht erinnern, dass im Zusammenhang mit dem Einsatz in der Kammer des Schreckens überhaupt Zahlen aufgetaucht waren. Für eine Telefonnummer war sie auch zu kurz. Vielleicht hatte der Erpresser eine Spur gelegt. Sie ging auf die Industriebrache zu.

Seit letztem Jahr hatte sich nichts verändert. Die Spurensicherung hatte in dem Gebäude und drum herum jeden Stein umgedreht. Außer den beiden winzigen Kameras, die im Mauerwerk versteckt gewesen waren, hatte man keine Spuren gefunden, wie immer, wenn es um den Erpresser ging. Spuren gab es nur, wenn er sie hinterlassen wollte, und dann waren es falsche.

Ellen hörte den Motor eines näher kommenden Wagens. Sie zog sich hinter einen Mauervorsprung zurück und beobachtete die Szene durch eine Ritze. Es war ein Taxi. Das war seltsam. Was wollte ein Taxi in dieser abgelegenen Ecke? Kam der Erpresser damit? Das Taxi war bis auf den Fahrer leer. Es war ein älteres Modell und auch nicht besonders gut gepflegt.

Dann sah Ellen die Nummer: 3578.

Dieses Taxi kam vom Erpresser. Ellen sah sich vorsichtig um und kam hinter dem Mauervorsprung hervor. Das Taxi fuhr auf sie zu und hielt vor ihr.

Der Taxifahrer rührte sich nicht, also ging Ellen auf ihn zu und sah durch das Fenster der Beifahrertür. Der Mann war Ende dreißig, hatte dunkelblondes Haar und trug eine altmodische und viel zu große Sonnenbrille. Sein gelb-braun gestreiftes Poloshirt passte nicht so richtig zu der verblichenen Jeans. Er sagte immer noch nichts. Ellen öffnete die Tür. Ohne sie anzusehen, nickte der Mann, und Ellen stieg ein. Kommentarlos setzte er den Wagen in Bewegung.

Auf die Frage, wohin es ging, antwortete er nicht, genauso wenig auf die anderen Fragen von Ellen. Schließlich ließ sie das Fragen sein und versuchte, anhand der Straßen selbst herauszufinden, wohin die Fahrt ging. Bald waren sie in Berlin-Mitte. Würde der Fahrer sie einfach irgendwo absetzen? Wieder, ohne ein Wort zu sagen? Oder würde sie ihren Erpresser treffen? Ellen konnte nur hoffen, dass Letzteres der Fall war. Sie spürte, wie ihre innere Anspannung mit jedem Meter wuchs. Einmal hatte sie den Erpresser gesehen, und da war er maskiert gewesen. Sogar Handschuhe hatte er getragen. Eigentlich hatte sie nur Kleidung gesehen mit einem Mann drin, von dem sie nicht das Geringste erkennen konnte. Mehr nicht.

Hoffentlich änderte sich das bald. Sie brannte darauf, dem Mann gegenüberzustehen, der ihr Leben aus der Bahn geworfen hatte. Sie wollte ihm in die Augen sehen, wissen, was für ein Mensch er war. Sie hatte sich geschworen, ihn zu jagen – und jetzt brauchte sie ihn.

Das Taxi bog in die Gormannstraße und hielt vor einem Restaurant. Der Fahrer nickte, ohne in ihre Richtung zu sehen. Ellen fragte nach dem Preis für die Fahrt. Der Fahrer tat, als hörte er nichts.

Ellen stieg aus. »unsicht-Bar« las Ellen auf dem Schild über dem Eingang. Sie hatte schon davon gehört. Das hier war das erste Dunkel-Restaurant Deutschlands. Jetzt war sich Ellen sicher, dass das hier der Treffpunkt mit ihrem Erpresser war. Auf so was konnte nur *er* kommen. Hier aß man und unterhielt sich in völliger Finsternis. Ellen stöhnte innerlich.

Das nächste Mal suche ich mir einen anderen Erpresser.

Warum konnte sie nicht an normale Verbrecher geraten? An solche, die sich in heruntergekommenen, verlassenen Gebäuden trafen? Warum musste es ein durchgeknallter Computerspiele-Entwickler sein, der eine Kammer des Schreckens entwarf und sich mit ihr in einem Dunkel-Restaurant treffen wollte?

Sie würde ihn wieder nicht sehen.

18

Ellen betrat das Foyer. Im Unterschied zu draußen war hier das Licht schon sehr gedämpft. Man hieß sie herzlich willkommen zur Sonderaktion »Dunkles Frühstück«. Normalerweise bot das Restaurant nur Dinner am Abend.

»… und das hier ist Ihr persönlicher Guide, Sahin. Er wird ständig in Ihrer Nähe sein, damit Sie sich jederzeit an ihn wenden können. Er wird Sie jetzt zu Ihrem Platz führen.«

Erst beim zweiten Hinsehen bemerkte Ellen, dass Sahin blind war. Er bewegte sich mit so einer Selbstverständlichkeit auf sie zu, wie es ein sehender Mensch nicht anders gemacht hätte.

»Guten Morgen, Frau Faber«, begrüßte Sahin sie mit einer schleppend monotonen Stimme. Vielleicht war er auch sprachbehindert. »Wenn Sie mich begleiten würden …« Er hielt ihr seinen gebeugten Arm hin. Ellen hakte sich leicht ein.

»Ihr Begleiter wird sich ein paar Minuten verspäten. So haben Sie etwas Zeit, sich an die Umgebung zu gewöhnen.«

Sahin führte Ellen zu einer Lichtschleuse, die verhinderte, dass auch nur der geringste Lichtschein in den Gastraum fiel.

Ellen stockte. Alles, was sie bisher als schwarz oder finster erlebt hatte, wurde bei Weitem übertroffen. In diesem Raum existierte kein Lichtquant. Es gab keine Ritzen und kein Schlüsselloch. Handys und sogar leuchtende Uhrzeiger waren verboten. Es gab absolut nichts, was dem Sehnerv ihrer Augen einen noch so geringen Reiz verschafft hätte. Umso aktiver begannen ihre anderen Sinne zu arbeiten. Aus mehreren Richtungen hörte Ellen das Murmeln von leise geführten Gesprächen.

Sahin führte sie ohne jegliche Unsicherheit und ohne das geringste Zögern zu einem Tisch. Er orientierte sich an der Beschaffenheit des Fußbodens, wie man ihr erklärt hatte. Ellen spürte keine Unterschiede, sie konnte nur die Schritte zählen: achtundzwanzig. Saßen sie am Rand? Vielleicht. Die Stimmen der anderen Gäste kamen nur aus einer Richtung.

Sahin stellte Ellen an eine bestimmte Stelle und schob von hinten einen Stuhl an sie heran. Automatisch setzte sie sich.

»Vor Ihnen steht ein gedeckter Tisch. Stellen Sie sich den Teller als Uhr vor. Auf ein Uhr steht eine Tasse mit Kaffee, auf drei Uhr liegt ein Messer, auf neun Uhr eine Schale mit Rührei und einem Löffel, und auf elf Uhr steht ein Glas Orangensaft. Auf dem Teller liegen ein aufgeschnittenes Brötchen, ein Croissant und zwei kleine Schälchen mit Marmelade. Ein Schälchen hat Erdbeerform und das andere ist wie eine halbierte Aprikose. Am besten orientieren Sie sich ein bisschen, während ich Ihren Begleiter abhole.«

Ellen hörte, wie sich Schritte entfernten. Dann tastete sie die genannten Gegenstände ab. Es war seltsam, absolut nichts zu sehen. Eigenartigerweise schien der Kaffee dafür umso besser zu riechen und erst das Croissant und die Marmelade …

Schritte kamen näher. Ellen vergaß die Gerüche. Sie versuchte wahrzunehmen, wer kam. Sahin erklärte das Gleiche noch mal, dann zog er sich zurück. Jetzt saß Ellen ihrem Erpresser gegenüber. Sie hörte seinen Atem. Ging er schneller als sonst? Möglicherweise ein bisschen. War er aufgeregt? Sie war es jedenfalls, musste sie sich eingestehen.

»Einen seltsamen Ort haben Sie ausgewählt«, sagte Ellen.

»Ich dachte, wir waren beim Du«, sagte der Erpresser.

Es war die gleiche Stimme wie damals auf Mallorca. Er war es tatsächlich. Er saß ihr leibhaftig gegenüber, und dieses Mal war sie nicht gefesselt.

»Also gut, du. Dann wüsste ich aber gerne deinen Namen.«

»Später. Vielleicht.«

»Ich werde keinen Preis bezahlen, um deinen Namen zu erfahren. Noch mal ziehe ich mich nicht vor dir aus.«

»Das wäre hier auch ziemlich sinnlos – obwohl der Gedanke durchaus reizvoll wäre.«

»Das kannst du vergessen.«

Der Erpresser lachte leise. »So widerborstig? Du hast dich überhaupt nicht verändert, und das, wo du so tief in der Tinte steckst.«

»Woher willst du wissen, worin ich stecke?«

»Ich weiß viel mehr, als du ahnst, sonst säße ich nicht hier. Du weißt, ich bin äußerst vorsichtig.«

Ellen hörte, wie er zum Messer griff, dann klapperte Metall auf Glas. Sie konnte sogar hören, wie er die Marmelade auf das Brötchen strich.

»Du solltest etwas essen«, sagte der Mann. »Ich dachte, ein Frühstück könntest du gut gebrauchen.«

Da hatte er recht. Ellen hatte Hunger, und nach der kurzen Nacht war ein Kaffee genau das Richtige. Sie tastete nach der Tasse. Der Kaffee entfaltete in ihrem Mund ein kaum für möglich gehaltenes Aroma. Leider ließen die Umstände nicht zu, ihn wirklich zu genießen. Man war hier drinnen wie in einer anderen Welt, aber die Gefahr draußen war so drohend, dass Ellen sie nicht beiseiteschieben konnte. Sie musste zur Sache kommen, bevor irgendwas dazwischenkam. Dass sie eine zweite Chance zu einer Begegnung mit ihrem Erpresser bekommen würde, bezweifelte sie. Also, jetzt oder nie.

»Ich brauche deine Hilfe. Darüber würde ich gerne reden, aber hier? Ich kann keine Zuhörer gebrauchen.«

Tatsächlich schienen ihre Ohren mit dem Wegfall der optischen Eindrücke mit jedem Moment empfindlicher zu werden. Den anderen Gästen würde es genauso gehen. Ellen konnte die kleinsten Essgeräusche wahrnehmen.

»Du bist aber auch gar nicht zufriedenzustellen. Damals, als dich alle Welt gesehen hat, hast du dich beklagt. Und jetzt, wo dich niemand sieht, beklagst du dich auch.« Ihr Gegenüber lachte leise. »So, so, du brauchst meine Hilfe. Erstaunlich. Vor Kurzem wolltest du mich noch jagen. Bis ans Ende der Welt, stimmt's?«

»Die Zeiten haben sich geändert.«

»Dann überzeuge mich. Die kleine Herausforderung mit der Lautstärke musst du meistern. Nutze deine Chance, jetzt oder nie.«

Ellen hörte, wie er einen Schluck Kaffee trank. Sie beugte sich so weit vor, wie es ging, und flüsterte leiser, als sie es jemals getan hatte. »Der Aufruhr in Berlin und anderen Städten, die rasant steigenden Lebensmittelpreise, ich kenne die Ursache, aber ich kann nichts dagegen tun. Man hat mir meine Beweise gestohlen und verfolgt mich. Sogar die Polizei ist hinter mir her.«

»Das ist tragisch, aber was habe *ich* damit zu tun? Für die Ordnung in diesem Land ist die Staatsmacht zuständig. Oder hast du etwa das Vertrauen in deine Exkollegen verloren?«

Ellen hörte den Spott in seiner Stimme. »Über meine Exkollegen können wir später diskutieren. Jetzt brauche ich jemand, der sich für klüger als die Staatsmacht hält.«

»Nur dafür hält? Du enttäuschst mich. Bis jetzt *war* ich klüger. Sie würden mich ja gerne auf ihre Fahndungsliste setzen, aber sie wissen nicht, was sie draufschreiben sollen. Unbekannter Mann mit unbekanntem Aussehen gesucht, klingt nicht so toll.« Er lachte wieder. Dann beugte er sich vor. Sein Gesicht musste jetzt ganz dicht vor Ellens sein. Sie spürte die Wärme, die es ausstrahlte. »Bei dir ist das ganz anders. Du stehst auf dieser Liste. Sie haben deinen Namen, sie haben dein Foto – und bald haben sie auch dich. Wenn ich nicht gewesen wäre, hätten sie dich schon.«

»Ist es das, was du willst? Dass sie mich kriegen? Das glaube ich nicht.«

»Was glaubst du dann?«

»Ganz einfach. Ich glaube, dass du mir helfen wirst.«

»Oha. Was verleitet dich zu dieser kühnen Annahme? Wenn ich dir helfen würde, riskiere ich alles. Ich hasse enge Zellen. Mir geht es gut, im Gegensatz zu dir. Warum sollte ich meine Freiheit für dich aufs Spiel setzen?«

»Das erkläre ich dir später.« Ellen lehnte sich zurück und sprach etwas lauter ins Dunkel hinein. »Sahin, würden Sie mich bitte zu den Toiletten führen?«

Einen Atemzug später stand Sahin neben ihr und berührte sie am Arm.

Ellen war sich sicher, dass der Erpresser in diesem Stadium des Gesprächs noch nicht gehen *wollte*. Sie bat Sahin, vor den Toiletten zu warten. Damit war sie sicher, dass der Mann auch nicht gehen *konnte*. Ohne Hilfe durch seinen Guide kam man aus der Dunkelheit nicht heraus.

Beim Rückweg von der beleuchteten Toilette war die Umstellung auf die absolute Dunkelheit nicht mehr ganz so krass. Ellen wusste, was sie erwartete – und sie wusste, was sie vorhatte.

»Sahin, darf ich das letzte Stück zu meinem Platz allein gehen?«

Sahin zögerte. Allein zu gehen war gegen die Regeln.

»Nur zwei Meter«, bat Ellen. »Ich möchte lernen, mich ohne Augen zurechtzufinden.«

»Zwei Meter, ja. Aber ich bin in Ihrer Nähe.«

»Danke.«

Sahin stoppte. »Wir sind gleich da. Machen Sie jetzt vier kurze Schritte, aber langsam.« Er ließ Ellen los.

Ellen ging – drei Schritte. Sie rief sich in Erinnerung, wie sie aufgestanden war und was sie vorher vom Tisch ertastet hatte. Sie tat einen Schritt nach rechts und dann drei vor und dann wieder einen nach links. Ellens Turnschuhe verursachten keinerlei Geräusch. Sich leise fortzubewegen hatte Ellen gelernt. Jetzt musste sie hinter dem Erpresser stehen.

Tatsächlich spürte sie einen Körper vor sich. Gerade stellte der Erpresser seine Tasse ab. Er ahnte nichts.

Ellen legte ihm die Hände auf die Schultern, beide Daumen in seinem Nacken.

Der Mann zuckte zusammen.

Ellen beugte sich vor, wobei sie leichten Druck auf den Nacken ausübte. »Keine Bewegung. Kein Wort!«, flüsterte sie direkt in sein Ohr.

Der Mann rührte sich nicht.

»Verstanden?«, fragte Ellen leise, aber streng.

»Ist alles in Ordnung?«, fragte Sahin, der irgendetwas gehört haben musste.

»Alles bestens«, sagte Ellen. »Ich bin gut angekommen.«

Ihr Erpresser sagte nichts. Ellen kniff ihn ins Ohr.

»Ja, ist alles gut«, sagte er jetzt.

Dieser zögerlichen und heiseren Antwort hätte Ellen kein Wort geglaubt, aber Sahin war anscheinend zufrieden, denn er rührte sich nicht.

»Gut so. Und ruhig bleiben«, flüsterte Ellen. »Dann geschieht dir nichts.«

Der Mann nickte kaum merklich.

Ellen wusste, wie man mit kleinsten Handgriffen Schmerzen zufügen und jemand unter Kontrolle halten konnte, aber das war hier nicht nötig. Sie konnte im Nacken fühlen, wie sich die Muskeln des Mannes vor Anspannung versteiften. Er würde niemals so schnell aufspringen können, dass sie nicht rechtzeitig reagieren konnte.

Ellen strich mit ihren Händen über seine Schultern und dann die Arme herab. Er trug ein kurzärmeliges Poloshirt. Als sie vom Stoff auf die Haut kam, zuckte er zusammen. Ellen war überrascht, wie schnell die Verwandlung von einem aktiven, intelligenten und fast schon herablassenden Verhalten zu einem passiven, eingeschüchterten Dasitzen geschehen konnte. Und das bloß, weil jetzt nicht mehr er, sondern sie die Kontrolle hatte.

Sie betastete seine Oberarme. Wie sie schon auf Mallorca anhand seiner Haltung vermutet hatte, war die Muskulatur zwar potenziell vorhanden, aber vollkommen untrainiert. In einer körperlichen Auseinandersetzung wäre er ihr hoffnungslos unterlegen. Die lag aber absolut nicht in der Luft. Die wenigen Muskeln verfestigten sich immer mehr.

Ellen fuhr ihm durch die Haare, fühlte die Festigkeit und Länge und schätzte die Frisur ab.

Sie beugte sich wieder zu seinem Ohr. »Der Taxifahrer, das warst du, stimmt's?«

Der Mann schwieg, aber das Zucken in seinem Nacken war Ellen Antwort genug.

»Es stimmt«, sagte Ellen. »Dein Geheimnis ist entdeckt. Ich weiß, wie du aussiehst.«

Der Mann saß da wie zu einer Bronzestatue erstarrt.

»Was ist los mit dir?«, flüsterte Ellen weiter. »Ist es so schlimm, dass ich es weiß? Oder ist es, dass *ich* jetzt die Regeln bestimme? Du magst nicht, wenn ein anderer die Regeln bestimmt, das weiß ich.«

Ellen fuhr mit einer Hand sanft über sein Gesicht.

»Oder ist es, dass dich eine Frau streichelt?«

Sie rückte so nahe an sein Ohr, dass ihre Lippen es berührten. »Oder ist es, weil *ich* dich berühre?«

Die Bronzestatue begann zu zittern.

Marina hatte recht gehabt. Es gab etwas, dass ihn mit Ellen verband. Sie würde herausfinden, was. Später. Jetzt hatte anderes Priorität.

Ellen strich über seine Wange. Der Mann ließ es widerstandslos geschehen.

»Ich heiße Ellen. Wie heißt du?«

Es dauerte einen Moment, bis er ein leises »Hajo« sagte.

Ellen richtete sich auf, wobei sie eine Hand in seinem Nacken ließ, ganz locker, wie bei einem Freund.

»Hajo, wir sollten jetzt gehen und uns woanders weiter unterhalten.«

Hajo stand auf.

»Sahin, würdest du uns bitte hinausführen«, sagte Ellen in die Dunkelheit.

Durch ihre Worte wusste Sahin, wo Ellen stand. Er kam zu ihr und berührte sie am Ellenbogen. Ellen hakte sich bei Hajo ein.

»Komm mit!«

19

Der rote Honda bewegte sich rhythmisch auf und ab. Außenstehende hätten sich denken können, was hinter den Scheiben abging, aber es gab hier keine Beobachter. Der abgelegene Parkplatz wurde häufig von verliebten Pärchen aufgesucht, aber um diese Uhrzeit war außer den Geschehnissen im Honda nichts los. Ellen und Hajo parkten in einem schwer einsehbaren Winkel am anderen Ende des Parkplatzes. Keiner von beiden dachte an Sex.

Hajo sah durch die Windschutzscheibe nach draußen, als ob die herumliegenden Plastiktüten in den verwilderten Büschen eine besondere Sehenswürdigkeit wären. Dabei umfasste er mit ausgestreckten Armen das Lenkrad wie in der ersten Fahrstunde. Ellen saß auf dem Beifahrersitz, lässig gegen die Tür gelehnt, ein Bein untergeschlagen, und beobachtete ihn.

Das war er also, der Erpresser, der ganz Berlin in Atem gehalten hatte, der die besten Leute des LKA und des BKA zum Narren hielt, der den jetzigen Leiter der SEKs bis auf die Knochen blamiert und die Spurensicherung zur Verzweiflung getrieben hatte. Wenn sie ihn so sah, konnte sie es kaum glauben. Er wirkte immer noch wie hypnotisiert. Sie musste ihm einen gehörigen Schock versetzt haben.

Ellen lächelte. Es war so einfach gewesen. Sie hatte ihn jagen wollen, und jetzt hatte sie ihn tatsächlich eingefangen. Es war ganz anders gewesen, als sie sich das je ausgemalt hatte, aber das war im Prinzip egal. Sie hatte ihn und sie würde ihn nicht so schnell wieder laufen lassen. Vor ihr lagen eine Menge Herausforderungen. Sie hatte viele Fragen, und dann gab es auch noch einige offene Rechnungen. Niemand erpresste sie ungestraft.

Er sah so blass aus, wie man sich jemanden vorstellt, der Tag und Nacht vor seinem Computer hockt. Ellen spürte, wie sich seine Körperspannung veränderte. Der Schock ließ nach. Dass sich so etwas wie eben wiederholen ließ, bezweifelte sie. Sie musste die Situation nutzen, das Eisen schmieden, solange es noch etwas geschockt war. Ellen konnte sich nicht erinnern, ihn jemals zuvor gesehen zu haben, aber irgendeine Verbindung zwischen ihm und ihr musste es geben. An einen Stalker, der sich eine Liebe einbildete, glaubte Ellen nicht. Das passierte nur Stars. Bevor er sie vor die Kameras gelockt hatte, war sie in der Öffentlichkeit nicht präsent gewesen. Für Verantwortungsträger im aktiven Polizeidienst war das besser so. Es musste also etwas geben, was sie nicht wusste.

»Woher kennst du mich?«

Es schien zunächst, als hätte Hajo die Frage nicht gehört, aber dann sagte er: »Im Handschuhfach.«

Ellen öffnete die Klappe. Zuoberst lag ein Zeitungsausschnitt, dem man das Alter deutlich ansah. Das einzige Bild zeigte eine Gruppe junger Leute, die sich extra für das Foto aufgestellt hatten. Erst durch den Beitext wurde Ellen klar, dass es sich um den Abschlussjahrgang einer Schule handelte, *ihrer* Schule und *ihrem* Jahrgang. Nach genauerem Hinsehen fand sie sich in der ersten Reihe als Dritte von rechts. Das konnte nur eins bedeuten.

»Und wer bist du?«

»Links hinter dir.«

Es hätte jeder andere sein können. Ellen erkannte Hajo nicht wieder. »Ich kann mich nicht an dich erinnern.«

»Das wundert mich nicht. Für dich war ich ein Nichts. Du hast dich immer nur für die großen Jungs interessiert.«

Ellen strengte ihr Gedächtnis an. Zu Hajo gab es keinen Eintrag.

»Ich habe mich sogar mal für dich geprügelt«, ergänzte Hajo.

»Ich habe mich immer selbst verteidigt.«

Hajo nahm die Hände vom Lenkrad. Er taute zusehends auf. »Ja, du warst immer die Starke.« Jetzt lachte er sogar leise. »Bis ich dir gezeigt habe, wie schwach du sein kannst. Das hat niemand geschafft, außer mir.«

»Und deshalb die ganzen Bombendrohungen? Um es mir zu zeigen?«

Hajo machte eine abwehrende Handbewegung. »Quatsch. Ich wollte die Polizei herausfordern. Es gibt da so einiges, was ich nicht leiden kann. Ziemlich viel sogar. Du warst nur das Sahnehäubchen.«

Ellen hätte gerne gewusst, was hinter diesem »ziemlich viel« an Konkretem stand, aber das musste sie auf später verschieben. Sie hatte ihn noch nicht als Helfer gewonnen.

»Du wusstest, dass ich dich jagen wollte. Hattest du keine Sorge, dass meine Kontaktaufnahme eine Falle war?«

Hajo sah Ellen an, tief und durchdringend. »Du hast wirklich keine Ahnung von der Welt des Internets. Sie ist nicht sichtbar, aber genauso real wie du und ich. Dass du deinen Dienst quittiert hast, wusste ich natürlich, ich habe deinen Weg immer verfolgt. Aber was mich überzeugt hat, waren deine Feinde. Dein Rechner war regelrecht umstellt. Es hätte nur noch Stunden gedauert, bis sie deine Abwehr geknackt hätten, und dann wärst du geliefert gewesen.«

Ellen wurde nachträglich noch unwohl. Dass es so knapp gewesen war, hatte sie nicht geahnt.

»Das war nichts von hier, kein Bundestrojaner oder so was. Das war etwas Richtiges. Du hast dir mächtige Feinde ausgesucht, das muss ich dir lassen. So was macht man nicht als Falle. Dieser Hasels ist ein extrem gefährlicher Bursche.«

Ellen war alarmiert. Hajo wusste schon viel mehr, als sie ahnte. Er hatte in dem Lokal nicht übertrieben.

»Was weißt du von Hasels?«

Hajo lachte wieder. »Willst du seine Adresse?«

Ellen war perplex. Was wusste Hajo noch? »Natürlich will ich die.«

Jetzt grinste Hajo frech. »Nichts ohne einen Preis. Diese Regel kennst du doch.«

»Ich werde mich nie wieder vor dir ausziehen. Das habe ich schon mal gesagt.«

Das Grinsen wurde breiter. »Wenn ich es wollte, würde ich dich dazu bringen.«

Ellens Puls beschleunigte. Die Zeit des Friedens war vorbei. Hajos Schock war ganz offensichtlich verflogen. Jetzt bekam er wieder Oberwasser oder glaubte es zumindest.

»Ja, ich brauche deine Unterstützung, aber ich werde niemals deine Marionette sein. Eher versuche ich es alleine.«

»Stolz wie eh und je. Aber wenn du jetzt gehst, verspreche ich dir, dass du den morgigen Abend nicht mehr in Freiheit erleben wirst.«

»Ist das schon wieder eine Erpressung?«

»Nur eine logische Schlussfolgerung.« Hajo deutete auf Ellens kleine Handtasche. »Wenn ich richtig vermute, ist das alles, was du noch besitzt. Das ist nicht viel gegenüber denjenigen, die dich verfolgen. Ohne meine Hilfe bist du aufgeschmissen. Wenn ich dir aber helfe, riskiere ich eine ganze Menge. Ich riskiere, aufzufliegen und den Rest meines Lebens auf ein paar wenigen Quadratmetern zu verbringen. Dabei hasse ich Zellen, musst du wissen. Das Beste für mich wäre, dich aussteigen zu lassen, davonzufahren und meine Freiheit zu genießen.«

Genauso war es. Hajo hatte es auf den Punkt gebracht, da machte Ellen sich nichts vor. Sie konnte nur hoffen, dass ihre und Marinas Analysen zutrafen.

»Ich nenne dir drei Gründe, warum du mir helfen solltest. Du kannst dir einen davon aussuchen. Erstens, du tust eine gute Tat, endlich mal was Richtiges für andere Menschen. Wenn wir das hier durchziehen und das Chaos in der Stadt beseitigen, kann ich ein gutes Wort für dich einlegen. Vielleicht wird man die Anklage gegen dich fallen lassen, und du bist ein freier Mann.«

Hajo machte einen betont gelangweilten Gesichtsausdruck. »Für gute Taten sind deine Exkollegen und die ach so wichtigen Politiker zuständig. Gute Taten sind nicht mein Job, und freier, als ich jetzt bin, kann ich nicht mehr werden. Ich hoffe, deine nächsten Gründe sind besser, sonst kannst du schon mal die Tür aufmachen.«

»Zweitens. Du kannst ein neues Spiel spielen, ein gefährliches Spiel gegen übermächtige Gegner. Du kannst beweisen, dass du besser bist als dieser Hasels. Das willst du doch, es allen zeigen. Du kannst dir einen neuen Kick besorgen, weil dir alles andere langweilig geworden ist. Den brauchst du, richtig?«

Hajo sah Ellen an. »Das hat dir diese Wirtz in den Kopf gesetzt, diese Psychologin.«

»Wenn es wahr ist, spielt das doch keine Rolle. Ist es wahr?«

»Der dritte Grund«, sagte Hajo, ohne einen Blick von ihr zu wenden.

Ellen holte tief Luft. »Dass ich in deiner Nähe bin. Wir zwei sind *ein* Team.«

Hajos Blick wurde durchdringender. Ellen konnte sich nicht erinnern, jemals so angesehen worden zu sein. Sie hielt seinem Blick stand. In seinen Augen sah sie, wie es in dem Gehirn dahinter arbeitete.

Die Zeit verstrich.

Nach endlosen Minuten startete Hajo den Wagen. »Wir brauchen einen Plan.«

20

Der Durchgang zum Hinterhof führte in eine andere Welt. Der Putz an den Fassaden abgebröckelt, die Farbe an den Fensterrahmen nur noch stellenweise zu erahnen. Vor Jahrzehnten mochte hier Gewerbe angesiedelt gewesen sein. Autoreparatur, tippte Ellen. Darauf deuteten mehrere Einfahrten hin, die in etwas führten, was eine winzige Halle mit Hebebühne gewesen war.

Hajo steuerte das Taxi in eines dieser dunklen Löcher. Beim Aussteigen schwappte Ellen eine Woge Luft entgegen, die intensiv nach altem Öl roch. Hatte Hajos Taxi draußen auf Ellen einen alten und abgenutzten Eindruck gemacht, wirkte es in dieser Umgebung fast neu.

»Wohnst du hier?«, fragte Ellen. Sie konnte sich nicht vorstellen, dass hier Menschen lebten.

»Nein, wir müssen in den nächsten Hinterhof.«

Ellen folgte Hajo in einen Durchgang, der aus unverputzten Mauersteinen bestand. Sie kamen in etwas, das noch maroder und verfallener war als der Hof eben. Aber hier wohnten eindeutig Menschen. Eine Gruppe junger Männer stand um ein verbeultes Fass und rauchte, aus mehreren Fenstern sahen Köpfe auf die Neuankömmlinge herab. Jemand rief etwas in einer Sprache, die Ellen nicht verstand, irgendwas Asiatisches. Die jungen Leute lachten. Hätte man Ellen hierhergebeamt, sie hätte vermutet, in einer abgelegenen Stadt irgendwo in der Dritten Welt materialisiert zu sein. Dabei befand sie sich mitten in Berlin. Berlin-Gesundbrunnen hieß das Viertel, wobei der Name die Lebensbedingungen geradezu verhöhnte.

Hajo führte sie durch eine Tür, bei der Ellen sich wunderte, dass sie noch aufging. Dann stiegen sie ausgetretene Stufen hinauf, vorbei an Türen, hinter denen Kindergeschrei zu hören war und vor denen Mülltüten standen. Das einzige Licht im Treppenhaus fiel durch ein paar blinde Scheiben unter dem Dach.

Ganz oben, vor einer beschmierten Tür, machte Hajo halt.

Hier ging es nicht mehr weiter. Ellen wunderte sich, was Hajo mit dem Schlüssel wollte, den er aus der Tasche zog. Das Schloss war mit Kratzspuren übersät und durch Schläge mit einem Hammer so unbrauchbar, dass es unmöglich funktionieren konnte. Der Schlüssel gehörte dann auch nicht zur Tür.

Hajo schob eine Latte zur Seite, steckte den Schlüssel in etwas, das wie eine Geldkassette aussah, und konnte dann den Deckel öffnen. In der Kassette befand sich ein Fingerabdruckscanner. Hajo drückte seinen rechten Daumen darauf und sagte: »Sesam, öffne dich!«

Hinter der Tür klackte es metallisch, dann schwang sie langsam auf.

»Willkommen, Meister«, sagte eine Stimme. »Tritt ein.«

Hajo grinste über das ganze Gesicht. »Cool, nicht wahr?«

Ellen wusste nicht, was sie denken sollte. Genialität und Durchgeknalltsein waren bei Hajo so eng miteinander verwoben, dass man eins nicht vom anderen trennen konnte.

»Ein bisschen Spaß muss sein«, sagte Ellen neutral.

»Du hältst mich für verrückt, ich weiß. Aber du willst ja unbedingt mit mir in einem Team arbeiten. Dafür kann ich nichts.« Hajos Grinsen verschwand. »Für den Fall, dass du mal alleine eintreten willst und die Begrüßung nicht kommt, würde ich an deiner Stelle keinen Fuß über die Schwelle wagen.«

»Was ist dann?«

»Dann würdest du die Kammer des Schreckens als Wellness-Oase empfinden.«

Damit hatte Ellen nicht gerechnet. Sie näherte sich vorsichtig der Tür und sah hindurch. Es sah alles so normal aus, aber sie zweifelte keine Sekunde daran, dass Hajos Warnung sehr ernst zu nehmen war.

»Damit es nicht so weit kommt, werden wir einen Fingerabdruck und einen Stimmabdruck von dir nehmen. Aber jetzt komm erst mal rein.«

Mit einem mulmigen Gefühl folgte Ellen Hajo in den schmalen Flur. Die Wände hingen rechts und links voll mit alten Kleidungsstücken. Darin und dazwischen konnte alles Mögliche versteckt sein. Erkennen konnte Ellen nichts. Auf jeden Fall war dieser Flur der perfekte Ort für eine Falle, eng und ohne jede Möglichkeit, auszuweichen.

In der Wohnung roch es muffig, und wegen der zugezogenen Vorhänge herrschte Dämmerlicht.

»Kann ich mal ein Fenster aufmachen, oder werde ich erschossen, wenn ich vorher keinen Spruch aufsage?«

Die Frage war scherzhaft gemeint, die Antwort nicht.

»Die Willkommensformel an der Tür ist ein Zeichen, dass alles gesichert ist. Du kannst aufmachen.«

Puh, hier gab es eine Menge, woran sie sich erst gewöhnen musste. Ellen wusste nicht, wie sie das finden sollte, von lauter Fallen umgeben zu sein. Hajo schien es jedenfalls ganz normal zu finden. Er war in einem Zimmer verschwunden und tippte etwas auf einer Tastatur. So hörte es sich wenigstens an.

Ellen zog den Vorhang beiseite. Das wurde anscheinend nicht oft gemacht, denn es staubte heftig. Sie öffnete das Fenster und ließ den Staub hinaus und frische Luft herein.

»Geht ziemlich weit runter«, bemerkte Ellen. »Wenn deine Wohnung belagert wird, nützen dir deine Fallen nichts. Dann sitzt *du* in der Falle.«

Hajo hatte seinen Platz am Computer verlassen und lehnte am Türrahmen. »Ich will deine Bemerkung nicht so verstehen, dass du mich für zu blöd hältst, sondern dass du die oberste Regel befolgst. Regel Nummer eins heißt: Habe immer einen Plan B. Auf das Betreten von Häusern oder Räumen bezogen bedeutet das: Identifiziere zuerst mögliche Fluchtwege.«

»Du hast ziemlich viele Regeln«, stellte Ellen fest.

»Die mir meine Freiheit sichern. Wenn du frei bleiben willst, musst du dich damit anfreunden.«

Ellen seufzte. »Es wird mir nichts anderes übrig bleiben. Also, wo ist dein Notausgang?«

»Der Schrank im Schlafzimmer.«

Während Ellen hinging und hineinsah, erklärte Hajo weiter. »Er hat keine Rückwand. Die Tür führt auf den Dachboden. Die Dachböden der benachbarten Häuser sind alle verbunden. Da gibt es genug Möglichkeiten, herunterzukommen und zu verschwinden. Du solltest die Tür aber nicht ausprobieren. Sie lässt sich nur von einer Seite aus öffnen, und das auch nur einmal.«

Das weitere Mobiliar des Schlafzimmers war normal. Ein Bett, eine Kommode, ein Nachttisch und eine Garderobe an der Wand. Alles altmodisch und billig. Irgendetwas störte Ellen, aber sie wusste nicht, was.

»Und wo schlafe ich?«

»Nicht in diesem Bett. Ich bin Ruhe gewohnt und liebe meinen Schlaf.«

»Geht mir genauso.« Ellen war erleichtert. Wenn Hajo gefordert hätte, dass sie bei ihm oder mit ihm schlafen sollte, wäre es kompliziert geworden. Sie hatte für sich eine rote Linie gezogen, die sie nicht überschreiten wollte.

»Du kannst in der Werkstatt schlafen.«

Hajo ging in den benachbarten Raum, in dem an der Wand eine Werkbank stand mit allerlei Werkzeug darauf. An der gegenüberliegenden Wand befanden sich einige Holzkisten mit einer Decke darüber, sodass sich eine ebene Fläche ergab.

Ellen hob die Decke hoch. Alle trugen ein Brandzeichen der Nationalen Volksarmee und eine Warnung, dass sie Sprengstoff enthielten.

»Die sind ja wohl leer.«

»Leere Kisten bringen mir nichts.«

Ellen öffnete eine Kiste. »Da ist ja wirklich Sprengstoff drin.« Sie konnte es kaum glauben.

»Hast du Gummibärchen erwartet?«

»*Darauf* soll ich schlafen?«

Hajo zuckte mit den Schultern. »Du kannst auch auf dem Fußboden schlafen oder in der Badewanne. Das ist im Prinzip egal. Wenn das Zeug hochgehen sollte, lebst du eben eine Zehntelsekunde länger, aber die wird dich auch nicht glücklich machen.«

»Die vielen Leute hier im Haus und nebendran. Das ist viel zu gefährlich. Der ganze Block könnte in die Luft fliegen.«

»Vermutlich«, sagte Hajo. »Ich wollte es nicht ausprobieren. Aber warum sollten die Sachen hochgehen? Sie sind seit vierzig Jahren nicht explodiert. Es gibt keinen Grund, dass sie das jetzt tun. Du musst ja nicht im Bett rauchen.«

Das würde Ellen gewiss nicht tun. Sie fragte sich allerdings, ob das Leben in einer Zelle wirklich so schlecht war im Vergleich zu dieser mörderischen Wohnung.

»Und in dieser Wohnung lebst du?«

»Die Lage ist ideal. Zentral gelegen und doch in einer anderen Welt. Hier stellt niemand neugierige Fragen, weil kaum jemand Deutsch kann. Und die Polizei fragt auch niemanden, weil sie weiß, dass sie keine Antworten bekommen wird. Aber das Beste sind die Telefonleitungen. Sie sind das Einzige, was hier funktioniert, und die sind richtig gut. Ich habe gleich mehrere Anschlüsse gemietet, weil die hier eh keiner braucht.«

Während Hajo weiter von der rasend schnellen Internetverbindung schwärmte, führte er Ellen in seinen Technikraum. An der Wand hing ein riesiger Flachbildschirm. Auf einem großen Tisch standen weitere Monitore, und unter dem Tisch summten Rechner.

Es war durchaus beeindruckend, aber Ellen dachte etwas anderes. »Du bist meiner Frage ausgewichen. Du lebst in *dieser* Wohnung?«

Hajo sah Ellen wieder an. Er schwieg.

»Du bist ein kluges Mädchen«, sagte er dann.

21

Ellen schleuderte die Perücke mit Schwung auf die Couch. Siebenundvierzig Sekunden. So ein Ärger. Dabei hatte sie sich bestimmt schon zwanzig Mal umgezogen. Hajo war der Überzeugung, dass im Ernstfall dreißig Sekunden noch zu lange waren. Ellen sah ein, dass man nicht immer kämpfen konnte, und Weglaufen funktionierte auch nur ein- oder zweimal. Dann waren die Gegner darauf vorbereitet.

Unsichtbar werden musste sie. Zuerst hatte Ellen das für eine neue Spinnerei von Hajo gehalten, aber dann hatte sie verstanden. Die Person Ellen Faber, eins sechzig groß, blond, schlank, immer sportlich oder leger gekleidet, war bekannt und wurde gesucht. Sie brauchte nur eine Nase zur Tür herausstrecken, und die Jagd ging los. Hajo, ein wirklicher Verbrecher, wurde auch gesucht, aber er hätte sogar in eine Polizeiwache spazieren können, ohne erkannt zu werden. Im Prinzip war er für die Polizei unsichtbar.

Diesen Status musste sie unbedingt erreichen, wenn sie sich wieder frei bewegen wollte. Dass das nicht einfach werden würde, war Ellen bewusst, aber dass es so anstrengend war, hatte sie doch überrascht. Mit simplem Haareabschneiden und -färben war es nicht getan. Damit konnte sie bestenfalls Zivilisten beeindrucken, aber keine Profis von der Polizei oder von Saatogo.

»Du musst deine Persönlichkeit ändern«, hatte Hajo gesagt, »im Notfall in Sekunden. Wenn du in einen Raum hineingehst, muss sofort ein ganz anderer Mensch herauskommen, den niemand mit dem ersten in Verbindung bringt.«

Daran arbeitete Ellen, und das war schwieriger als gedacht. Vor allem die Dreißig-Sekunden-Grenze. Mit einem Seufzer zog Ellen sich wieder aus, um einen neuen Durchlauf zu starten. In wenigen Minuten verwandelte sie sich in eine Unternehmensberaterin. Dunkler Hosenanzug, Haare zusammengesteckt, Brille mit markantem schwarzen Rand, dezent elegante Schuhe. In die dazugehörige Mappe kamen Flip-Flops, Hotpants, ein buntes Shirt, die schwarze Perücke und eine Sonnenbrille von Dolce & Gabbana, natürlich eine billige Fälschung. Das war ihre Notfallausrüstung, die sie immer bei sich tragen musste, wenn sie das Haus verließ. Aus diesem Grund war auch alles klein und leicht. Es passte zur Not in eine Handtasche.

Ellen ging im Wohnzimmer auf und ab und stellte sich vor, zu einem wichtigen Meeting zu müssen. Dann klingelte die Uhr, das Zeichen für einen Notfall. In rasender Eile zog Ellen den Hosenanzug aus, Shirt übergestreift, Hotpants an, Perücke und Sonnenbrille auf. Fünfunddreißig Sekunden später schlappte Ellen auf Flip-Flops in den Technikraum.

Fünfunddreißig Sekunden waren zwar noch zu viel, aber päpstlicher als der Papst wollte Ellen nun auch nicht sein. Im Ernstfall würde sie sicher noch etwas Gas geben können, dann würde sie die Bluse auch nicht aufknöpfen, sondern einfach herunterreißen. Ihrer Meinung nach war damit ein Meilenstein in ihrem Plan erreicht. Jetzt konnte es weitergehen.

Als Hajo gesagt hatte »Wir brauchen einen Plan«, hätte Ellen vieles für möglich gehalten, aber nicht das, was jetzt vor ihr an der Wand hing. Eigentlich hing es gar nicht an der Wand, sondern machte sie ganz aus. Ein Plan war für sie immer eine Idee gewesen, die in ihrem Kopf existierte oder bestenfalls als Stichworte auf einem Flipchart. Wenn Hajo »Plan« sagte, meinte er quadratmetergroße Computerausdrucke, mit denen er die Wände tapezierte. Es gab einen kritischen Pfad mit Meilensteinen und endlosen Verzweigungen, in denen er die unmöglichsten Verwicklungen berücksichtigte. Potenzielle Fehlerquellen und kritische Situationen waren gesondert markiert. Und, typisch Hajo, es gab tatsächlich immer einen Plan B für Notfälle.

Diesen wandgroßen Plan vor Augen, wunderte Ellen sich nicht mehr, dass selbst das BKA Hajo nicht gefasst hatte. So etwas hatte niemand auch nur geahnt.

Um einen Meilenstein zu erreichen, benötigte man Ressourcen und musste Aufgaben erledigen. Die Ressourcen für den ersten Abschnitt waren die Verkleidungen, die Ellen benötigte. Hajo hatte sie besorgt, weil Ellen das Haus noch nicht ungefährdet verlassen konnte. Ihre Aufgabe bestand darin, so lange zu trainieren, bis das Zeitlimit erreicht war.

Ellen nahm einen großen roten Punkt und klebte ihn auf den Meilenstein »Unsichtbar werden in dreißig Sekunden«. Erledigt. Damit war die Zeit reif für den nächsten Schritt. Das einzige Problem dabei war: Hajo war verschwunden. Ohne ihn konnte sie nicht weitermachen.

Am ersten Tag hatten sie mehrere Stunden miteinander geredet. Dann hatte er sich hingesetzt und eine Nacht und einen halben Tag an seinen Computern gearbeitet, ohne ein einziges Wort zu sagen. Herausgekommen war der Plan an der Wand. Nach einer kurzen Erklärung war er wieder gegangen und hatte ihr am Abend mehrere große Tüten mit Kleidung vorbeigebracht. Das war jetzt drei Tage her, in denen sie nichts von ihm gesehen oder gehört hatte. Die einzige Abwechslung war der Monitor, über den Ellen fernsehen konnte. Die Nachrichten trugen wenig zu ihrer Beruhigung bei. Die Lage in Berlin eskalierte, die Plünderungen von Geschäften nahmen zu, ebenso die Zahl der angesteckten Autos. Ein Dutzend pro Tag war schon normal.

Ellen hielt es kaum noch aus in der Wohnung, es musste endlich weitergehen. Aber dann gab es da noch diese Fahndungsmeldung in TV Berlin. An prominenter Stelle in den Nachrichten hatten sie Ellens Foto gezeigt und um Hinweise aus der Bevölkerung gebeten. Gleichzeitig hatten sie vor ihr gewarnt, sie sei gefährlich. Ellen konnte es kaum fassen. Dahinter konnte nur Stefan Daudert vom LKA stecken. Was dachte der sich eigentlich? Hielt er sie wirklich für eine Verbrecherin, oder war das für ihn wieder nur eines seiner üblen Machtspiele? Das war noch ein Grund mehr, endlich hier rauszukommen und aktiv zu werden. Aber auch ein Grund mehr, vorsichtig zu sein.

War es doch besser, auf Hajo zu warten? Dummerweise hatte Ellen überhaupt keine Idee, wann er wiederkommen würde. Er war nicht der kommunikative Typ und kannte es wahrscheinlich gar nicht, auf jemand anderes Rücksicht zu nehmen oder sich abzusprechen. Er war ein Einzelgänger, was Ellen nicht weiter verwunderte. Dass er nicht wirklich hier wohnte, war ihr nach wenigen Minuten in der Wohnung klar gewesen. Bei ihrer späteren Inspektion hatte sich der Verdacht bestätigt. Die Einrichtung, der Staub, die vorhandene Kleidung, alles hinterließ den Eindruck, dass Hajo diese Wohnung nur gelegentlich nutzte. Wahrscheinlich war sie nur Standort B. Das würde gut zu Hajo passen.

Das hieß folglich, dass es einen Standort A geben musste, Hajos wirkliche Wohnung. Oder ein Haus? Wahrscheinlich, fand Ellen. Wenn das hier nur eine Nebenstelle war, wie war dann das Haus eingerichtet? Und erst abgesichert? Bei diesem Gedanken lief Ellen eine Gänsehaut über den Rücken. Sie wagte es kaum, sich vorzustellen, was sein könnte, wenn die Polizei Hajos Hauptsitz ausfindig machte und ihn dort in seinem Allerheiligsten angriff. In der Kammer des Schreckens hatte Hajo gezeigt, mit welcher Leichtigkeit er ein ganzes SEK-Team ausschalten konnte. Und das war im Prinzip nur ein Spiel gewesen, wenigstens für Hajo. Dieser Mann war zehnmal gefährlicher als alle Verbrecher zusammen, denen Ellen im Lauf ihrer Karriere begegnet war. Wie sie damit auf Dauer umgehen sollte, musste sie noch entscheiden. Später. Jetzt wollte sie erst mal raus hier. Sie wollte unbedingt in die Stadt, sich selbst ein Bild machen. Eigentlich war jetzt der richtige Zeitpunkt für eine Generalprobe im Unsichtbarmachen.

Wenig später verließ eine sommerlich gekleidete Frau mit Strohhut das Gebäude. Einzig die große, gut gefüllte Reisenthel-Umhängetasche wirkte etwas ungewöhnlich, aber in diesem Haus interessierte sich niemand dafür.

22

»Hallo, Annika.«

Die blonde Frau vor Ellen reagierte nicht. Sie hängte eine Bluse zurück an ihren Platz und ging zum nächsten Kleiderständer. Ellen folgte ihr. Annika hatte die gleiche schlanke Figur wie Ellen. Sie war zwei Zentimeter kleiner, was aber wegen ihrer hohen Absätze nicht auffiel. Annika war Ellens jüngere Schwester. Sie machte einen müden Eindruck, was Ellen gar nicht von ihr kannte. Normalerweise wirkte Annika immer sehr lebendig, energiegeladen, optimistisch und häufig genug auch etwas leichtlebig. Ellen war tatsächlich erschrocken, als sie jetzt Annikas Gesicht sehen konnte. Es war blass und zeigte deutliche Spuren von Sorgen.

»Hallo, Annika!«, wiederholte Ellen.

Annika sah auf. »Was wollen …?« Annika stutzte, dann hellte sich ihr Gesicht auf. »Ellen, du? Damit hätte ich ja nicht gerechnet, und überhaupt, wie siehst du eigentlich aus? Man erkennt dich ja nicht wieder.«

Ellen machte ein Zeichen, dass Annika leiser sein sollte. Sie sah sich um, ob jemand auf sie aufmerksam geworden war. Es sah nicht so aus. »Ich muss vorsichtig sein. Können wir uns irgendwo hinsetzen und reden?«

»Sicher. In der vierten Etage ist ein Restaurant.«

Ellen überlegte. Vierte Etage gefiel ihr nicht. Zu gefährlich. »Gegenüber ist ein Chinese. Das wäre mir lieber.«

Annika zögerte, aber als Ellen sagte, sie sei eingeladen, stimmte sie zu. Ellen wählte einen Platz, von dem aus sie eine gute Übersicht hatte und zur Not auch schnell verschwinden konnte.

»Setz dich schon mal. Ich bin gleich wieder da.«

Zuerst musste sie ihren Plan B sichern. Ellen inspizierte die Toiletten. Von dort gab es keinen Weg hinaus. Sie hatten nicht einmal ein winziges Fenster, sondern nur einen Abzug unter der Decke. Auf dem Weg zu den Toiletten konnte man aber in die Küche abbiegen, und von dort gab es mit Sicherheit einen

Weg nach draußen, denn sie befanden sich im Erdgeschoss. Das musste genügen.

»Was hast du gemacht?«, fragte Annika.

Ellen seufzte. »Mein Leben ist kompliziert geworden.« Sie erzählte Annika, was sie getan hatte und warum. Ellen kannte Annika gut genug, um zu wissen, dass ihre Schwester eisern schweigen konnte.

»So könnte ich nicht leben«, stellte Annika fest.

»Auch nicht, wenn die Alternative wäre, in den Knast zu wandern? Jede Minute, in der ich frei herumlaufe, ist ein kleines Wunder. Deshalb auch die Verkleidung.«

»Ich habe dich im ersten Moment gar nicht erkannt. Nur deine Stimme … Man sucht dich sogar im Fernsehen. Was ist eigentlich los? Hast du wirklich getan, was man dir vorwirft?«

Die Bedienung kam. Ellen bestellte Hühnchen mit Erdnuss-Soße. Sie brauchte dringend etwas anderes als Tiefkühlpizza. Annika nahm gebratene Nudeln.

»Das ist eine lange Geschichte …«

Als Ellen fertig war, brachte die Bedienung gerade für Ellen den Cappuccino zum Nachtisch und für Annika einen Caffè Latte. Annika hatte schweigend zugehört und nur ab und zu den Kopf geschüttelt.

»Wenn du nicht meine Schwester wärst, würde ich denken, du bist verrückt«, sagte sie jetzt.

»Wenn ich es nicht selbst erlebt hätte, würde ich es mir auch nicht glauben.«

Annika beugte sich vor und flüsterte: »Und du lebst wirklich mit diesem Verbrecher zusammen und schläfst auf Sprengstoffkisten?«

Ellen sah sich unauffällig um. Wurde jemand aufmerksam? Nein. »Na ja, der Kerl ist meistens nicht da, und an den Sprengstoff gewöhnt man sich. In der ersten Nacht habe ich kein Auge zugemacht, aber in der zweiten bist du so müde, dann ist dir alles egal.«

»Der Typ spinnt. Du solltest vorsichtig sein.«

»Manches ist wirklich eigenartig, aber wenn man genauer hinsieht, macht vieles Sinn.«

»Zum Beispiel?«

»Hat dich schon mal deine Wohnungstür verabschiedet?«

Annika sah Ellen ungläubig an. »Meine quietscht nur, wenn ich sie zumache.«

»Meine sagt: Gute Reise, Gebieterin.«

Annika verschluckte sich an ihrem Caffè Latte und begann heftig zu husten. Ellen senkte den Kopf, damit niemand in ihr Gesicht sehen konnte. Vielleicht würde man sie trotz der Sonnenbrille erkennen, wenn man gut genug hinsah.

Endlich hatte Annika sich wieder gefangen. »Das ist nicht dein Ernst. Du willst mich auf den Arm nehmen?«

Ellen schüttelte den Kopf. »Es ist ein Code«, sagte sie leise. »Aber wir sollten jetzt besser das Thema wechseln, sonst wird doch noch jemand aufmerksam. Was machen Hanna und Elias? Geht es den Kindern gut?«

Annikas Miene verfinsterte sich schlagartig. Sie sah eine ganze Weile schweigend auf ihre Serviette, bevor sie antwortete. »Elias ist in der Schule verprügelt worden. Er will nicht mehr hin.«

Ellen war entsetzt. Der kleine Elias, der immer so fröhlich lachte. Wenn ein Junge harmlos war, dann er. »Warum denn das?«

»Man wollte sein Frühstücksbrot haben, und er wollte es nicht hergeben.«

»Das gibt's doch nicht. Ist er verletzt?«

»Ein blaues Auge, ein paar Kratzer und jede Menge blaue Flecken.« Annika sah an Ellen vorbei in die Luft. »Aber das Schlimmste ist eben, dass er nicht mehr in die Schule gehen will.«

»Was sagt die Schule dazu?«

»Sie können nichts machen, sagen sie. Es passiert zu oft. Anfangs haben sie noch versucht, die Kinder zur Rechenschaft zu ziehen, aber es ist immer mehr geworden. Es passiert jetzt jeden Tag ein Dutzend Mal. Die Lehrer wissen nicht mehr, was sie tun sollen.« Nach einer langen Pause fügte Annika hinzu: »Und ich weiß es auch nicht mehr. Ich sage ihm immer wieder, wie wichtig die Schule ist, aber ich muss jeden Tag länger reden. Gestern hat es seinen Freund erwischt. Man hat ihm sein Geld abgenommen, das ihm die Eltern fürs Mittagessen mitgegeben haben. Die Mutter hat mich heute früh angerufen und erklärt, dass sie ihren Sohn zu Hause lassen werde. Wenn Elias das heute erfährt, wird er morgen auch nicht mehr gehen.«

Ellen konnte es nicht fassen. Jetzt traf es schon die Kinder. Die konnten am wenigsten dafür. So konnte es nicht weitergehen – aber Annika war noch nicht fertig.

»Was das Ganze noch schlimmer macht: Ich habe meinen Job verloren. Die Geschäftsführung hat unsere Filiale vorläufig dichtgemacht.«

»Du verkaufst doch teure Mode und keine Lebensmittel.«

»Egal. Sie haben Angst, dass sie irgendwann geplündert werden.«

»Seid ihr nicht versichert?«

»Oh, die Versicherungen haben blitzschnell reagiert und die Beiträge in astronomische Höhen geschraubt. Da waren die Entlassungen für unsere Chefs billiger.«

Puh, das waren schlechte Nachrichten. Ellen sah in die Runde. Alles wirkte so normal. Hier und dort saßen Pärchen und schwätzten. Oder täuschte sie sich? War die Stimmung angespannter als sonst? Annika wirkte auf jeden Fall angespannter. Zum ersten Mal in ihrem Leben wirkte die sonst vor Energie sprühende Schwester sogar ein bisschen hoffnungslos. Ellen konnte das gut nachvollziehen. Als alleinerziehende Mutter zweier Kinder hatte man keine Rücklagen. Wenn dann der einzige Verdienst ausfiel, schlug das sofort auf alle Lebensbereiche durch.

»Du machst dir Sorgen um deine Wohnung?«

»Schlimmer.« Annika zog einen Umschlag aus ihrer Handtasche. »Lies.«

Ellen überflog den Inhalt. »Der Vermieter kann dir doch nicht einfach so kündigen. Du hast deine Miete immer bezahlt und tust es auch noch.«

»Er muss irgendwie spitzgekriegt haben, dass ich meinen Job verloren habe.«

»Trotzdem kann er dich nicht einfach auf die Straße setzen. Dafür gibt es Gesetze.«

Annika tupfte sich mit ihrer Serviette eine Träne von ihrer Wange. »Daran wird der Bertrich sich ganz genau halten – und bei jedem Wort, das die Kinder sagen, die Polizei wegen Ruhestörung anrufen. Ich habe miterlebt, wie er den Ottlitzkis die Hölle heißgemacht hat. Wenn der Bertrich Angst um seine Miete hat, vergisst er, dass er ein Mensch ist.«

Ellen kannte die Ottlitzkis flüchtig. Sie waren eine ganz normale Familie, die auf der gleichen Etage wie Annika wohnte. Sie hatten drei Kinder zwischen sieben und elf Jahren. Ihr Pech war, dass Herbert Ottlitzki wegen Krankheit arbeitsunfähig wurde. Das war vor ungefähr einem Dreivierteljahr geschehen. Vier Monate später waren sie ausgezogen, wohin, wusste niemand.

Und wohin sollte Annika ziehen? Als arbeitslose, alleinerziehende Mutter mit zwei Kindern war die Wahl nicht groß. In den sozialen Brennpunkten wohnte sich zu normalen Zeiten schon nicht gut, aber jetzt brannten dort allabendlich Autos, Geschäfte wurden geplündert, wenn es sie überhaupt noch gab, und nach Einbruch der Dunkelheit sollte man sich besser nicht mehr auf die Straße wagen. War das noch das Berlin, das Ellen kannte?

Ellen nahm Annikas Hand. »Ich lasse euch nicht im Stich. Mir wird etwas einfallen für euch.«

»Aber du hast genug eigene Probleme.«

Das war wohl richtig, aber konnte sie deshalb die Augen vor dieser konkreten Not verschließen? Außerdem hing doch irgendwie alles zusammen. Die großen Zusammenhänge waren eben kein abstraktes Problem. Sie schlugen durch bis auf den Schulhof einer harmlosen Grundschule und bis zu tatsächlich unschuldigen Kindern.

»Ich habe einen Plan. Mein Partner mag verrückt sein, aber genau deshalb glaube ich, dass wir es schaffen werden.« Für den Bruchteil einer Sekunde stutzte Ellen. Sie hatte unbedingt vermeiden wollen, Hajos Namen zu nennen, und hatte »Partner« gesagt. Dieses Wort hörte sich seltsam an.

Ellen nahm einen Zettel und schrieb eine Nummer darauf. »Die ist für Notfälle.« Sie gab Annika den Zettel. »Wähle sie nur, wenn es echt wichtig ist, und nur von einer Telefonzelle aus.

Die Nummer geht nur für einen einzigen Anruf, danach werfe ich das Handy weg. Und keine Namen nennen. Merk dir das.«

Annika blickte erst nachdenklich auf die Nummer und sah sich dann verstohlen im Lokal um. »Meinst du, ich werde auch verfolgt?«

»Verfolgt nicht, aber bestimmt überwacht. Sie wissen, dass du die einzige Verwandte bist, die ich in Berlin habe, und werden damit rechnen, dass ich Kontakt zu dir aufnehme oder umgekehrt. Deshalb habe ich dich auch nicht angerufen. Ich bin dir lange gefolgt, bis ich dich angesprochen habe.«

Ellen nahm ihre Geldbörse. Darin steckten siebenhundertvierzig Euro und ein paar Münzen. Ellen zog siebenhundert Euro heraus und drückte sie Annika in die Hand. »Du kannst es bestimmt gebrauchen, aber mehr habe ich im Moment nicht dabei.« Dass sie überhaupt nur noch die siebenhundertvierzig Euro besaß, musste Annika nicht wissen.

»Ich will das nicht«, sagte Annika. »Du brauchst dein Geld selbst.«

Ellen stand auf. »Darüber reden wir, wenn ich zurückkomme. Du kannst ja schon mal die Rechnung bezahlen.« Ellen griff ihre Tasche und ging zur Toilette.

Die Punkerin, die einige Minuten später aus der Richtung der Toiletten kam und das Lokal verließ, beachtete Annika nicht. Sie wartete auf Ellen.

23

Ellen sprang von einem TV-Programm zum nächsten. Auf allen Sendern, die Wert auf Informationen legten, bot sich das gleiche Bild. Es ging überall um die rasant steigenden Lebensmittelpreise. Talkshows und Expertenrunden wechselten sich mit Bildern von mehr oder weniger friedlichen Demonstrationen ab, wobei die weniger friedlichen überwogen. So ging es im ganzen Land und darüber hinaus.

»Informationsbeschaffung? Das ist gut.«

Ellen drehte sich überrascht um. Sie hatte Hajo gar nicht kommen hören. Wie schnell man sich an Sicherheitsvorrichtungen gewöhnen und die eigenen Instinkte vernachlässigen konnte.

»Irgendwas muss ich ja tun, wenn du weg bist. Ich hasse es, untätig herumzusitzen, wenn um uns herum das Chaos regiert.«

»Du sitzt nicht, du läufst in der Stadt herum. Das ist gegen unseren Plan.«

Ellen stand auf, um Hajo besser in die Augen sehen zu können. »Hat dir das dein Geist in der Tür verraten?«

»Hat er, und er weiß sogar, dass du fünf Stunden, dreiundzwanzig Minuten und vierzehn Sekunden unterwegs warst.«

Ellens Augen verengten sich. »Ich habe keine Lust, von dir überwacht zu werden.«

»Das System überwacht nicht dich, sondern die Wohnung.«

»Was in diesem Fall das Gleiche ist.«

»Falsch. Wenn ich dich überwachen würde, wüsste ich, wo du warst. – Wo warst du?«

Ellen hätte mit Leichtigkeit eine Diskussion vom Zaun brechen können, dass er ihr ja auch nicht verriet, wo er sich herumtrieb, aber sie verzichtete darauf. Streit führte nicht weiter, es musste vorangehen, und zwar schnell. »Ich habe mich mit Annika getroffen.«

»Du hast *was*?«

Ellen genoss den Moment des Erschreckens in Hajos Gesicht.

Diese winzige Provokation konnte sie doch nicht lassen. »Annika, meine Schwester, die kennst du doch.«

Natürlich wusste Hajo, wer Annika war. Er hatte damals eine Bombe auf einem Schiff platziert, auf dem Annikas Kinder waren. Mit einem entsprechenden Foto hatte er Ellen dann unter Druck gesetzt. Hajos Gesicht bekam tatsächlich etwas Farbe.

»Du gefährdest unseren Plan. Du riskierst, entdeckt zu werden. Du setzt alles aufs Spiel.«

Ellen fand, dass sie Hajo genug gepiesackt hatte. Jetzt musste sie ihn wieder herunterholen, damit er sich nicht zu sehr aufregte. »Was ich getan habe, passt sehr wohl zu unserem Plan. Komm mit.«

Ellen ging in den Technikraum vor die Planungswand. Sie deutete auf den Meilenstein, auf dem der rote Punkt klebte. »Was steht hier?«

»Unsichtbar werden in dreißig Sekunden«, las Hajo vor.

»Richtig, nur wie kann ich wissen, ob ich diesen Meilenstein erreicht habe? Die dreißig Sekunden kann ich stoppen, aber ob ich unsichtbar geworden bin, nicht. Das muss ich aber wissen, bevor es ernst wird.«

Ellen sah, wie es in Hajo arbeitete. Sie hatte ihn mit seiner eigenen Logik gefangen.

»Und das weißt du jetzt?«, fragte er.

»Klar. Wenn einen die eigene Schwester nicht erkennt …« Ellen erzählte ihm von der Begegnung.

Am Ende nickte Hajo beifällig. »Das Verschwinden war gut. Damit kann die Generalprobe als gelungen betrachtet werden. Trotzdem gefällt mir nicht, wie du dich da reinhängst. Persönliche Betroffenheit raubt die nüchterne Distanz, die für unseren Plan nötig ist. Das ist ein gefährlicher Unsicherheitsfaktor.«

»So was magst du nicht, das ist mir klar, aber das lässt sich nicht ändern.« Ellen tippte mit ihrem Zeigefinger auf ihre Brust. »Ich bin ein Mensch mit Gefühlen und Betroffenheit.« Jetzt tippte sie auf Hajos Brust. »Du bist ein Computer auf zwei Beinen, für den Menschen nur Figuren in einem Spiel sind.«

Hajos Blick verfinsterte sich. Er wusste zu genau, worauf Ellen hinauswollte. Er hatte sie, ihre Schwester und deren Kinder und viele andere in einem dramatischen Spiel zu seinem Vergnügen benutzt.

Ellens Stimme wurde wieder sanfter. »Wir sind sehr verschieden – und das solltest du schätzen, gerade als Game-Entwickler. Du entwickelst doch nicht nur einen Charakter. Jedes Spiel hat höchst unterschiedliche Charaktere, sonst ist es langweilig, oder man kann gar nicht gewinnen.«

Jetzt hatte sie ihn. Das war die Sprache, die er verstand.

»Es ist gefährlich, mit dir zu diskutieren«, sagte er.

»Tja, warum sollte nur einer von uns gefährlich sein?«, lächelte Ellen herausfordernd. »Das wäre doch auch langweilig.«

Ellen wandte sich ab und ging in die Küche. »Bei der Gelegenheit habe ich eingekauft. Ich schulde dir noch eine Flasche Wein.«

Ellen stellte eine Flasche Pasión de Bobal auf den Couchtisch, dazu einen Korb aufgeschnittenes Baguette und einen Teller mit verschiedenen Käsesorten.

Hajo setzte sich in einen Sessel und sah zu, wie Ellen die Weingläser füllte. »Schön, dass du alle deine Schulden bezahlst. Ich habe dir das Leben und deine Freiheit gerettet. Da bin ich gespannt, wie du *das* bezahlen wirst.«

Ellen hob ihr Glas. »Ganz einfach, indem ich dich *nicht* umbringe.«

Ellen trank einen Schluck, ging dann mit dem Glas in der Hand zu einem Fenster und öffnete es. Hajo folgte ihr, blieb aber in zwei Metern Abstand stehen.

»Wenn man nicht nach unten sieht, ist die Aussicht gar nicht mal schlecht«, sagte Ellen.

»Ich interessiere mich nicht für Aussichten.«

Ellen beugte sich vor und sah hinunter. Hinter sich hörte sie, wie Hajo die Luft anhielt.

»Hast du etwa Höhenangst?«

Hajo schwieg.

Ellen setzte sich locker auf die Fensterbank und sah nochmals hinunter. »Das sind kaum mehr als zehn Meter.« Dabei beobachtete sie Hajo aus den Augenwinkeln.

Hajo wurde eine Spur blasser, als er ohnehin schon war. »Lass das«, sagte er. »Ich mag so was nicht.«

Er hatte tatsächlich Höhenangst, sogar sehr ausgeprägt. Gut zu wissen, fand Ellen. Eine weitere Schwäche ihres Erpressers. Das blieb er, auch wenn ihr das Wort »Partner« herausgerutscht war. Er besaß nach wie vor jede Menge kompromittierender Fotos und Videos von ihr, und die Drohung, sie bei Bedarf zu veröffentlichen, stand immer unausgesprochen im Raum. Das war ein offener Punkt auf Ellens persönlicher To-do-Liste. Sie hatte zwar noch keine Idee, wie sie diesen Punkt erledigen sollte, aber sie hatte das Gefühl, voranzukommen. Erstaunlich, was man mit der Zeit alles über einen anderen herausfand, selbst wenn der nichts sagte.

Ellen rutschte wieder von der Fensterbank hinunter. »Dann ist es im Ernstfall wohl nichts mit einer Flucht über die Dächer von Berlin.« Ellen zwinkerte Hajo zu, was der aber wohl kaum bemerkte, denn er stand ziemlich steif da. »Wir haben übrigens noch ein Ressourcenproblem, das nicht auf unserem Plan steht.«

Ellen ging zur Planungswand, das Glas Wein noch in der Hand. Hajo folgte ihr. Er wirkte sichtlich erleichtert darüber, Abstand von dem geöffneten Fenster zu gewinnen und sich auf vertrautes Terrain zu begeben.

»Was haben wir übersehen?«, wollte er wissen.

»Ich habe kein Geld mehr«, sagte Ellen.

Hajo sah sie kritisch an. »Wenn du nicht alles deiner Schwester gegeben hättest, hättest du noch Geld. Erwartest du, dass *ich* jetzt dafür einspringe?«

»So ähnlich hatte ich es mir gedacht.« Ellen erwiderte Hajos Blick, ohne mit der Wimper zu zucken.

»Wie soll das laufen? Als Kredit? Es wird lange dauern, bis du ihn mir zurückzahlen kannst.«

»Ich war eher davon ausgegangen, dass wir das Geld verrechnen. Wie viel ist dir eine Stunde Vergnügen wert? Fünfzig Euro? Bei den Bildern, die du dir ständig von mir ansiehst, ist schon eine hübsche Summe zusammengekommen.«

Jetzt grinste Hajo. »Ganz schön frech, meine Ellen. Das sollte ich nie vergessen.« Er drehte sich zu der Planungswand und schrieb auf den Zettel für die benötigten Ressourcen: Geld. »Weißt du, was Geld wirklich ist? Geld ist nichts anderes als eine Folge von Einsen und Nullen in einem Computer einer Bank. Mehr nicht.«

Hajo hatte das sehr betont gesagt und sah sie nun forschend an. Ahnte er, was in ihr vorging? Wahrscheinlich. Seine Erklärung war ein mehr als deutlicher Hinweis, wie er sich bei Bedarf Geld beschaffen würde. Er würde sich in irgendeinen Rechner hacken und die Einsen und Nullen zu seinen Gunsten manipulieren. Konnte sie das verantworten? Konnte sie zulassen, dass Hajo sie mit gestohlenem Geld aushielt? Andererseits – blieb ihr etwas anderes übrig? Sie konnte ihn schlecht zwingen, sein Geld ehrlich zu verdienen.

»Die Expolizistin scheint noch sehr lebendig in dir zu sein«, sagte er mit einem frechen Lächeln. Oder war es spöttisch?

Er hob sein Glas. »Stoßen wir auf die Expolizistin in dir an.«

Ellen war nicht ganz wohl, als sie anstieß. Hajo schien das Ganze als Spiel zu betrachten. Vielleicht war das auch gut so. Der Wein hatte plötzlich einen eigenartigen Geschmack.

War das nicht ein wunderbares Spiel? Hajo genoss aus vollen Zügen, zu beobachten, wie es in Ellen kämpfte. Sie war immer noch die aufrechte, geradlinige Polizistin, für die Recht und Gesetz entscheidende Größen waren. Sie wollte nichts Strafbares tun. Andererseits hatte sie ohne ihn keine Chance in diesem Kampf. Sie brauchte ihn, den meistgesuchten Verbrecher Berlins, für den geschriebene Gesetze bedeutungslos und Polizisten nur Spielfiguren waren. Ein köstlicher Widerspruch. Er würde es Ellen nicht leicht machen. Ihren inneren Kämpfen zuzusehen, war ein erhebendes Gefühl, viel besser, als alle anderen Spiele zuvor.

Aber er musste auch aufpassen. Ellen war klug. Sie hatte ihn mit seinen eigenen Argumenten geschlagen und war dabei, seine Schwächen herauszufinden. Ellen war die gefährlichste Person, die ihm jemals begegnet war.

Hajo hob erneut das Glas und trank einen Schluck. »Nachdem wir nun die Expolizistin in dir gebührend gewürdigt haben, können wir uns wieder der Aufgabe widmen, die die Expolizistin zu lösen gedenkt.« Ellens zwiespältige Reaktion auf das Wort »Expolizistin« war einfach zu gut, um es nicht mehrmals zu sagen.

Hajo wandte sich der Planungswand zu. »Der nächste Meilenstein heißt: Beweise aus den Instituten sind gesichert.«

Ellen war sichtlich erleichtert, sich dem Plan widmen zu können. »Erster Schritt, Computerrecherche«, las sie vor. »Das ist dein Part.«

»Der ist im Prinzip schon erledigt.« Hajo nahm einen kleineren grünen Punkt, der für abgeschlossene Zwischenschritte vorgesehen war, und klebte ihn an die entsprechende Stelle. »Die Bodenproben sind von drei Instituten untersucht worden, dem Adolf-Richter-Institut, dem Cortigen-Institut und BB-Biochex. BB-Biochex nennt sich »das führende Labor für bio- und gentechnologische Untersuchungen in Berlin-Brandenburg«. Es gehört zum Veritatis-Institut des gleichnamigen Professors Jannis Veritatis. BB-Biochex ist eindeutig das Bedeutendste von den Dreien und hat den größten öffentlichen Einfluss.«

»Dann sollten wir Biochex und diesen Professor mal genauer unter die Lupe nehmen«, sagte Ellen.

»Ich habe mir gedacht, dass du es so siehst, aber das wird nicht einfach.«

»Warum? Kommst du nicht in deren Rechner?«

»Hältst du mich für einen Hobby-Hacker?« Hajo zog sich einen Stuhl heran und setzte sich rittlings darauf. »Die sind außergewöhnlich stark gesichert, aber das ist nicht das Problem. Natürlich war ich drin, aber da ist nichts, was uns weiterhilft.«

Ellen griff sich ebenfalls einen Stuhl und setzte sich auch rittlings darauf, Hajo genau gegenüber. »Das kann nicht sein, sie müssen etwas haben. Immerhin haben sie die Untersuchungen gemacht. Oder hast du nicht richtig gesucht?«

Hajo sah Ellen vorwurfsvoll an.

»Okay, du hast also richtig gesucht. Woran liegt es dann?«

»Bis auf das Abschlussdokument gibt es keine Hinweise auf die Untersuchung der Bodenproben. Die muss es aber geben. Also haben sie die Ergebnisse auf separaten Rechnern, die nicht am Netzwerk angeschlossen sind und auf die ich deshalb nicht von außen zugreifen kann.«

Das war nicht das, was Ellen sich erhofft hatte, aber Hajo war noch nicht fertig. »Ich habe mir mal die Kundenstruktur angesehen. Lässt man die öffentlichen Auftraggeber und die Privatkunden weg, bleiben vierzehn Kunden mit einem größeren Volumen von ungefähr achtzig Prozent des Umsatzes.«

»Das ist immer noch breit gestreut«, meinte Ellen.

»Aber wenn man weiter nachbohrt, gehören diese vierzehn Kunden alle zu zwei Konzernen: acht zu Saatogo und sechs zu Progentus.«

Ellen pfiff durch die Zähne. »Das ist wirklich interessant. Wer ist Progentus?«

»Auch ein Gentech-Unternehmen und Saatguthersteller. Der größte Konkurrent von Saatogo.«

Ellen stand auf und ging im Raum umher. »So, so, die vermeintlich unabhängigen Institute sind gar nicht so unabhängig, wie sie die Welt glauben machen. In Wahrheit leben sie von den Aufträgen aus der Gentech-Industrie. Dann könnte man glatt meinen, dass dieser gute Professor nicht die Hand abhacken will, die ihn füttert.«

»Das sind Vermutungen, als Beweis reicht das nicht aus.«

»Aber es beweist *uns*, dass wir auf der richtigen Spur sind.« Ellen ging zum Fenster und sah hinaus. »Wir haben keine Wahl. Wir müssen zu diesen Instituten.«

24

»Verdammt, wo ist diese Frau?«

Hasels starrte wütend auf den Telefonhörer, den er gerade auf das Gerät geknallt hatte. Die Nachrichten aus Berlin hatten ihn wenig erfreut.

»Meinen Sie mich?«, rief es aus dem Nachbarbüro. Dort saß Roberta, Hasels Assistentin.

Hasels stöhnte gequält auf. »Nein, ich meine nicht Sie. Ich meine diese Ellen Faber in Berlin.«

Jetzt kam Roberta doch zur Tür herein. »Was ist mit dieser Frau?«

»Verschwunden ist sie, einfach weg. Wir hatten sie lokalisiert, und Alexej und Boris waren wenig später da. Nichts. Als ob sie unsichtbar geworden wäre. Dabei hat sie kaum noch Geld, ihr ganzes Netzwerk wird überwacht, alle, die mit ihr zu tun hatten. Die Polizei fahndet nach ihr. Nichts, verdammt.«

Hasels sprang auf, es hielt ihn nicht mehr auf seinem Stuhl. Er ging zu dem übergroßen Monitor, der seit einigen Tagen den Stadtplan von Berlin anzeigte. Früher war Berlin für Hasels nur ein Planquadrat unter vielen gewesen. Uninteressant. Jetzt interessierte ihn Berlin gewaltig.

»Vielleicht ist sie untergetaucht oder sogar abgehauen«, sagte Roberta.

Hasels wedelte unwillig mit der Hand. »Blödsinn. Diese Frau haut nicht einfach ab. Sie ist irgendwo hier und heckt etwas aus.« Hasels durchbohrte den Plan von Berlin mit seinen Blicken, als ob er so Ellens Standort ausfindig machen könnte. »Sie ist auf keinen Fall abgehauen.«

»Woher wollen Sie das wissen?«

Normalerweise war es nicht Hasels Art, Roberta irgendetwas zu erklären. Er war der Überzeugung, dass sie es sowieso nicht verstand. Es war ihm ein Rätsel, wie sie die Aufnahmetests beim CRD bestanden hatte, das konnte nur eine Verwechslung gewesen sein. Jetzt ging er ausnahmsweise auf Robertas Frage ein, weil er Dampf ablassen musste. »In den Computernetzen von drei Instituten, die für uns arbeiten, ist herumgeschnüffelt worden. Das ist kein Zufall. Diese Frau will uns auf die Spur kommen, und unsere Leute sind zu blöd, das zu verhindern. Und die deutsche Polizei ist zu blöd, diese Frau zu schnappen.«

»Sie haben mir erzählt, dass die Daten gut gesichert sind.«

Hasels sah Roberta an, als wäre sie an der Sache schuld. »Sind sie auch. Aber so dilettantisch, wie unsere Leute in Berlin vorgehen …«

Hasels sah auf die Uhr. »Ich will heute noch in Berlin sein. Besorgen Sie einen Flug, egal wie. Ich werde mich selbst darum kümmern. Melden Sie mich bei Boris an. Wir müssen zu diesen Instituten.«

25

»Das ist er.« Ellen überprüfte mit einem letzten Blick in den Spiegel den Sitz ihrer Perücke. Dann stieg sie aus dem Taxi, zupfte ihren Rock nach unten und ging auf den Mann zu, der gerade das BB-Biochex-Gebäude verließ. Professor Veritatis war hager und hatte volles, krauses Haar, das erste graue Strähnen aufwies. Durch Hajos Recherche wussten sie, dass Veritatis achtundvierzig Jahre alt war, zum zweiten Mal geschieden und ein Kind aus erster Ehe hatte. Er war jungen Frauen nicht abgeneigt, besonders Rothaarigen nicht.

Hajo beobachtete, wie Ellen auf ihn zuging. Sie machte es gut, obwohl sie hohe Absätze nicht gewohnt war. Der Rock war gerade so lang, dass er bei großzügiger Bewertung noch als seriös durchging, die langen roten Haare wehten leicht im Wind. Ellen hatte zunächst gezögert, sich so zurechtzumachen, aber die Bilder, die er ihr gezeigt hatte, hatten sie überzeugt. Beide Frauen von Veritatis hatten so ähnlich ausgesehen und mehrere Geliebte auch.

Ellen sprach Veritatis an und zeigte ihm etwas, einen Presseausweis der B.Z., den Hajo nur für diesen Zweck angefertigt hatte. Veritatis warf wie erwartet nur einen flüchtigen Blick darauf. Nach einer kurzen Diskussion deutete Ellen in die Richtung, in der das Steakhaus »Pikanto« lag. Veritatis nickte.

Hajo war zufrieden. Es lief alles wie vorausberechnet. Das Steakhaus hatten sie ausgewählt, weil Hajo den beiden nicht hätte folgen können, wenn das Interview im Biochex-Gebäude stattgefunden hätte. Es war immer wieder ein erhebendes Gefühl, mitzuerleben, wie seine Pläne funktionierten. Er hatte nie daran gezweifelt, dass Veritatis einwilligen würde, auch wenn das Interview unangemeldet war. Einer Frau abzusagen, die so aussah wie Ellen, dafür musste es schon schwerwiegende Gründe geben. Und wenn es dann noch um ein Interview mit der größten Abonnementzeitung in Berlin ging, gab es eigentlich keine Gründe mehr. Das Steakhaus war Veritatis sicher auch lieber als sein Labor. Vielleicht rechnete er sich sogar mehr als ein Interview aus.

Jetzt musste Hajo sich beeilen. Er parkte sein Taxi in einer Nebenstraße, packte seinen kleinen Aktenkoffer und ging ebenfalls in das Restaurant. Im seriösen grauen Anzug fiel er hier überhaupt nicht auf. Mit seinem grau melierten Haarteil und einer passenden Brille sah er aus wie ein Geschäftsmann auf Durchreise.

Ellen hatte, wie besprochen, einen Tisch in der Nähe der Toiletten gewählt. Sie hatte auch schon ein Wasser vor sich stehen und Veritatis ein Bier. Hajo nahm einen Tisch, von dem er sowohl Ellen als auch den Eingang gut im Blick hatte. Auf einem freien Stuhl platzierte er seinen Aktenkoffer so, dass die Kamera und das Mikrofon darin das Gespräch gut aufnehmen konnten. Durch den winzigen Lautsprecher in seinem Ohr verstand er mühelos jedes Wort und konnte sich ganz seinem alkoholfreien Bier widmen.

Ellen führte das Gespräch geschickt vom Small Talk zu den eigentlichen Themen hin, ohne Veritatis zu verschrecken. Sie war in allen gängigen Verhörtechniken geschult. Veritatis merkte nichts davon – bis er sich so weit in eine Sackgasse manövriert hatte, dass es kein Entkommen mehr gab.

»Wir wissen, dass die Analysen der Bodenproben gefälscht sind«, sagte Ellen jetzt geradeheraus.

Veritatis sagte nichts darauf, aber sein Blick in Richtung Ausgang zeigte deutlich, was er jetzt am liebsten tun würde. Der Traum von einem Date mit Ellen war schon lange geplatzt. In den nächsten Minuten versuchte er, sich aus der Falle herauszuwinden, in die Ellen ihn gelockt hatte. Er redete von den Ergebnissen der anderen Institute und rechnete Ellen vor, wie viel Arbeitsplätze er sicherte und dass er dafür die Aufträge benötigte, wie hart die Konkurrenz war und dass es sonst jemand anderes gemacht hätte. Ellen ließ ihn reden.

Hajo lachte leise. Auf seinem Fachgebiet mochte Veritatis eine Kapazität sein, und als Leiter des bedeutendsten Biotech-Instituts der Hauptstadt bekam er viel Anerkennung und wenig Kritik. In so einer Position hielt man sich leicht für unverwundbar, aber einer Ellen war er nicht gewachsen.

Bevor Veritatis seine Fluchtpläne in die Tat umsetzte, leitete Ellen die nächste Phase ein. »Vielleicht können wir die Öffentlichkeit draußen lassen.«

Veritatis sah überrascht auf. Ein winziger Hoffnungsschimmer glomm in seinen Augen auf.

»Ich bin nicht von der B.Z. Ich bin vom BKA.« Ellen zeigte ihm einen weiteren Ausweis, ebenfalls eine Fälschung von Hajo.

Der Ausdruck der Überraschung auf Veritatis' Gesicht wechselte zu Verwirrung. Er nahm den Ausweis und studierte ihn prüfend. Es kam wieder genau, wie von Hajo geplant. Veritatis nickte und gab Ellen den Ausweis zurück. Welcher normale Mensch konnte schon entscheiden, ob ein BKA-Ausweis echt war? Und wenn dann noch das BKA die mögliche Rettung aus einer verhängnisvollen Sackgasse anbot? Neunundneunzig Komma acht Prozent hatte Hajo als Eintrittswahrscheinlichkeit berechnet, dass Veritatis die BKA-Geschichte akzeptierte.

Hajo bedauerte, jetzt nur einen Schluck Bier trinken zu können, obendrein noch alkoholfrei. Cognac wäre angebracht gewesen, aber noch war es zu früh zum Feiern, obwohl seine Pläne abliefen wie eine perfekte Choreografie. Für einen Moment schloss Hajo die Augen, um Ellens nächste Sätze zu genießen.

»Ich gehöre zu einer Sondereinheit, die den Genskandal aufdecken soll, der hinter all dem steht, was da draußen passiert. Wir sind nicht an Öffentlichkeit interessiert, wir wollen die Hintermänner und nicht jemanden, der selbst unter Druck gesetzt wurde. Wenn Sie uns dabei unterstützen, werden wir das nicht vergessen.«

Hajo lächelte. Es war einfach wunderbar, wie Ellen den Professor wieder aufbaute, nachdem sie ihn vorher demontiert hatte. Bald würde Veritatis zu allem Ja sagen. Selbst Hajo sah es seinem Gesicht an.

Ärgerlicherweise klingelte in diesem Augenblick Veritatis' Handy. Er warf Ellen einen entschuldigenden Blick zu, nahm das Gespräch an, hörte eine Weile zu und sagte dann: »Ich bin im Pikanto-Steakhaus. Wenn ich fertig bin, komme ich noch mal vorbei.«

»Wer war das?«, fragte Ellen.

»Charlotte Hilfrich, eine Doktorandin. Mit einer Versuchsanordnung gibt es Probleme.«

Hajo war alarmiert. Warum wollte eine Doktorandin wissen, wo ihr Professor war? Um diese Zeit? Vom Institut bis hierher waren es etwa zweihundert Meter. Hajo sah aus dem Fenster. Zwei Mercedes C-Klasse mit getönten Scheiben fuhren vor. Sie bremsten schärfer, als es normale Besucher tun würden. Aus dem ersten stiegen drei Männer, alle relativ groß, aus dem zweiten Wagen stiegen zwei. Ein kräftig gebauter mit kurz geschorenen Haaren aus dem ersten Wagen dirigierte die beiden letzten Typen um das Haus herum. Die beiden, die mit ihm gekommen waren, schickte er zum Eingang des Steakhauses.

Hajo hob seinen Bierdeckel auf, der ihm gerade heruntergefallen war, fuhr sich mit gespreizten Fingern durch seine Haare, nahm den Aktenkoffer und ging hinaus. Er hatte nicht zufällig beim Erhalten des Biers schon bezahlt.

Abbruch der Aktion! Ellen konnte es kaum fassen. Gerade jetzt, wo sie Veritatis nach allen Regeln der Kunst weichgeklopft hatte? Aber Hajos Bierdeckelaufheben war unmissverständlich. Dass er sich mit fünf Fingern durch die Haare gefahren war und sofort aufstand, hieß, dass er fünf Leute gesehen hatte. Das war ernst.

Ellen gönnte sich keine Sekunde des Bedauerns. Fast zeitgleich mit Hajo stand sie auf, sagte »Entschuldigen Sie mich bitte einen Moment« zu Veritatis, griff ihre Handtasche und ging die wenigen Schritte zur Toilette. Bevor die Toilettentür zuschlug, glaubte sie ein Gesicht hinter einem Fenster zu erkennen. Ein Mann sprach in ein Headset. Die Eingangstür knirschte. Schritte kamen auf den Toilettenbereich zu.

Gerade, als die Schritte die Tür zur Damentoilette erreichten, trat Ellen heraus. Sie sah die beiden Kerle durch ihre Sonnenbrille an. Es waren alte Bekannte, Boris und Alexej. Ellen drängelte sich zwischen ihnen durch, rief »Ciao Alberto« zu dem Kellner und ging zum Ausgang. Ellen wusste nicht, ob der Kellner so hieß, aber Boris und Alexej wussten es schließlich auch nicht.

In einem Spiegel sah Ellen noch, wie Boris sich kurz nach ihr umdrehte, aber dann folgte er Alexej in die Damentoilette.

Sie hatten nur Ellen im Kopf – mit der sie noch eine gesalzene Rechnung zu begleichen hatten. Und diese Ellen war gerade als attraktive Rothaarige in der Toilette verschwunden.

Viel Zeit hatte Ellen nicht. Boris und Alexej würden die Perücke und die anderen Sachen schnell finden, und dann konnten sie sich denken, wer die dunkelhaarige Frau mit der Sonnenbrille gewesen war. Trotzdem musste jeder Schritt und jede Bewegung so lässig aussehen, als wäre Ellen eine Unbeteiligte. Ellen trat aus der Tür und schlappte auf ihren Flipflops an dem Mann vorbei, dessen Gesicht sie durchs Fenster gesehen hatte.

Ein Taxi fuhr die Straße entlang. Ellen winkte. Während sie die Tür zuschlug, kamen Alexej und Boris aus dem Steakhaus gestürzt.

Hajo gab Gas.

»Einundzwanzig Sekunden«, sagte Ellen.

Hasels benötigte acht Sekunden, um zu verstehen, was Alexej und Boris wollten, weil sie beide gleichzeitig redeten. Drei Sekunden später war ihm klar, dass die dunkelhaarige Frau in den Hotpants Ellen gewesen sein musste. Eine andere Erklärung gab es nicht, denn wenn Ellen hintenheraus geflohen wäre, hätten sich Bradley und Wolks gemeldet.

Weitere fünf Sekunden später saß Hasels in dem Mercedes, konnte aber nicht starten, weil Alexej noch am Einsteigen war. Das Taxi mit Ellen bog gerade auf einer Kreuzung ab und war jetzt außer Sicht.

Die Reifen des Mercedes drehten durch.

»Ihr Idioten!«, brüllte Hasels Alexej an, der auf dem Beifahrersitz saß. »Ihr kennt diese Frau und lasst sie einfach abhauen. Wie blöd kann man eigentlich sein?«

Der Mercedes erreichte die Kreuzung, an der das Taxi verschwunden war. Es war nicht mehr zu sehen. Der Fahrer musste sofort wieder abgebogen sein, nur wohin? Auf gut Glück eine Straße auszuprobieren, erschien Hasels wenig erfolgversprechend.

»Ruf Rux an. Er soll eine Fahndung veranlassen. In der Volmertstraße ist Ellen Faber gesichtet worden. Sie flieht in einem Taxi.«

Alexej wählte Rux' Nummer.

»Was ist?«, drängte Hasels, während er den Wagen durch den abendlichen Verkehr steuerte.

»Kein Netz«, sagte Alexej.

»Wir sind mitten in einer Großstadt. Hier ist überall Netz. Oder bist du auch zu blöd zum Telefonieren?«

»Probier's doch selber«, sagte Alexej, dem es offensichtlich reichte.

Hasels stoppte mit quietschenden Reifen in der Bucht einer Bushaltestelle. »Wenn du mich verarschst …« Er riss Alexej das Handy aus der Hand. Es zeigte tatsächlich keine Balken. Hasels probierte sein eigenes Handy. Auch nichts.

»Fuck!«, fluchte Hasels. Das konnte nur eins bedeuten. Er schlug die Tür auf und hätte dabei fast einen Radfahrer umgemäht, aber das war ihm egal. Er lief nach hinten und bückte sich. Er sah, was er befürchtet hatte. Unter der Stoßstange klebte ein kleines schwarzes Gerät, ein Handy-Jammer, der im Umkreis von einigen Metern den Handyempfang unmöglich machte. So etwas verwendete die Army häufig bei Auslandseinsätzen, um das Zünden von Bomben per Handy zu unterbinden.

Ein Ruck und Hasels hatte den Jammer in der Hand. Er stand wieder auf und schleuderte den Kasten mit voller Wucht auf den Asphalt. Die Einzelteile spritzten in alle Richtungen davon.

Jetzt zeigte das Handy wieder vier Balken. »Versuch's noch mal!«, befahl er Alexej.

Wenig später redete Hasels persönlich mit Rux. Als er fertig war und wusste, dass Rux die Berliner Polizei informieren und eine Fahndung veranlassen würde, setzte er sich hinter das Lenkrad und sagte lange Zeit nichts.

Er hatte Ellen Faber unterschätzt. Sie war ihm jetzt schon zum dritten Mal entwischt. Das erste Mal hatte sie fast wie im Vorübergehen zwei kampferprobte Männer in Sekunden erledigt. Das zweite Mal hatten sie ihren Rechner lokalisiert, waren in wenigen Minuten vor Ort, und diese Frau war schon weg. Und jetzt? Fünf Männer und die Faber in einer todsicheren Falle. Mit welcher Lässigkeit sie trotz höchster Gefahr an ihm vorbeispaziert war … Das hatte ihn selbst und seine Leute überrumpelt. So was war ihm noch nie passiert.

In Gedanken stufte Hasels Ellen auf acht hoch. Das war die dritthöchste Stufe auf seiner persönlichen Gefährlichkeitsskala. Normalerweise erreichten nur professionelle Agenten die Stufen sechs und höher, aber damit hatte er sehr selten zu tun. Das bedeutete, er musste vorsichtiger sein und mehr Ressourcen einsetzen, wenn er sie kriegen wollte.

Was die Sache wesentlich erschwerte: Die Faber war nicht allein. Der Typ, der kurz vor ihr das Lokal verlassen hatte, musste ihr Partner sein. Hasels hatte noch gesehen, wie der Kerl sich hinter dem Mercedes gebückt hatte, um seinen Schlüssel aufzuheben, der ihm aus der Tasche gefallen war. Letztlich war das nur ein Trick gewesen, um in diesem Moment den Handy-Jammer unter die Stoßstange zu kleben.

Hasels schüttelte den Kopf. So was tat jemand vor seinen Augen. Unfassbar. Aber am meisten beeindruckte ihn das Timing. Waren überhaupt zwei Minuten vergangen, in denen sie sich komplett umgezogen, das Lokal verlassen hatte und mit einem Taxi verschwunden war? Höchstens eine Minute. Dabei war das keine überstürzte Flucht gewesen, sondern bis ins Allerkleinste geplant und vorbereitet.

Hasels ergänzte seine Bewertung von eben. Die beiden zusammen gehörten in die Gefahrenklasse neun.

26

Die Sprengstoffkisten waren unschuldig an Ellens unruhigem Schlaf. Ursache waren die fehlenden Alternativen zu dem, was als Nächstes auf ihrem Plan stand. Ellen hatte die halbe Nacht nachgedacht, aber ihr war nichts Besseres eingefallen.

Hajo saß schon am Tisch, als Ellen aus dem Bad kam. Zum ersten Mal hatte er die Nacht in seinem Bett in dieser Wohnung verbracht. Er war nur mal kurz weg gewesen, um frische Schrippen und Croissants zu holen. Zwölf Euro und neunzig Cent für die sechs Teile. Die noch warmen Croissants verbreiteten zusammen mit dem Kaffee einen Duft, der nach Zuhause und Harmonie roch. Beides passte absolut nicht zu der Realität, in der sie lebten, aber gut tat es trotzdem.

Hajo lächelte Ellen an. »Na, Expolizistin, schlecht geschlafen?«

Diese Bemerkung passte jetzt auch nicht. »Fast hätte ich mich einen Moment lang wohlgefühlt«, sagte Ellen.

»Das tut mir aber leid«, sagte Hajo, wobei Ellen seinem Gesicht ansah, dass es ihm gerade *nicht* leidtat. Er wusste genau, mit welchen Worten er sie pieksen konnte.

Ellen setzte sich Hajo gegenüber an den Tisch. »Reich mir mal den Kaffee, Immer-noch-Verbrecher.«

»So nachtragend?«, sagte Hajo, während er die Kanne rüberreichte. »Na ja, bald sind wir ja Kollegen.«

Ellen spürte, wie ihr Blutdruck anstieg, *bevor* sie einen Schluck Kaffee getrunken hatte. Dabei hatte Hajo recht. Das wusste sie genau. Nur, dass er noch in dieser Wunde herumstochern musste, brachte sie auf die Palme. Hajo war kein Gentleman, noch nicht einmal ein Gentleman-Ganove. Er war durchtrieben bis in die letzte Haarwurzel, und so genial wie er darin war, die Handlungen von Menschen vorauszuberechnen, so wenig einfühlsam war er. Oder wollte er es nur nicht sein?

Ellen schlürfte einen Schluck vom heißen Kaffee und sah Hajo über den Tassenrand an. Er lächelte zurück, als könnte er kein Wässerchen trüben. Hajo schien das Ganze tatsächlich als

Spiel zu betrachten. Unbegreiflich für Ellen, aber übel nehmen konnte sie es ihm nicht. Schließlich hatte sie ihn damit gelockt. Sie hatte geschafft, ihn für ihre Pläne einzuspannen, aber gleichzeitig verfolgte er einen eigenen Plan mit ihr, den sie noch nicht wirklich kannte. Sie wusste nur, dass sie sich auf einem schmalen Grat bewegte – und Hajo bereitete es Vergnügen, ihr dabei zuzusehen.

Hajo schob Ellen ein Foto hin. Es zeigte den Mann, der gestern vor dem Steakhaus gewartet hatte. Beim Verlassen des Lokals hatte Hajo praktischerweise einfach die Kamera in seinem Aktenkoffer weiterlaufen lassen und später einen passenden Ausschnitt vergrößert. Der Mann wirkte groß und kräftig, etwa so wie Boris, nur dass er dazu noch intelligent aussah, gefährlich intelligent. Die kurz geschorenen, etwas kantig geschnittenen Haare ließen Ellen unwillkürlich an einen Agenten denken, FBI oder CIA.

Ellen prägte sich das Gesicht ein. »Das wird Hasels sein, der Boss der beiden Kerle, die mich schnappen wollten. Sie haben mir freundlicherweise den Namen ihres Chefs verraten, als wir uns das letzte Mal getroffen haben.«

»Der Kleinere hinkt immer noch auf einer Seite«, sagte Hajo, der von Ellen wusste, was in der alten Fabrik geschehen war.

»Wenn ich gestern gedurft hätte, würde er heute auf beiden Seiten hinken«, sagte Ellen.

Hajo nahm das Bild wieder zurück. »Erstaunlich, dass er selbst hergekommen ist.«

»Wenn er die Angelegenheit zur Chefsache macht, heißt das, wir sind auf der richtigen Spur. Allerdings wird es dann auch schwieriger. Hasels ist ein Profi, nicht so ein Idiot wie seine Gorillas.«

Hajo grinste über das ganze Gesicht. »Du weißt doch, ein Spiel macht erst mit den richtigen Gegnern Spaß.«

Ellen verstand die Anspielung zu gut, aber sie hatte keine Lust, darauf einzugehen. »Wir müssen das höhere Niveau in unserem Plan berücksichtigen. Was wird Hasels deiner Meinung nach tun?«

Hajo nahm drei Zuckerwürfel und ordnete sie zu einem Dreieck an. »Hasels wird sich denken, dass wir auf der Suche nach Beweismaterial sind. Also wird er es verschwinden lassen oder die Institute so überwachen, dass wir unmöglich drankommen.« Hajo zeichnete mit seinem Messer einen Kreis um die Zuckerwürfel.

»Oder er baut irgendwo eine Falle für uns auf. Er riskiert nichts und muss nur abwarten, bis wir hineintappen.« Ellen griff den Salzstreuer und stellte ihn in das Zuckerwürfeldreieck.

»Wir werden nirgendwo hineintappen«, sagte Hajo. Er nahm den Salzstreuer wieder weg. »Wir schicken jemand anderes in die Höhle des Löwen.« Hajo nahm den Pfefferstreuer mit dem großen »P« an der Seite und setzte ihn so fest auf einen der drei Zuckerwürfel, dass der zerplatzte. »Und zwar ›P‹ wie Professor. Hasels glaubt, er hätte den Professor unter Kontrolle, aber er weiß nicht, was wir gegen ihn in der Hand haben.«

Hajo sah zu dem präparierten Aktenkoffer, der lässig auf einem Schränkchen lag und im Moment ganz unschuldig wirkte. Dann wandte er seinen Blick zu Ellen, wobei er ebenfalls unschuldig lächelte.

»Wenn wir deine Verhörkunst mit meiner Erpresserkunst vereinen, dann wird Veritatis seine Großmutter für uns verkaufen.«

Da war es wieder, dieses Blitzen in Hajos Augen, das jedes Mal kam, wenn er Ellen ihre Zwickmühle vor Augen führte. Das schien ihm diebische Freude zu bereiten.

»Oh, Entschuldigung«, machte Hajo sofort weiter. »Das Wort ›Erpressung‹ magst du ja nicht. Wie nennt ihr das, wenn die Polizei so was macht? Ach ja, dann heißt es ›unter Druck setzen‹.«

Ellen wollte Hajos Freude weder durch eine Diskussion noch durch einen Widerspruch anheizen. »Was ist mit deinem Überwachungsauftrag?«

Hajos herausforderndes Lächeln machte einem enttäuschten Ausdruck Platz. Er hatte sich ein Wortgefecht erhofft, bei dem er nochmals hätte nachlegen können.

»Ich geh mal nachsehen«, sagte er und verschwand im Technikraum.

Ellen genoss die Zeit der Ruhe, in der sie nur das Klappern der Tastatur im Nebenraum hörte. Der Friede währte ein halbes Croissant lang.

»Wir haben ihn«, rief Hajo von drüben.

Mit dem Rest-Croissant in der einen und der Kaffeetasse in der anderen Hand wanderte Ellen zu Hajo.

»Ich wusste, dass wir ihn kriegen werden.« Jetzt klang Hajo wieder begeistert. »Es war nur eine Frage der Zeit. Ich musste nur warten, bis eine App auf seinem Smartphone ein Update macht, dann habe ich mich drangehängt.«

»Ich weiß, dass du ein Genie bist«, sagte Ellen mit leicht spöttischem Unterton, der Hajo aber nicht zu interessieren schien.

»Ich habe sofort sein GPS eingeschaltet. Er ist hier.« Hajo blendete einen Stadtplan von Berlin auf den Monitor ein und zeigte auf eine kleine rote Zielscheibe.

»Mach mal größer«, sagte Ellen.

Hajo klickte auf die Zielscheibe. Der Stadtplan zoomte heran, bis man einzelne Straßen erkennen konnte. Die Zielscheibe bewegte sich eine der Straßen entlang.

»Petersburger Straße«, las Hajo vor.

»Er hat ein Haus im Prenzlauer Berg«, sagte Ellen. »Er wird gerade gestartet sein, um ins Institut zu fahren. Kannst du feststellen, ob er alleine ist?«

»Ich soll einen verbotenen Lauschangriff starten?«, fragte Hajo mit gespielter Entrüstung.

»Als ob du das nicht zu gerne machst. Los! Ich warte.«

Hajo gab grinsend einen Befehl in den Computer, um das Handy von Veritatis anzuzapfen. Kurz darauf hörte man Veritatis Stimme. Sie klang gedämpft. Vermutlich hatte er sein Handy in der Jackentasche. Trotzdem konnten Ellen und Hajo alles verstehen.

»Ich will keinen Aufpasser«, sagte Veritatis gerade.

»Befehl vom Chef. Der will das so«, sagte eine Stimme mit russischem Akzent.

»Hasels ist nicht mein Chef. Er hat mir gar nichts zu sagen.«

Leises Lachen. »Er gibt Ihnen Geld, also hat er etwas zu sagen. So einfach ist das. Beschweren Sie sich bei Hasels. Solange der mir nichts anderes sagt, bleibe ich an Ihrer Seite, ob Ihnen das passt oder nicht.«

»Das ist Alexej«, sagte Ellen. »Viel Muskelmasse, wenig Gehirn.«

»Eine lösbare Aufgabe«, sagte Hajo. »Ich lasse mir was einfallen, während du dir dein neues Outfit besorgst.«

Ellen ging, um sich die gleichen Sachen nochmals zu kaufen, die sie gestern Abend im Steakhaus getragen und dann in der Toilette entsorgt hatte. Auch wenn Veritatis inzwischen wissen dürfte, dass alles nur Verkleidung gewesen war, um ihn zu beeinflussen, gab es einen Wiedererkennungseffekt. Veritatis kannte Ellen nur so. Und vielleicht sprach sein Unterbewusstsein doch wieder auf den bevorzugten Frauentyp an, wenigstens ein bisschen, was ihr Vorhaben erleichtern würde. Das konnten sie gut gebrauchen.

27

Veritatis legte den Telefonhörer zum dritten Mal auf den Apparat zurück, ohne telefoniert zu haben. Alexej verfolgte aufmerksam jede seiner Bewegungen. Ansonsten stand er nur da und sagte kein Wort. Auch wenn Veritatis ihn etwas fragte, sagte Alexej nichts, also ließ Veritatis es bleiben.

Veritatis fühlte sich unwohl. Er war gewohnt, sich zurückziehen zu können, wann immer er wollte, und das wollte er oft. Er liebte seine Ruhe. Wenn er an die Zeit zurückdachte, in der er ganz allein komplexe Experimente durchgeführt hatte, oft nächtelang, dann wurde er wehmütig. Das war als Leiter eines Instituts nicht mehr möglich, aber immerhin konnte er sich seine Zeit frei einteilen.

Und jetzt stand dieser Wachhund neben ihm in seinem eigenen Büro. Ein stummes, aber lebendes Zeichen, dass er doch nicht so frei war, wie er immer gedacht hatte. Alexej hatte recht gehabt bei dem einzigen, kurzen Gespräch im Auto. Wer Geld gab, hatte etwas zu sagen, und Hasels Firma gab viel Geld. Hasels, er war der Einzige, der ihn von diesem Wachhund befreien konnte, aber jedes Mal, wenn Veritatis dachte, er hätte ein Argument, mit dem er Hasels überzeugen könnte, verwarf er es wieder, bevor er Hasels' Nummer gewählt hatte.

Veritatis sah unschlüssig vor sich auf die Schreibunterlage. Links daneben lag ein Stapel Dokumente, Ergebnisse von Versuchsreihen, ein Angebot für eine Ausschreibung der EU-Kommission, zwei Einladungen zu Vorträgen auf Kongressen. Es gab Arbeit genug, aber Veritatis konnte sich nicht konzentrieren. Er dachte ständig an die Frau von gestern Abend. Hasels hielt sie für höchst gefährlich, was sie zweifellos war. Sie hatte ihn hereingelegt und mächtig unter Druck gesetzt. Wenn Hasels nicht aufgetaucht wäre, hätte er sein Institut verraten. Hasels musste eine Menge Respekt vor ihr haben, wenn er persönlich und mit so vielen Leuten aufkreuzte, um sie zu fassen. Und dann hatte sie sich einfach in Luft aufgelöst. Veritatis hatte Hasels noch nie so wütend erlebt. Die Erinnerung, wie Hasels ihn später zusammengestaucht hatte, ließ die Übelkeit wieder hochkommen, mit der er gestern ins Bett gegangen war. Hasels hatte ihm härteste Konsequenzen angedroht, für sein Institut und zur Not auch noch für ihn ganz persönlich, was auch immer das heißen mochte. Eigentlich war ziemlich klar, dass Hasels sich niemals dazu bewegen lassen würde, diesen russischen Gorilla abzuziehen.

Veritatis nahm sich seine E-Mails vor. Mehr, als den Müll auszusortieren, brachte er nicht zustande. Die kurze Melodie, die sein Handy abspielte, war eine willkommene Abwechslung. Alexej straffte sich sofort und sah es kritisch an, aber er rührte sich nicht. Es war nur eine SMS, eine private, wusste Veritatis. Geschäftliche Nachrichten erzeugten keine Melodien. Eine private SMS war überraschend. Veritatis erwartete keine Nachricht, und eine Beziehung hatte er zu seinem Leidwesen im Moment auch nicht.

Michelle, las Veritatis auf dem Display. Er erinnerte sich. Sie hatten sich ein paarmal getroffen. Das letzte Mal war ungefähr sechs Wochen her, danach war Michelle einfach verschwunden. Neugierig öffnete Veritatis die Nachricht.

Ich vermisse dich, Janni. Können wir uns treffen? 13 Uhr Bar Airporthotel. Ich kann es kaum erwarten, dich zu spüren … Michelle

Das war typisch Michelle. Sie fragte nicht, ob er konnte oder wollte. Das setzte sie ganz selbstverständlich voraus. Für einen Moment war Alexej vergessen. Veritatis' Herz begann, schneller zu schlagen. Michelle, feurige Augen und ein genauso feuriges Temperament. Eine Figur mit Rundungen genau an den richtigen Stellen – und rothaarig! Eine wilde Mähne, die das Feurige perfekt unterstrich. Ja, es lohnte sich, dafür sogar den einen oder anderen Geschäftstermin zu verschieben. Veritatis spürte, wie es in seinem Schritt kribbelte – und dann räusperte sich Alexej. Der Russe musterte Veritatis kritisch, sagte aber kein Wort. Das Kribbeln in Veritatis' Schritt verschwand schlagartig. Die gerade aufgeflammte Hoffnung auf ein heißes Date erlosch. Niedergeschlagenheit machte sich breit. Hasels würde niemals ein Date zulassen, und Alexej, dieser Affe, würde dieses Verbot gnadenlos durchsetzen. So tief war er gesunken, dass er sich Dates verbieten lassen musste. Veritatis stand auf und ging zur Tür.

»Wo wollen Sie hin?«, fragte Alexej, noch bevor Veritatis die Klinke in der Hand hatte.

»Zur Toilette. Das werde ich wohl noch dürfen.«

Alexej machte eine seitliche Bewegung mit dem Kopf. Als Veritatis ging, folgte er ihm im Abstand von einem Meter.

»Aber aufs Klo gehe ich alleine«, sagte Veritatis bissig, als sie vor der Kabine ankamen.

»Wir machen das nur zu Ihrem Schutz«, sagte Alexej. Dann ging er in die Kabine und sah sich um. Ein Fenster gab es nicht, nur einen zehn Zentimeter großen Luftabzug in der Decke. Nachdem Alexej auch die Nachbarkabinen überprüft hatte, sagte er: »Los.«

Veritatis knallte die Tür hinter sich zu und setzte sich wütend. Pinkeln auf »Los«, das war die Höhe. Durch den breiten Schlitz unter der Tür sah er die Füße von Alexej, die wirkten, als wären sie auf dem Boden festgeklebt.

Veritatis konnte nicht, obwohl er musste.

Mit einem bösen Blick auf Alexej startete Veritatis seinen Rundgang durch die Labore und Büros. Er hätte sich ein etwas dezenteres Auftreten von Alexej gewünscht, aber Zurückhaltung schien für den ein Fremdwort zu sein. Wo es erforderlich war, stellte Veritatis seinen Begleiter als Vertreter eines wichtigen Kunden vor, der ihr Institut kennenlernen wollte. Der erste Teil entsprach sogar der Wahrheit, während der zweite geradezu lächerlich war. Jeder konnte sehen, dass Alexej sich für nichts interessierte. Wahrscheinlich sah man ihm sogar an, dass er rein gar nichts von dem verstand, worum es in den Laboren ging. Das war Veritatis egal. Er war mit seinen Gedanken woanders und hörte auch nur halb zu, wenn seine Mitarbeiter über den aktuellen Status berichteten. Seine Gedanken wanderten zwischen Michelle, Alexej und Hasels hin und her. Er fand keine Lösung.

Zwölf Uhr sechsunddreißig. Charlotte Hilfrich, die Doktorandin, die Veritatis gestern Abend angerufen hatte, sah während ihres Berichts immer wieder auf die Uhr an der Wand, unbemerkt, glaubte sie wohl. Veritatis bemerkte es doch, und er spürte ihre Ungeduld. Hatte *sie* vielleicht ein Date in der Mittagspause? Es war ihm egal.

Neben Veritatis zog Alexej sein Handy aus der Tasche. Veritatis hatte keinen Klingelton gehört, wahrscheinlich hatte Alexej auf Vibrationsalarm geschaltet. Alexej sah auf das Display und machte ein überraschtes Gesicht.

»Etwas, das ich wissen sollte?«, fragte Veritatis gereizt.

»SMS von Hasels. Einsatz beendet.« Ohne ein weiteres Wort drehte Alexej sich um und ging.

Erst als der Russe die Labortür hinter sich schloss, begriff Veritatis die Konsequenzen. Er war frei. Veritatis sah auf die Uhr: zwölf Uhr neununddreißig. Es könnte noch funktionieren.

»Danke für Ihren Bericht, Frau Hilfrich«, rief Veritatis, während er unterwegs zum Ausgang war. Auf dem Weg in die Tiefgarage tippte er hastig eine SMS: *Ich komme.* Adressat: Michelle.

Mit nur fünfminütiger Verspätung parkte Veritatis seinen Audi auf dem Parkplatz des Airporthotels. Er kannte sich aus und musste nicht suchen. Das Hotel lag nicht allzu weit von seinem Institut entfernt, was für spontane Treffen äußerst nützlich war. Er hatte sich immer mit Michelle hier getroffen.

Veritatis fühlte sich leicht, so als ob mit Alexej gleichzeitig eine Menge weitere Probleme aus seinem Leben verschwunden wären. Als er durch die Tür in die Bar trat und an einem der hinteren Tische die langen roten Haare entdeckte, kehrte das Kribbeln in seinem Schritt zurück. Ja, das Leben war wieder gut zu ihm.

Michelle wandte ihm den Rücken zu. Wegen einer winzigen Drehung ihres Kopfes bewegten sich ihre Haare leicht. Was für ein Traum. Um Michelle zu überraschen, machte Veritatis einen Bogen um ein paar Sitzgruppen. Er schlich sich an wie ein verliebter Teenager.

Als er hinter Michelle angekommen war, beugte er sich etwas

herab. Der Duft ihres Parfüms stieg ihm in die Nase und weckte Erinnerungen an heiße Nächte. Er selbst hatte es ihr geschenkt. Veritatis sagte leise: »Da bin ich.«

Michelle drehte sich um.

»Sie?«, sagte Veritatis fassungslos.

28

Ellen hatte sich bewusst so hingesetzt, dass sie dem Eingang den Rücken zukehrte. Sie wollte Veritatis so lange wie möglich in dem Glauben lassen, ein Date mit Michelle zu haben. In einer verspiegelten Säule beobachtete sie, wie Veritatis sich anschlich.

Ellen schmunzelte. Veritatis fiel tatsächlich wieder auf die roten Haare herein. Sie bewegte ihren Kopf ein wenig, sodass die Haare leicht hin- und herschwangen. Veritatis wurde von ihr angezogen wie ein Fisch von einem verführerischen Köder. Leider konnte sie ihm den schmerzhaften Biss in den Angelhaken nicht ersparen. Als sie sich umdrehte, entgleisten Veritatis' Gesichtszüge.

»Sie?«, sagte er.

»Gefalle ich Ihnen nicht?«, fragte Ellen. »Ich fand das Ende unseres letzten Dates etwas abrupt und dachte, wir sollten es fortsetzen.«

Veritatis stand bewegungslos da und starrte Ellen an, als wäre sie ein Gespenst.

Ellen war fest entschlossen, das Überraschungsmoment auszunutzen. Sie griff zu einem Mittel, das sich vor Kurzem bereits bestens bewährt hatte. Sie stand auf, lächelte den überrascht dastehenden Professor an und hakte sich bei ihm ein.

»Kommen Sie mit«, sagte sie sanft.

Veritatis folgte ohne Widerspruch. Es war manchmal so einfach, einen Mann abzuführen, fand Ellen. Natürlich würde sich nicht jeder Mann so übertölpeln lassen, und auch nicht jede Situation war geeignet. Man brauchte eine kräftige Überraschung, am besten einen kleinen Schock und als zweite Zutat irgendetwas, warum der Mann gerade auf diese Frau ansprach. Die rote Perücke hatte sich mehr als bezahlt gemacht.

Wie gut, dass Hajo beim Ausspionieren von Veritatis' Handy auf die Bilder von Michelle gestoßen war. Und dann hatte er sogar eine SMS entdeckt, in der Michelle sich überschwänglich für die Flasche Amouage Epic bedankte. Als Ellen heute Morgen

Hajo fuhr langsam am Schulgebäude entlang. Der ohnehin hässliche Maschendrahtzaun war stellenweise eingedrückt. Das Eingangstor stand offen, aufgebrochen. Auf dem Gelände lungerten Jugendliche herum, einige hielten Flaschen in der Hand. Es wirkte nicht wie Schulbetrieb.

»Die Schule ist geschlossen«, sagte Ellen. »Die Gewalt ist in den letzten Wochen wieder aufgeflammt, mehr als je zuvor. Man kriegt sie nicht mehr in den Griff. Die Schule ist für die Schüler zu gefährlich geworden.«

Hajo fuhr wieder schneller, weiter in Richtung Kreuzberg. Auf den Durchgangsstraßen wirkte alles ganz normal, aber sobald er in kleinere Straßen abbog, änderte sich dieser Eindruck. Die Häuser sahen sowieso nicht gut aus und schrien nach Renovierung, aber jetzt war alles noch schlimmer. Etliche Fenster waren eingeworfen. Hier hatte es gewalttätige Ausschreitungen gegeben, die es letzten Abend sogar in die Nachrichten geschafft hatten. Einige Fenster waren mit Pappe provisorisch verkleidet.

Durch ein Loch in einer Scheibe sah eine alte Frau hinaus. Sie wirkte nicht so, als ob sie das Fenster selbst abdichten könnte. Hoffentlich fand sie jemanden, der ihr half. Vor einem türkischen Minisupermarkt stockte der Verkehr. Eine Fahrspur war versperrt, weil es der Besitzer noch nicht geschafft hatte, die Trümmer seiner Auslagen zu beseitigen. Vielleicht hatte er auch keine Lust mehr. Was gestern Melonen gewesen waren, war heute ein grünroter Matschberg.

Veritatis sah zur anderen Seite aus dem Fenster. Dort kam ein Autowrack in Sicht. Ausgebrannt. Das Löschwasser war noch nicht verdunstet.

»Warum zeigen Sie mir das alles?«, fragte er. »Ich weiß, dass es das gibt, ich sehe auch die Nachrichten. Jede Stadt hat ihre dunklen Seiten. Einmal brennen die Vorstädte von Paris, dann ist es London, jetzt ist eben Berlin dran. Überall gibt es Idioten, die außer Gewalt nichts zustande bringen. Das ist nicht meine Schuld.«

»So einfach ist das?«, fragte Ellen. »Natürlich haben *Sie* dieses Auto nicht angezündet.« Sie zeigte auf eine neue Autoleiche am Straßenrand, einen Opel Vectra, dessen ursprüngliche Farbe man nicht mehr erkennen konnte. »Aber Sie sind trotzdem nicht unschuldig, Sie und Hasels.«

»Ach, kommt jetzt etwa Kapitalismuskritik? Hasels soll schuld sein, weil er für einen Weltkonzern arbeitet, der Gewinne erwirtschaften muss? Und ich, weil ich mein renommiertes Institut am Leben erhalte?« Veritatis sah Ellen mit einem Blick an, der wohl Mitleid vorspielen sollte. »Ich hätte Sie für intelligenter gehalten.«

Ellen zeigte mit ihrem Finger in Veritatis' Gesicht. »Es geht hier um *Verbrechen* im Namen der Gewinne, um ganz handfesten Gesetzesbruch. In unserem Land ist es verboten, genmanipuliertes Saatgut für die Lebensmittelproduktion einzusetzen, und Terminator-Saatgut zu verwenden ist ein Verbrechen. Wenn Sie es mit Ihrem Institut decken, dann hängen Sie mit drin. Da nützen Ihnen weder Spott noch vermeintlich intelligente Argumente.«

Ellen nahm ihren Zeigefinger wieder weg.

»Sie können mir gar nichts beweisen«, sagte Veritatis und sah nach vorne, als ob ihn die Trümmer rechts und links der Straße und die kaputten Fensterscheiben nichts angingen.

»Das hat Ihnen Hasels gesagt, nicht wahr? Weil er glaubt, dass wir keine Beweise haben.«

Veritatis lächelte grimmig. »Sie haben keine, sonst würden Sie dieses Theater nicht veranstalten.«

»Richtig«, gab Ellen zu, »aber wenn Sie glauben, dass Sie damit aus der Nummer raus sind, dann täuschen Sie sich. Hier fängt unser Spiel erst an.«

Veritatis machte eine wegwerfende Handbewegung. »Pah. Was wollen Sie ohne Beweise machen? Gar nichts. Und die hat Hasels unter Verschluss. Der wird einen Teufel tun und Ihnen irgendwas rausrücken.«

Ellen lächelte. »Das ist kein Problem für uns.« Und dann wanderte wieder ihr Zeigefinger vor Veritatis' Nase. »Weil *Sie* die Beweise besorgen werden.«

Veritatis sah Ellen an, als hätte die ihren Verstand verloren. »Das glauben Sie doch wohl selbst nicht. Warum sollte ich das tun?«

»Warten Sie es ab.«

Die Fahrt ging weiter, Kilometer um Kilometer. Ellen schwieg, auch wenn Veritatis fragte. Das mit großer Gelassenheit ausgesprochene »Warten Sie es ab« schwebte im Raum und nagte an der Selbstsicherheit des Professors.

Die Fahrt führte sie durch Wedding und ins Märkische Viertel. Überall waren zerbrochene Scheiben, Autowracks und andere Zeichen von Gewalt zu sehen. Ellen erkannte ihre Stadt kaum noch wieder. Mit jedem gefahrenen Kilometer wuchs in ihr die Wut auf die Verursacher von diesem Chaos – und gleichzeitig die Entschlossenheit, die wirklich Schuldigen ans Tageslicht zu zerren, damit der Gewalt ein Ende bereitet werden konnte.

Veritatis schien diese Entschlossenheit zu spüren. Er wurde unruhiger und zeigte Anzeichen von deutlicher Anspannung. Als das Taxi auf den verlassenen Hof einer Industriebrache einbog, standen Schweißtropfen auf seiner Stirn.

»Wir sind da«, sagte Hajo von vorne.

»Wo sind wir?«, fragte Veritatis. »Ich will nicht hier sein. Lassen Sie mich raus!« Er versuchte wieder, die Tür an seiner Seite zu öffnen. Dieses Mal so heftig, dass der Türgriff fast abbrach. Vergeblich. Er sah zur Tür an Ellens Seite. Die ließ sich öffnen, aber zwischen ihm und der Freiheit saß Ellen.

»Wagen Sie nicht, mich auch nur im Geringsten anzurühren«, sagte Ellen. Ihr Tonfall ließ keinen Zweifel offen, dass Veritatis ein solcher Versuch nicht gut bekommen würde.

Resigniert lehnte sich Veritatis zurück. »Also, was wollen Sie? Wollen Sie mich foltern, bis ich rede?«

Hajo schnallte sich ab und setzte sich etwas zur Seite, sodass er Veritatis und Ellen sehen konnte. »Sie denken sehr kreativ«, sagte er vieldeutig.

»Wir wollen erst mal, dass Sie nachdenken«, sagte Ellen. »Sie sind ein kluger Mann.«

Veritatis sah zwischen Ellen und Hajo hindurch über den Beifahrersitz nach draußen. Dort stand das verwahrloste Bürogebäude mit einer kleinen, zerfallenen Werkhalle nebendran. Der Haupteingang stand offen, die Fenster waren eingeworfen.

Überall wucherte Unkraut. In der näheren Umgebung war kein Mensch zu sehen. Es war erstaunlich, dass es mitten in der Großstadt Berlin so einsam sein konnte.

»Sie wollen, dass ich nachdenke. Über was?«

»Über eine Zusammenarbeit mit uns. Wir möchten einige Erklärungen, und wir wollen Beweise.«

»Beweise soll ich Ihnen beschaffen? Gegen mich selbst? Vergessen Sie's. Ich bin doch nicht blöd.«

»Hasels setzt Sie unter Druck«, sagte Hajo, »das ist klar. Aber die Frage ist, welcher Druck schlimmer ist: der von Hasels oder ... Was kann Hasels Ihnen tun, wenn Sie mit uns zusammenarbeiten? Er kann Ihnen Aufträge und Geld entziehen. Das wird wehtun. Ihr Institut wird schrumpfen, aber es wird überleben. Die Frage ist nun, was passiert, wenn Sie *nicht* mit uns zusammenarbeiten.«

Veritatis presste seine Zähne so fest aufeinander, dass seine Wangenknochen deutlich hervortraten.

Hajo nahm einen Laptop vom Beifahrersitz, klappte ihn auf und hielt ihn so, dass Veritatis gut auf den Monitor sehen konnte. Ein Video startete. Ellen kannte die Aufnahmen. Sie zeigten ihr Gespräch mit Veritatis gestern im Steakhaus.

Veritatis wirkte überrascht. Dann schien er zu verstehen. Er beugte sich nach vorne, um besser sehen zu können, und wurde Minute um Minute blasser. »Sie haben alles aufgenommen«, sagte er tonlos.

»Das haben wir uns gegönnt«, sagte Hajo. »Und ist die Qualität nicht hervorragend? Besonders der Ton? Man versteht jedes Wort, besonders gut gelungen ist die Stelle, an der Sie zugeben, dass die Untersuchungsergebnisse möglicherweise gefälscht sind.«

Veritatis schien einige Zentimeter zu schrumpfen.

Hajo wechselte zu einem E-Mail-Programm. »Wie Sie unschwer erkennen können, habe ich eine kleine Nachricht vorbereitet.« Hajo deutete auf die Adresszeile, in der alle bekannten Nachrichtenredaktionen von Berlin aufgereiht waren. Die Zeile war beeindruckend lang. Er führte den Mauszeiger auf den Senden-Button. »Sehen Sie? Ich muss nur noch »Klick«

machen, und schon ist unsere Stadt informiert. Ganz einfach, nicht wahr?«

»Das ist Erpressung«, sagte Veritatis.

Hajo lachte auf.

»Sie müssen wissen, Erpressung ist sein Beruf«, erklärte Ellen. »Das kann er richtig gut. Aber ist es wirklich Erpressung, wenn man die Wahrheit ans Licht bringt? Ich finde, dass unsere Mitbürger wissen sollten, was bei Ihnen passiert. Schließlich sind sie davon betroffen.«

»Und erst die Regierung«, ergänzte Hajo. »Ich befürchte, dass Sie nach diesem kleinen Filmchen nicht nur keine Aufträge von Hasels mehr bekommen werden. Die öffentlichen Aufträge werden wohl auch ausbleiben, die privaten sowieso. Und dann auch noch die Staatsanwaltschaft. Oh, oh.« Hajo wedelte mit der Hand. »So eine kleine Zelle bietet doch nicht ganz den Wohnkomfort wie eine Villa im Prenzlauer Berg.«

Veritatis war weiter geschrumpft. Er sagte kein Wort.

»Immer noch Angst vor Hasels? Das ist vollkommen unnötig. Wenn dieser Film durch die Nachrichten geht, *braucht* er Ihnen gar nichts mehr zu tun. Das erledigen andere.«

Veritatis sagte immer noch nichts.

Ellen sah Hajo an. »Wir könnten ihm die Möglichkeit geben, eine Nacht darüber zu schlafen.«

Hajo nickte und wies auf das vor ihnen liegende Gebäude. »Die Kammer des Schreckens bietet sich an. Die wird ihn überzeugen.«

Die »Kammer des Schreckens« war ein Raum im ersten Stock. Hajo hatte ihn so benannt, weil er dort eine Falle für ein SEK-Team aufgebaut und anschließend das ganze LKA an der Nase herumgeführt hatte, einschließlich Ellen. Daraufhin hatte die KTU den Raum in Beschlag genommen und jedes Staubkorn aufgekratzt, um es zu untersuchen. Der Raum war so harmlos und leer wie kaum einer in Berlin, aber das wusste Veritatis nicht.

Der Professor hörte nur den Namen und bekam einen Grünstich im Gesicht. »Was wollen Sie von mir?«

»Informationen. Erzählen Sie uns, was Sie wissen.«

Veritatis räusperte sich vernehmlich. »Es ist viel weniger, als Sie glauben. Sie werden enttäuscht sein.«

»Das werden wir sehen«, sagte Ellen. »Fangen Sie einfach an.«

»Vor zwei bis drei Wochen bekamen wir den Auftrag, Bodenproben zu untersuchen. Das genaue Datum müsste ich nachschlagen.«

Ellen winkte ab. »Unwichtig. Wer brachte die Proben, und was sollten Sie damit machen?«

»Eine Frau Dr. Elisabeth Brunner vom Landwirtschaftsministerium. Sie hatte einen Koffer mit zwanzig Bodenproben von Äckern aus der Umgebung von Berlin. Die sollten wir auf genmanipuliertes Saatgut untersuchen. Speziell auf Terminator-Saatgut, weil Greenpeace und einige andere behaupteten, das wäre die Ursache für die Ernteausfälle.«

»Und? Was haben Sie gemacht?«

Veritatis zögerte.

»Was Sie gemacht haben, wollen wir wissen«, sagte Ellen mit Nachdruck. »Dass Sie die Proben nicht untersucht haben, wissen wir schon.«

»Ich habe unsere Kunden angerufen.«

»Kunden? Mehrere?«

Veritatis schien zu spüren, dass er sich verraten hatte. Er stockte wieder.

Ellen sah ihn streng an. »Das wird ja jetzt schon spannend. Wie sind die Namen?«

»Clark Hasels von Saatogo und … und Charlotte Virieux von Progentus.«

Hajo notierte sich die Namen. »Saatogo *und* Progentus. Warum beide? Ich denke, die sind Konkurrenten.«

»Sind sie auch, aber jeder von beiden hat unabhängig vom anderen mit uns vereinbart, dass wir sie informieren müssen, sobald Untersuchungen hinsichtlich Gentechnologie von uns verlangt werden. Dieser Vereinbarung habe ich entsprochen.«

»Sehr interessant. Weiter! Was passierte dann?«

»Beide wollten die Proben haben. Ich habe sie geteilt, was kein Problem war, weil niemand wusste, wie groß jede einzelne Probe war. Dann habe ich sie zu Saatogo und Progentus geschickt. Wenige Tage später kamen die Untersuchungsergebnisse zurück, beide enthielten keine Hinweise auf genmanipuliertes Saatgut.

Diese Ergebnisse habe ich in unser Format übertragen und anschließend an das Landwirtschaftsministerium weitergeleitet. Sie sehen also, dass es gar nicht so viele Beweise gibt, wie Sie denken. Was es gibt – wenn überhaupt –, haben Hasels und Charlotte Virieux. Was ich gestern gesagt habe, sind nur Vermutungen, zu denen Sie mich verleitet haben. Ich habe eigentlich nichts anderes gemacht, als die Untersuchungen an Unterauftragnehmer zu übertragen. Das ist noch nicht mal illegal.« Bei diesem Gedanken hellten sich Veritatis' Gesichtszüge etwas auf.

Hajo zerstörte die Hoffnung auf einen rettenden Strohhalm sofort wieder. »Ihre juristischen Winkelzüge sind uns egal. Und wie die Menschen das sehen, die ihre Familien nicht mehr ernähren können, deren Geschäft zerstört oder deren Autos angezündet wurden, das können Sie sich wahrscheinlich selbst ausmalen.«

Hajo spielte mit dem Mauszeiger und zog enger werdende Kreise um den »Senden«-Button. Veritatis verfolgte gebannt jede Bewegung und hielt die Luft an, als Hajo den Zeiger auf dem Button parkte.

Jetzt kam wieder Ellens Part. »Herr Professor, wir wollen Ihnen ja gar nicht schaden. Wir wollen ein Problem lösen, und ich befürchte, Sie verschweigen uns etwas, das uns weiterhelfen könnte.«

Veritatis sah sie fragend an. »Was sollte das sein?«

»Sie *vermuten* nicht nur, wie Sie uns glauben machen wollen. Sie sollten uns verraten, was Sie bei Ihrer persönlichen Untersuchung der Proben herausgefunden haben.«

Veritatis sah Ellen erschrocken an. »Woher wissen Sie davon?«

»Danke, dass Sie es uns gerade bestätigt haben«, sagte Ellen. »Und damit Sie merken, dass wir mit offenen Karten spielen, will ich Ihnen sagen, woher ich das weiß. Sie sind Professor, also Wissenschaftler. Sie wollen den Dingen auf den Grund gehen, Sie sind neugierig. Sie würden es niemals übers Herz bringen, diese Bodenproben, auf die alle scharf sind, einfach wegzugeben, ohne selbst herauszufinden, was damit los ist. Zumal es so einfach ist, für sich selbst etwas abzuzweigen, wenn man die Proben sowieso teilen muss. Genau das haben Sie gemacht, richtig?«

Veritatis nickte.

»Sie sind so einfach zu durchschauen«, sagte Ellen einfühlsam. »Sie sollten aufpassen, wenn Sie mit Typen wie Hasels umgehen.«

»Schluss jetzt mit den guten Ratschlägen«, unterbrach sie Hajo barsch. »Sie werden jetzt erfahren, wie Ihr Teil der Zusammenarbeit aussieht.«

Veritatis sah nur widerstrebend zu Hajo. Er schien lieber mit Ellen zu reden.

»Haben Sie die Untersuchungsergebnisse auf Papier oder digital?«

»Nur auf Papier. Hasels hat mal erklärt, dass es zu gefährlich sei, wirklich sensible Daten digital aufzubewahren.«

»Ein kluger Mann, dieser Hasels«, sagte Hajo. »Dann können Sie mir ja ohne Probleme Ihr Systempasswort verraten.« Er hielt Veritatis einen Zettel hin.

Veritatis griff zögernd danach. »Was wollen Sie damit? Was ich gesagt habe, ist die Wahrheit. Es gibt die Daten nur auf Papier.«

»Das lassen Sie meine Sorge sein. Sie haben eigene Sorgen genug, und wenn Sie nicht noch viel mehr haben wollen, schreiben Sie jetzt.«

Mit sichtlichem Widerstreben tat Veritatis, was Hajo forderte, und gab ihm den Zettel zurück.

»Und jetzt hören Sie mir gut zu. Wenn Sie wieder im Institut sind, werden Sie Kopien von Ihren Unterlagen machen. Bevor Sie mit dem Kopieren beginnen, schicken Sie eine SMS an folgende Nummer.« Jetzt schrieb Hajo etwas auf einen Zettel. »Dann mischen Sie die Kopien unter eines der vielen Angebote, die Ihr Institut jeden Tag verlassen.«

Hajo vervollständigte den Zettel und hielt ihn Veritatis hin. Oben stand eine Handynummer, unten die Postfachadresse einer Firma namens Flexipharma.

»Dieses kleine Entgegenkommen dürfte nicht zu viel verlangt sein dafür, dass ich *nicht* auf Senden drücke.« Hajo führte den Mauszeiger vom Senden-Button weg.

»Hasels wird mich kontrollieren. Seine Leute haben mich vorher schon nicht aus den Augen gelassen, und wenn ich jetzt zurückkomme, wird es sicher schlimmer werden.«

Hajo lächelte. »Ach, Hasels' Leute. Waren die jemals ein Problem für uns? Die haben uns im Steakhaus nicht gefunden, und Alexej konnte nicht verhindern, dass wir uns heute treffen.«

»Haben *Sie* ihn etwa weggelockt?«

Hajo grinste. »Glauben Sie etwa, das war ein Zufall? Wir haben uns erlaubt, Ihnen eine kleine Auszeit von dieser Klette zu verschaffen, damit wir uns ungestört unterhalten können.«

Ellen konnte förmlich sehen, wie bei Veritatis der Groschen fiel.

»*Sie* haben ihm eine SMS geschickt, dass der Einsatz beendet sei – genauso, wie Sie mir ein Treffen mit Michelle vorgegaukelt haben.«

»So sind wir eben«, sagte Hajo mit einem noch breiteren Grinsen, wurde dann aber schlagartig ernst. »Sie sehen, wie wenig Hasels gegen uns ausrichten kann, und außerdem kann er nicht überall sein, und seine Leute haben absolut keine Ahnung von wissenschaftlichen Dokumenten. Sie können nicht beurteilen, was wichtig oder unwichtig ist. Sie werden nicht damit rechnen, dass Sie etwas unter die Post mischen, weil sie überhaupt nicht ahnen, dass es diese privaten Untersuchungen gibt. Wenn Sie das Angebot mit den Kopien mit der Hauspost rausgehen lassen, werden Hasels Leute denken, das ist ganz normales Tagesgeschäft.«

Veritatis nahm den Zettel. Er studierte ihn, als hätte er noch niemals eine Telefonnummer und eine Adresse gesehen.

29

Da stand er wieder, dieser Russe, bewegungslos wie eine Wachsfigur, die man zwischen der Tür zu seinem Büro und der zu dem Büro von Tanja, seiner Sekretärin, platziert hatte.

Veritatis steckte hastig den Zettel, den dieser Typ im Taxi ihm gegeben hatte, in die Hosentasche. Das Zittern konnte er nicht so leicht verbergen. Es hatte angefangen, als das Taxi verschwunden war, nachdem ihn die rothaarige Frau in der Nähe des Instituts hatte aussteigen lassen. Auf dem kurzen Fußweg war es wieder weniger geworden. Die Bewegung hatte gutgetan, aber jetzt, als er an die beiden im Auto dachte, kam es zurück.

Die Frau, sie war so schön und so klug, aber auch so hart, dass es wehtat. Der Mann, auch er war klug und hart. Veritatis verstand, warum Hasels die beiden für gefährlich hielt. Er konnte immer noch nicht fassen, wie leicht sie ihn aus der Umklammerung von Hasels weggelockt hatten. Die Fahrt durch Berlin hatte ihn mehr beeindruckt, als er zugeben wollte. Er hatte so getan, als würden ihn die ausgebrannten Autos und die eingeworfenen Scheiben nicht interessieren, aber irgendwie verfolgten ihn diese Bilder bis ins Institut. Er konnte das Geräusch noch hören, wie das Taxi ein Stück durch die Reste der Melonen gefahren war. Es war, wie wenn man durch grauen Schneematsch fuhr.

Trug er tatsächlich Mitverantwortung daran? Er hatte weder genmanipuliertes Saatgut hergestellt noch welches verkauft. Das hatten andere getan. Dann sah er Bilder vor seinen Augen, er im Fernsehen, und wie ein Sturm der Entrüstung über ihm zusammenbrach.

Das Zittern wurde stärker. Veritatis war überzeugt, dass jeder ihm ansehen musste, dass er kaum geradeaus laufen konnte. Zum Glück gab es um diese Zeit in diesem Gang fast keinen Betrieb, und Alexej schien nichts anderes zu sehen als die gegenüberliegende weiße Wand.

Veritatis atmete tief durch, als er den Russen passiert hatte. Sein Herz schlug heftig. Für so ein Leben war er nicht gemacht.

Er kannte den Umgang mit Wissenschaftlern, aber nicht mit Bodyguards, die aussahen wie Catcher. Er war noch nie verfolgt und unter Druck gesetzt worden. Er hatte ein ganz normales Leben geführt – bis er gestern Abend dieser Rothaarigen mit ihrem Partner in die Fänge geraten war. Und jetzt sollte er ihnen auch noch Unterlagen beschaffen.

Veritatis schloss die Tür zu seinem Büro auf, öffnete sie und … HASELS!

Da saß dieser wuchtige Mann in seinem, Veritatis', Bürostuhl, legte Unterlagen weg und sah ihn an. Sein Blick zeigte Ärger, der von Sekunde zu Sekunde wuchs. Veritatis blieb fast das Herz stehen. Wie …? Tanja musste Hasels hereingelassen haben, durch die Zwischentür, die direkt von ihrem zu seinem Büro führte.

»Auch schon da?«, sagte Hasels, während er aufstand. Die Kühle in seiner Stimme passte überhaupt nicht zu der Wut, die seine Augen ausstrahlten. »Wo waren Sie die letzten Stunden?«

Veritatis kam gar nicht auf die Idee, zu sagen, das ginge Hasels nichts an. Diese Augen hielten ihn in ihrem Bann. »Ich hatte eine Verabredung.«

»Mit einer rothaarigen Frau«, sagte Hasels und kniff die Augen zusammen, sodass sie noch gefährlicher aussahen.

Veritatis konnte nicht anders. Er nickte.

»Und einem Mann.«

Veritatis nickte wieder.

Hasels' Halsschlagadern schwollen an. Er presste seine Kiefer zusammen, als ob er sich davon abhalten wollte, Veritatis anzubrüllen. Wahrscheinlich war es so.

Hasels wanderte hinter dem Schreibtisch hin und her und sah dann wieder Veritatis an. »Habe ich Ihnen nicht gesagt, dass die beiden gefährlich sind? Erst gestern Abend habe ich sie aus den Klauen der beiden gerissen. Habe ich Ihnen nicht gesagt, dass Sie sich von den beiden fernhalten sollen? Habe ich Ihnen nicht Alexej zur Sicherheit an die Seite gestellt?«

Hasels' Stimme war laut. Tanja war hoffentlich schon nach Hause gegangen. Sie kam früh und ging früh. Vermutlich hatte sie gerade so lange gewartet, bis sie ihn in seinem Büro gehört hatte.

»Ich habe mir diese Begegnung nicht ausgesucht«, versuchte Veritatis eine Verteidigung. »Und Ihr Russe hat sich auch hereinlegen lassen.«

Diese Bemerkung war nicht gut. Hasels' Schlagadern schwollen noch mehr an als vorher. Es brauchte zwei Gänge hin und her, bis er wieder sprach. »Alexej ist meine Sache. Er ist ein Idiot und benimmt sich wie ein Idiot.« Jetzt sah er Veritatis wieder direkt an. »Aber von Ihnen erwarte ich, dass Sie sich *nicht* verhalten wie ein Idiot.«

Langsam wurden auch Veritatis' Halsschlagadern dicker. So hatte noch niemand mit ihm geredet. Er wusste aber nicht, was er sagen sollte. Dieser geballten Aggressivität hatte er nichts entgegenzusetzen. Auf dem Papier konnte er hervorragend argumentieren, als Chef gegenüber Angestellten einigermaßen, aber gegen einen offenen Angreifer fühlte er sich hilflos. Veritatis stand da und hoffte, dass es bald vorbei war.

»Ich werde mich ab jetzt persönlich um Sie kümmern«, sagte Hasels. »Wir können uns keine Fehler mehr erlauben.«

Veritatis erschrak. Hasels selbst wollte auf ihn aufpassen? Das war eine Katastrophe. Alexej war schlimm genug gewesen, aber Hasels? Veritatis fiel der Zettel in seiner Tasche ein und ihm war, als beginne der Zettel zu glühen. »Ich will keine Überwachung. Ich leite dieses Institut, und ich muss mir das nicht gefallen lassen.«

Hasels sah Veritatis an. Die Halsschlagadern waren abgeschwollen. Nachdem der erste Ärger verraucht war, gewann anscheinend der Verstand die Oberhand. Das beruhigte Veritatis etwas – aber nur so lange, bis Hasels weitersprach.

»Haben Sie eine Ahnung, was auf dem Spiel steht? Haben Sie nicht. Sie mögen stolz sein auf Ihr Institut und es wichtig finden – aber gegen Saatogo ist es ein Fliegenschiss an der Wand. Glauben Sie etwa, dass wir Sie brauchen? Wenn wir Sie fallen lassen, stehen zehn andere Institute Schlange und betteln um unsere Aufträge und unser Geld. Wir haben es nicht nötig, zu riskieren, dass sich die Presse für uns interessiert oder die Politik oder vielleicht sogar die Staatsanwaltschaft. Und *ich* bin dazu da, um genau das zu verhindern. Ich werde dieses Pärchen kriegen, das schwöre ich Ihnen – und *Sie* werden mir dabei helfen. Sie werden mir jetzt minutiös erzählen, was die beiden mit Ihnen gemacht und was sie Ihnen gesagt haben. Ich will *alles* wissen.«

Veritatis würgte einen Brechreiz herunter. Der Zettel glühte in seiner Tasche. Sollte er? Er dachte an die Aufnahmen von sich selbst. Hasels konnte nicht wissen, dass die Typen dieses Druckmittel gegen ihn hatten. In Gedanken sah er den Mauszeiger um den Senden-Button kreisen, als wollte er ihn hypnotisieren.

»Ich muss vorher noch ein Angebot machen«, sagte er mit belegter Stimme. »Das muss heute noch raus, sonst ist es zu spät. Danach können wir reden.«

Hasels wollte es offensichtlich nicht auf die Spitze treiben.

»Meinetwegen«, knurrte er unwillig. »Aber beeilen Sie sich. Und denken Sie daran: Ich werde jede Ihrer Bewegungen beobachten.«

Veritatis kniff die Lippen zusammen. Er hatte etwas Zeit gewonnen, mehr aber auch nicht. »Ich muss an meinen Schreibtisch«, sagte er und hoffte, dass Hasels nicht bemerkte, wie seine Stimme zitterte. Nicht nur seine Stimme, auch seine Knie. Es war noch schlimmer als eben im Gang. Veritatis war froh, dass Hasels ohne Kommentar aufstand und er selbst sich in seinen Bürosessel fallen lassen konnte.

Die erste Viertelstunde arbeitete er wirklich an einem Angebot in der Hoffnung, das würde ihn ablenken. Er war zu aufgewühlt, um etwas von dem zu tun, was das Pärchen aus dem Taxi von ihm verlangte. Die Aufregung ließ nur unwesentlich nach. Der Zettel in seiner Tasche schien sich durch den Stoff seiner Hose in sein Bein zu brennen.

Die Hoffnung, dass Hasels' Aufmerksamkeit mit der Zeit nachlassen würde, erfüllte sich nicht. Hasels stand hinter ihm und las jedes Wort mit. Hasels war so nah, er musste doch spüren, wie ihm die Angst aus jeder Pore kroch. Er musste einfach etwas merken.

»Dauert das noch lange?«, fragte Hasels.

Veritatis zögerte. Noch könnte er das Angebot einfach so abschicken. Aber der Mauszeiger … Die Öffentlichkeit wäre empört, und alles, was er aufgebaut hatte, würde zugrunde gehen.

»Ich muss noch ein paar Unterlagen beilegen. Dann bin ich fertig.«

Veritatis stand auf, ging zu einem Aktenschrank und zog drei Ordner heraus. Jedem entnahm er mehrere Blätter.

Hasels sah zu.

»Die muss ich kopieren. Ich kann keine Originale verschicken.«

»Bitte«, sagte Hasels. »Tun Sie, was Sie müssen. Ich will Sie nicht in Ihrer Arbeit behindern.«

Veritatis steckte die Blätter zusammen mit einem großen braunen Umschlag in eine Mappe und verließ das Büro, dicht gefolgt von Hasels.

Auf dem Weg zum Kopierraum kamen sie an den Toiletten vorbei.

»Ich muss mal«, sagte Veritatis.

»Bitte, tun Sie, was Sie müssen. Ich will Sie nicht bei Ihren natürlichen Bedürfnissen behindern.«

Veritatis wollte hineingehen, aber Hasels hielt ihm die offene Hand hin. »Unterlagen benötigen Sie sicher keine dabei. Die halte ich so lange für Sie.«

Veritatis gab ihm die Mappe mit den Blättern. Was sollte er sonst auch machen? Er konnte nur hoffen, dass Hasels nicht wirklich verstand, worum es ging, wenn er darin blätterte. Hasels würde es mit Sicherheit tun, also musste er sich beeilen.

Veritatis ging in die Kabine und setzte sich auf den geschlossenen Toilettendeckel. Ihm war ja so übel.

Zum Kotzen blieb keine Zeit. Veritatis kramte den Zettel aus seiner Tasche, nahm sein Handy, tippte »Copy« und sandte die SMS an die angegebene Nummer. Zur Sicherheit leerte er noch den Gesendet-Ordner. Sein Hals war staubtrocken.

Als Nächstes versuchte er, sich die Adresse einzuprägen. Er konnte unmöglich vor Hasels' Augen den Zettel aus der Tasche ziehen und die Adresse auf den Umschlag mit dem Angebot schreiben.

Flexipharma, Brunsbütteler Damm. Das war ganz im Westen

von Berlin. Flexipharma hatte er noch nie gehört, dabei glaubte er, sich in dieser Szene gut auszukennen, aber Berlin war groß, und Firmen kamen und gingen. Letztlich war es auch egal.

Veritatis riss den Zettel in kleine Stücke und spülte ihn die Toilette hinunter.

»Alles gut?«, fragte Hasels mit einem seltsamen Klang in der Stimme.

Veritatis sagte nichts. Er nahm die Mappe wieder an sich und ging weiter. Ob Hasels darin geblättert hatte, war nicht zu erkennen.

Im Kopierraum legte Veritatis Blatt für Blatt auf, nahm die Kopien und steckte sie sofort in den Umschlag. Hasels lehnte an einem Farblaserdrucker und sah, wie immer, zu.

Nachdem der Umschlag zugeklebt war und die Adresse draufstand, machte sich eine gewisse Erleichterung breit. Etwa fünf Sekunden lang. Dann hielt Hasels ihm seine Hand hin.

»Ich trage das für Sie.«

»Das ist nicht nötig, ich …«

Hasels' Blick ließ Veritatis vergessen, was er sagen wollte. Er hielt ihm den Umschlag hin.

»Die Mappe mit den Originalen trage ich auch«, sagte Hasels.

Veritatis reichte ihm die Mappe mit den Originalen.

Hasels lächelte. »Geht doch.«

Hasels' Lächeln verschwand schneller, als es gekommen war. Plötzlich sah er ihn an, als wollte er ihn hypnotisieren. Dabei hielt Hasels seinen Zeigefinger über seine Lippen. Veritatis sollte schweigen.

Ohne den Blick auch nur einen Wimpernschlag von Veritatis' Augen zu nehmen, griff Hasels in die Jackettasche des Professors und zog dessen Handy heraus. Eine blitzschnelle Bewegung, und Hasels hielt den Akku in der Hand.

»Was soll das?«, protestierte Veritatis.

»Die Fragen stelle ich. *Sie* können froh sein, dass Sie noch Gelegenheit zum Antworten haben.« Hasels sah auf den Umschlag und las laut die Adresse vor. »Flexipharma, Brunsbütteler Damm. Das wollte ich wissen.« Hasels wählte auf seinem Handy eine Nummer. »Boris. Flexipharma, Brunsbütteler Damm. Du wirst sofort dorthin fahren und dir diese Flexipharma ansehen, wenn es die überhaupt gibt. Checke das Umfeld und such dir einen Platz, von dem du unbemerkt alles beobachten kannst, was da abgeht. *Unbemerkt*, ist das klar?«

Hasels steckte das Handy wieder weg. »Und nun zu uns, Herr Professor. Ihre Freunde haben Alexej manipuliert, ihm eine gefälschte SMS geschickt und Ihnen auch.«

»Das sind nicht meine Freunde.«

Hasels ignorierte den Einwand. »Sie wollten sie mit Informationen versorgen. Das reicht. Ich traue den beiden zu, dass sie alles über Ihr Handy mithören. Deshalb werde ich es bis ins Letzte auseinandernehmen und *alles* herausfinden, was damit gemacht wurde.«

Veritatis fühlte sich ertappt, und er wusste, dass Hasels ihm das ansehen konnte. Er wusste auch, dass Hasels die SMS finden würde. Gelöscht hieß noch lange nicht, dass man sie nicht rekonstruieren konnte, wenn man sich Mühe gab. Und Hasels würde sich Mühe geben, das war Veritatis klar. Ihm wurde übel. Er wünschte sich nach Hause.

»Das wird ein langer Abend werden. Sie werden mir Wort für Wort für Wort erzählen, was die beiden mit Ihnen gesprochen haben, und wehe Ihnen, Sie lassen nur ein Satzzeichen aus. Aber vorher werden wir noch einen kleinen Schlussstrich ziehen.«

Hajo sah zufrieden aus. Der Empfang war gut, und sie konnten jedes Wort verstehen. In den wenigen Minuten, die sie zu spät in ihrer Wohnung angekommen waren, hatten sie nichts verpasst. Auch das wäre nicht schlimm gewesen, denn Hajos Computer zeichneten alles auf.

Eine Toilettenspülung rauschte. Ein kurzer Wortwechsel zwischen Hasels und dem Professor. Dann, ein Knacksen. Aus.

»Hasels hat Veritatis' Handy ausgeschaltet«, sagte Ellen.

Hajo lächelte wieder. »Hasels ist ein cleverer Kerl. Er weiß, wie leicht man Handys abhören kann. Das hat er wahrscheinlich schon oft genug selbst gemacht, und uns traut er das auch zu.«

»Und bei den ganzen Gedanken an Hightech denkt er nicht mehr an die guten alten Wanzen.« Ellen hatte eine von diesen winzigen Abhörgeräten unter dem Revers von Veritatis' Jackett platziert, als sie ihn umarmt hatte, um ihn aus der Bar zu führen. Veritatis war viel zu überrascht gewesen, um etwas davon mitzubekommen.

Hajo klickte einen Befehl. Die Übertragung ging nahtlos weiter. »... Sie wollten sie mit Informationen versorgen ...«

»Hasels weiß, dass Veritatis uns Beweise zuschicken wollte«, sagte Ellen. Sie stellte ihr Weinglas heftig auf den Tisch.

Wenig später erklang ein seltsames Geräusch.

»Was ist das?«, fragte Ellen.

»Klingt wie ein Schredder.«

»Das heißt, Hasels schreddert das Angebot mit den Kopien für uns?«

Hajo nickte. »Es kann kaum anders sein.«

»Scheiße.«

Das Schreddergeräusch kam zum zweiten Mal.

»Und das waren wohl die Originale«, sagte Hajo.

30

Ein Handy klingelte.

Wie von einem Katapult hergeschossen stand Hajo plötzlich im Wohnzimmer. »Was ist das? Wie kommt ein Handy hierher?«

Ellen hatte Hajo noch nie so erregt gesehen. Er hatte einen richtig wilden Ausdruck im Gesicht.

»Das ist meins«, sagte Ellen ruhig.

»Wie kommst du dazu, ein Handy in unsere Wohnung zu bringen? Das habe ich ausdrücklich verboten. Du ...«

»Halt die Luft an!«

Das war ein Befehl. Ein sehr strenger Befehl. Hajo hielt tatsächlich mitten im Satz inne, als ob ihm jemand den Ton abgestellt hätte. Ellen hatte es nicht geschenkt bekommen, als erste Frau die Leitung der Berliner SEKs zu übernehmen. Sie hatte sich durchgesetzt bei Männern, die nicht selten sehr überzeugt von sich selbst waren. Mit ihrem Blick bannte sie Hajo auf dem Platz, wo er stand, und nahm das Gespräch an.

»Ja?« Ellen hörte nur kurz zu. »Geht auf dem Kurfürstendamm spazieren. Tu, was ich dir sage.«

Ellen schaltete das Handy aus, entnahm den Akku, ging zum Wohnzimmerschrank und kam mit einem Nussknacker wieder. Sie legte das Handy zwischen die beiden Hebel.

Knack.

Nach zwei weiteren Knacks sah Ellen Hajo an. »Und jetzt zu uns. Ich weiß, wie gefährlich Handys sind, und ich will genau so wenig wie du, dass wir auffliegen. Du solltest nicht denken, ich wäre blöd. Dieser Anruf kam von einer Telefonzelle, und dieses Handy gab es nur für dieses eine Gespräch. Also, kein Risiko.«

Ellen konnte Hajo ansehen, wie es in ihm arbeitete. Er musste einsehen, dass Ellen alle Vorsichtsmaßnahmen beachtet hatte, aber zufrieden sah er nicht aus.

»Das hättest du mir sagen sollen. Mir gefällt nicht, wenn ich etwas nicht weiß.«

»Ach? Ich könnte dir eine ganze Liste geben von Sachen, die ich von dir nicht weiß.«

Dieses Thema schien Hajo nicht zu behagen. »Wer war das eigentlich?«

»Annika, meine Schwester. Sie hat ernsthafte Probleme.«

Hajo holte Luft für eine Erwiderung, aber Ellens Blick ließ ihn wieder nicht zu Wort kommen. Sie ging langsam auf ihn zu. »Ich werde meine Schwester und die Kinder nicht im Stich lassen. Niemals.«

Ellen blieb dicht vor Hajo stehen. Sie musste zu ihm hinaufschauen, aber trotzdem war sie stärker. Er konnte nicht mal seine Augen abwenden.

»Aber unser Plan«, sagte er schwach.

Ellen wartete noch ein paar Sekunden, dann entließ sie Hajo aus ihrem Blick. »Pläne kann man ändern oder aussetzen – und das werden wir jetzt tun. Ein Plan darf niemals über Menschen gehen.«

Ellen ging wieder zum Fenster. Hajo folgte ihr, aber weil das Fenster geöffnet war, blieb er im sicheren Abstand von drei Metern stehen.

Ellen suchte das Europacenter. Das Hochhaus mit dem sich drehenden Mercedes-Stern obendrauf war leicht zu finden, viele Berliner nannten es deshalb »i-Punkt«. Es stand in der Nähe von »Lippenstift und Puderdose«, der etwas respektlosen, aber liebvollen Bezeichnung für die Gedächtniskirche. Dort begann der Kurfürstendamm, wo sie Annika mit Hanna und Elias, ihren beiden Kindern, hinbestellt hatte.

Hajo räusperte sich. »Darf ich wenigstens erfahren, welche Probleme so wichtig sind, dass wir unseren Plan aussetzen?«

Ellen drehte sich um und lehnte sich mit ihrem Gesäß gegen die Fensterbank, was Hajo mit einem kurzen Luftanhalten beobachtete.

»In Annikas Haus hat es gebrannt. Alle Mieter mussten raus und stehen jetzt auf der Straße. Annika weiß nicht mehr, wo sie hinsoll.«

»Du willst sie doch wohl nicht etwa hierhin holen?«

Ellen dachte an die Fallen im Eingangsbereich und an die

Sprengstoffkisten, auf denen sie selbst schlief. Das war keine Wohnung für eine Familie.

»Ich glaube kaum, dass sie sich hier wohlfühlen würden.«

Hajo wirkte erleichtert. »Dann sollten sie in ein Hotel gehen, aber da müssen wir uns ja nicht drum kümmern.«

»Glaubst du ernsthaft, dass eine mittellose Mutter mit zwei kleinen Kindern die Gäste sind, auf die ein Hotel wartet? Außerdem wäre das viel zu teuer.«

Selbst die drei Meter zum geöffneten Fenster schienen Hajo nicht zu behagen. Er setzte sich in einen Sessel, der noch einen Meter weiter entfernt stand.

»Das mit dem Geld könnte man womöglich regeln.«

»Sie müssen raus aus Berlin«, sagte Ellen entschieden. »Diese Stadt ist kein Ort mehr für Kinder, wenigstens, bis die Krawalle vorbei sind. Ich habe auch schon eine Idee. Ich brauche dein Taxi.«

»So, du brauchst mein Taxi. Dann habe ich wohl ein Anrecht darauf, deine Idee zu erfahren.«

Ellen seufzte. Ihre Idee würde Hajo nicht gefallen, aber da musste sie durch. »Ich kenne jemanden draußen auf dem Land in der Nähe von Neu-Ruppin. Das wäre ein guter Ort für Annika und die Kinder.«

»Du meinst doch nicht etwa den Bauernhof von Danuta Schuster?« Hajo schüttelte den Kopf. »Die hält dich für einen gesuchten Verbrecher.«

»Danuta ist ein guter Mensch. Ich habe ihrem Mann das Leben gerettet und ihren beiden Kindern auch. Selbst wenn sie mich nicht mag, wird sie kaum Annika und die Kinder wieder wegschicken.«

Hajo stand auf und ging umher. Er nahm den Nussknacker, mit dem Ellen das Handy zerstört hatte, und spielte damit herum. »Das gefällt mir alles nicht. Wir müssen mit dem Taxi aus Berlin raus, fremde Leute werden uns sehen, lauter Unsicherheitsfaktoren. Das bedeutet unnötige Gefahr, das können wir uns nicht leisten.«

»Du hast dich noch nie um einen Menschen gekümmert, nicht wahr? Du hast immer nur an dich gedacht, nie an jemand anderes. Wenn du es nicht willst, dann mache ich es alleine.«

Hajo sah den Nussknacker an, als gäbe es daran etwas Besonderes zu entdecken. Ellen ließ ihm die Zeit zum Nachdenken.

Niemand konnte von jetzt auf gleich über seinen Schatten springen.

Hajo legte den Nussknacker an seinen Platz zurück. »Ich komme mit. Ich kann dich nicht allein lassen – das wäre ja noch gefährlicher.«

Ellen lächelte innerlich. Wenn Hajo dieses Argument für sich brauchte – bitte schön. Es tat ihr nicht weh.

31

»Gute Reise, Meister. Gute Reise, Gebieterin.«

Ellen musste jedes Mal grinsen, wenn die Wohnungstür sie so verabschiedete und damit signalisierte, dass die Überwachungssysteme scharfgeschaltet waren. Hajo hatte doch einen Spleen. Immerhin war sie »Gebieterin«. Dass Hajo der »Meister« war, machte sie nicht eifersüchtig.

Hajo sah allerdings wenig meisterlich aus. Er hatte eine Perücke aufgezogen, bei der die Haare nach hinten gekämmt waren und in einen kurzen Pferdeschwanz mündeten. Dazu trug er Jeans und ein schwarzes T-Shirt mit einem weißen, frech grinsenden Computerchip und einer Sprechblase 1 + 1 = 10. Unter dem Arm klemmte eine schmale Mappe, die einen kleinen Laptop enthielt. Hajo brauchte immer einen Computer in seiner Nähe, sonst fühlte er sich nicht wohl. Sie selbst hatte das leichte Sommerkleid angezogen, in dem sie Annika beim ersten Mal begegnet war. Annika *sollte* sie erkennen. Für Überraschungen und langwierige Erklärungen hatten sie keine Zeit.

Die Fahrt bis zum Ku'damm war nicht weit, aber Ellen hatte selten so viele Polizeiwagen gesehen. Es war, als hätten sie auch die letzten Einsatzfahrzeuge aus den Depots geholt. Der Klang von Martinshörnern war allgegenwärtig. Mit der Dämmerung begannen wieder die Krawalle und Zündeleien. Einige schienen nicht mal so lange gewartet zu haben, ein Einsatzzug der Feuerwehr kam dem Taxi entgegen.

Auf dem Kurfürstendamm gab es keine Randale, was an der hohen Polizeipräsenz lag. Die markanten Stellen der Stadt, die auch für Touristen interessant waren, wurden besonders geschützt, was natürlich zulasten der anderen Viertel ging. So war das nun mal in einer Großstadt, die vor der Welt ihr Gesicht wahren musste. Ellen kannte diese Philosophie noch aus ihrer Dienstzeit im LKA, allerdings war die Polizeipräsenz heute besonders ausgeprägt.

Sie kamen ungehindert voran. Niemand interessierte sich für ein harmlos daherfahrendes Taxi. Die Taxi-Tarnung bot mehr Vorteile, als Ellen anfangs gedacht hatte. Taxis konnten sich mehr erlauben als gewöhnliche Privatfahrzeuge und wurden trotzdem weniger beachtet. Sie gehörten einfach zur Stadt dazu wie das Inventar zu einer Wohnung.

Hajo begann an der Kaiser-Wilhelm-Gedächtniskirche und fuhr Richtung Grunewald.

»Da sind sie, vor dem Starbucks«, sagte Ellen.

Dort ging eine Frau, in Statur und Größe wie Ellen, mit jeweils einem Kind an der Hand. Die beiden reichten der Frau bis zur Taille, Grundschulkinder. Jeder der drei hatte einen Rucksack auf dem Rücken. Es hätte ein harmonisches Bild sein können, aber um diese Uhrzeit wirkte die kleine Gruppe irgendwie verloren.

Hajo fuhr dicht an den Bordstein und hielt an.

Ellen stieg aus, wartete nur so lange, bis Annika sie erkannt hatte, und sagte: »Steigt ein.«

Hajo fuhr sofort weiter.

Ellen versuchte festzustellen, ob sich jemand so verhielt, als hätte er sie erkannt. Nichts. Dass irgendjemand hinter einer Überwachungskamera aufmerksam wurde, wenn ein Taxi hielt und Leute einlud, war auch nicht zu vermuten. Noch ein Taxi-Vorteil. Sie waren sicher.

Der Hof der Schusters war dunkel. Der letzte Rest der Dämmerung ließ gerade die Trümmer der abgebrannten Scheune erkennen. Sie wegzuräumen kostete Geld, und das war hier Mangelware. Nur hinter einem Fenster im Wohnhaus war es hell, das flackernde Licht eines Fernsehers.

Ellen klopfte ans Fenster. Erst tat sich nichts. Beim dritten Mal erschien der Schatten einer Frau. Das musste Danuta sein. Sie öffnete das Fenster.

»Du?«, fragte Danuta, als sie Ellen erkannte. Dann sah sie die anderen. »Was wollt ihr?« Danutas Stimme klang nicht freundlich, was Ellen verstehen konnte.

»Ich wollte nicht klingeln, um deine Kinder nicht zu wecken«, sagte Ellen. Sie zeigte auf ihre Begleitung. »Das ist Annika, meine Schwester, und das sind ihre Kinder, Hanna und Elias.« Etwas abseits stand Hajo. »Und das ist … ein Freund, der uns gefahren hat.«

Danuta sah nacheinander die Leute an, sagte aber nichts.

»Wir brauchen Hilfe.«

»Ich kann niemandem helfen«, sagte Danuta und wollte das Fenster wieder schließen.

Ellen trat dicht ans Fenster heran. »Warte bitte. Hör uns wenigstens an. Wenn du dann nicht willst, werden wir wieder gehen.«

Danuta zögerte. Sie wirkte müde. »Na gut«, sagte sie wie jemand, der keine Kraft mehr hat, einem anderen Widerstand zu leisten.

Wenig später ging im Hausflur Licht an, dann öffnete Danuta die Haustür. »Du wirst sehen, dass ich dir nicht helfen kann.«

Erst im Licht des Hausflurs konnte Ellen Danuta richtig erkennen – und erschrak. Das eigentlich hübsche Gesicht wirkte um Jahre gealtert, die Augen gerötet, als ob Danuta in der letzten Zeit viel geweint hätte.

»Was ist los?«, fragte Ellen. »Ist etwas mit Andreas? Wie geht es ihm?«

»Andreas? Ach ja, Andreas. Dem geht's gut, den Umständen entsprechend. Er liegt jetzt auf einer normalen Station, er kann sich noch nicht richtig erinnern, das Sprechen fällt ihm schwer, aber die Ärzte sagen, er wird wieder gesund.« Danuta sah Ellen an. »Du hast ihm tatsächlich das Leben gerettet.«

Das war eigentlich eine gute Nachricht, aber aus Danutas Mund klang sie nicht so.

Danuta drehte sich um und ging ins Wohnzimmer. Es schien ihr egal zu sein, ob die anderen ihr folgten. Danuta setzte sich auf einen Stuhl, Annika und die Kinder teilten sich die Couch, und Ellen setzte sich in den einzigen Sessel. Hajo blieb in der Nähe der Tür stehen.

Danuta stellte den Ton des Fernsehers ab, das Bild ließ sie laufen. »Was wollt ihr?«

»Annika und die Kinder haben kein Zuhause mehr, ihre

Wohnung ist abgebrannt. Das da ist alles, was sie haben.« Ellen deutete auf die drei Rucksäcke, die jetzt zusammen in einer Ecke lagen. »Sie wissen nicht, wo sie hinsollen. Ich habe auch keine Möglichkeit, und da habe ich gedacht, ob sie vielleicht eine Zeit bei dir unterkommen können.«

Danutas Gesicht nahm einen bitteren Ausdruck an. »Wir haben selbst kein Zuhause mehr. Das sind unsere letzten zwei Wochen hier, am Monatsende müssen wir raus. Ich sage doch, ich kann nicht helfen.«

Ellen war entsetzt. »Wie kann das sein? Die können euch doch nicht so einfach rauswerfen?«

Danuta zuckte die Schultern. »Wir können unsere Hypotheken nicht mehr bezahlen. Die Bank hat den Kredit verkauft, ich weiß nicht, an wen, aber die können viel machen.«

»Diese Schweine«, meldete sich Annika zu Wort. »Es scheint Leute zu geben, die meinen, sie können sich alles erlauben. Unser Haus hat unser Vermieter angesteckt. Jetzt ist er alle unliebsamen Mieter los und sackt noch eine fette Versicherungssumme ein.«

»Kannst du das beweisen?«, fragte Ellen. Die routinemäßigen Fragen einer Polizistin waren immer noch präsent.

»Beweisen?«, fragte Annika und sah Ellen verständnislos an. »Wie soll ich so was beweisen können? Aber wissen tut es jeder. Er hat das Haus herunterkommen lassen und nur noch Miete kassiert. Und jetzt, bei den Krawallen überall, ist die beste Gelegenheit. Ein bisschen nachgeholfen oder jemanden bestochen … Und weil es an so vielen Stellen brennt, kommt die Feuerwehr garantiert nicht, bevor es zu spät ist.«

Wie zur Bestätigung begannen im Fernsehen die Nachrichten – natürlich mit Bildern aus Berlin, mit brennenden Autos und vermummten Gestalten, die etwas warfen.

Ellen wusste nicht, was sie Annika antworten sollte. Was sie gesagt hatte, war nur eine Vermutung, aber Ellen wusste auch, dass es immer und überall skrupellose Menschen gab, die sogar im Chaos noch ihren Gewinn machten. Und wie es mit fehlenden Beweisen aussah, wusste sie besser als alle anderen.

Ellens Blick fiel auf Hajo. Er stand äußerlich unbewegt an den Türrahmen gelehnt, die Lippen nur zwei schmale Streifen. Sie kannte ihn zu gut, um nicht zu spüren, wie es in ihm arbeitete. Plötzlich war er verschwunden.

Ellen sah sich um. Niemand im Raum hatte sein Verschwinden bemerkt. Hanna und Elias waren in ein Spiel auf ihren Smartphones vertieft, und zwischen Danuta und Annika bahnte sich eine intensive Unterhaltung an. Die erlittenen Schicksalsschläge schienen sie zu verbinden.

Ellen wartete noch einen Moment, bis sie sagte: »Ich muss mal ins Bad.«

In der Küche fand sie Hajo. Er ließ gerade etwas in seiner Tasche verschwinden.

»Was machst du hier?«, fragte Ellen leise.

Sein Mund sagte: »Nichts.« Seine Augen sagten: Ich habe einen Plan.

Weiter kam Ellen nicht, denn Hajo ging ins Wohnzimmer zurück. Ellen ging ins Bad und dann auch wieder zu den anderen.

»Dann lass uns wenigstens die paar Tage bleiben«, bat Annika gerade. »Wir fallen dir auch nicht zur Last. Vielleicht können wir sogar helfen.«

Danuta wirkte wacher als am Anfang. Wahrscheinlich tat ihr die Vorstellung gut, die nächsten Tage nicht alleine dazustehen. »Versuchen wir es.«

Ellen fand, dass jetzt der passende Moment gekommen war, um sich zu verabschieden. Mehr konnte sie für Annika nicht erreichen, und ihre eigenen Herausforderungen wurden nicht kleiner, je länger sie hierblieb.

Danuta kam bis zur Haustür mit. Elias und Hanna sahen durchs Fenster nach draußen und winkten.

Annika ging ein paar Schritte mit Ellen.

»Wer ist das?«, fragte sie im Flüsterton, während sie unauffällig auf Hajo deutete.

»Unser Fahrer.«

»Du kannst mich nicht für dumm verkaufen. Ein Taxifahrer kommt nicht mit rein, und außerdem lief kein Taxameter. So, wie ihr miteinander umgeht, kennt ihr euch gut. Ist das dein Freund?«

Wir kennen uns viel zu gut, dachte Ellen, aber sie konnte Annika unmöglich die Wahrheit sagen. »Es ist alles ganz anders, als du denkst.«

Annika grinste. »Diesen Satz sagt man für gewöhnlich in ganz blöden Situationen.«

32

Die Sprengstoffkisten knarzten, als Ellen aufstand. Sie knarzten auch, wenn Ellen nicht aufstand, aber dann war es nicht so laut. Ellen fühlte sich kaum ausgeruht, dazu war es zu früh. Dass sie Annika und den Kindern helfen konnte, war gut, und dass Andreas Schuster gesund werden würde, auch. Gegen diese guten Nachrichten stand, dass sie schon wieder alle Beweise verloren hatte. So viel Pech konnte es doch gar nicht geben. Sobald sie irgendwas Greifbares in der Hand hatte, löste es sich auch schon in Luft auf.

Ellen hätte der am nächsten stehenden Sprengstoffkiste am liebsten einen Tritt verpasst. Es stand zwar nicht drauf, dass man so was nicht tun sollte, aber Ellen hatte das Gefühl, sie sollte besser darauf verzichten.

Stattdessen ging sie zu der Tür, die auf den maroden Balkon führte. Die frische Luft tat gut, die Stadt war gerade dabei zu erwachen. Es wurde mehr gehupt als in der Nacht.

Ellen ging einen halben Schritt auf den Balkon. Von hier aus sah er noch baufälliger aus. Wahrscheinlich würde er sie tragen, aber auf die Brüstung sollte sie sich besser nicht verlassen. Sie bestand nur aus rostzerfressenen Eisenstangen. Die wenigen Stangen, die bis in den Beton reichten, wirkten, als würden sie sich bei der kleinsten Berührung lösen und mit dem Rest hinunter auf den Hof krachen. Einzig eine verbogene Eisenstrebe, die aus der Hauswand kam, sah einigermaßen stabil aus.

Interessant.

»Hast du keine Angst?«, kam es aus sicherer Entfernung aus dem Wohnzimmer.

»Nein«, sagte Ellen und drehte sich zu Hajo um. Er stand fast an der gegenüberliegenden Wand. »Danke, dass du gestern mitgekommen bist.«

»Kommt nicht wieder vor. Allzu viel Hilfsbereitschaft verdirbt sonst noch mein Verbrecherimage.« Hajo deutete auf die offen stehende Balkontür. »Kannst du die wieder zumachen? So als Gegenleistung für gestern?«

Ellen schloss die Tür. »Besser so?«

Hajo nickte erleichtert. »Und jetzt? Frühstücken oder arbeiten?«

»Beides gleichzeitig. Da Hasels die Beweise geschreddert hat, brauchen wir einen neuen Ansatzpunkt. Dazu müssen wir wohl oder übel das ganze Gespräch zwischen ihm und Veritatis anhören. Das wird dauern, und dabei können wir essen.«

Hajo kräuselte die Stirn. »Wie langweilig. Du gibst wohl nie auf?«

»Nein. Ich kann mich zwar furchtbar ärgern, wenn etwas schiefgeht, aber Aufgeben steht nicht auf meinem Programm. Du würdest dich wundern, wenn du die Polizeiarbeit kennenlernen würdest, wie sie wirklich ist. Endlose Stunden am Schreibtisch, Akten, Akten und nochmals Akten. Dazwischen Berichte. Das läuft nicht so wie im Fernsehen.«

»Na, dann ist es ja gut, dass ich dich da rausgeholt habe.«

Das hätte Hajo besser nicht gesagt. Ellen verzichtete auf das Öffnen der Balkontür nur, weil sie unbedingt in den Ermittlungen weiterkommen wollte. Dazu musste sie ihre Emotionen unter Kontrolle behalten. Hajo musste ihre Reaktion spüren, aber er sah keineswegs schuldbewusst aus.

Er hat es absichtlich gesagt. Was hat er vor?

Bei all den Problemen, mit denen sie zu kämpfen hatten, war es nicht leicht, ständig im Blick zu haben, dass Hajo auch noch einen eigenen Plan verfolgte. Aber das tat sie schließlich auch. Es war ein Spiel auf mehreren Ebenen gleichzeitig.

»Ich mache den Kaffee, du bereitest die Aufnahme vor«, sagte Ellen entschieden.

Das Frühstück ging vorüber, Hasels und Veritatis redeten immer noch. Hasels wollte wirklich alles wissen, und der Professor hatte leider ein äußerst gutes Gedächtnis. Er erinnerte sich an kleinste Details, und Hasels ließ ihn alles beschreiben.

Hajo hatte sich einen Laptop geholt und arbeitete darauf. Ob er überhaupt noch zuhörte, konnte Ellen nicht feststellen. Sie selbst schloss die Augen, um sich besser konzentrieren zu können.

Manchmal lagen die wesentlichen Informationen nicht in den ausgesprochenen Worten, sondern zwischen den Zeilen.

Außerdem wollte sie nicht nur einen Anhaltspunkt für weitere Ermittlungen finden, sondern die Gelegenheit nutzen, etwas über Hasels zu erfahren.

Man konnte seine Gegner nie gut genug kennen.

Etwa jede Viertelstunde stand Ellen auf und ging einmal um den Tisch herum, um ihren Kreislauf in Schwung zu bringen. Jedes Mal, wenn sie an Hajo vorbeikam, klickte er den aktuellen Bildschirm weg. Was er wirklich tat, konnte sie nicht herausfinden, genauso wenig wie das, was er gestern im Haus von Danuta gemacht hatte. Wenn Ellen ihn darauf ansprach, tat er so, als hörte er sie nicht. Ellen wusste, dass sie es erfahren würde, irgendwann, wenn es in seinen Plan passte und wahrscheinlich nicht in ihren.

Eins nach dem anderen.

Ellen zwang ihre Gedanken wieder zurück zum Verhör von Veritatis. Hasels stellte sich sehr geschickt an. Er beschäftigte den Professor mit belanglosen Fragen, um ihn in Sicherheit zu wiegen. Zwischendrin streute er andere Fragen ein, im gleichen routinemäßigen Tonfall. Veritatis merkte nichts – aber er verriet auch nichts, weil er nichts wusste.

Ellen hätte es fast verpasst, weil sie gerade wieder aufstehen wollte.

»Haben die beiden Sie nach Romano Pasano gefragt?«, fragte Hasels.

Ellen war sofort hellwach. Das war eine Frage, die nur dann einen Sinn machte, wenn dieser Romano Pasano eine wichtige Rolle spielte. Hajo hatte überhaupt nichts bemerkt, er klapperte auf seiner Tastatur herum.

»Nein, haben sie nicht«, antwortete Veritatis. »Dazu hätte ich ihnen auch nichts gesagt.«

Hasels machte mit seiner Befragung weiter.

»Hah, das ist er«, sagte Ellen und schlug mit ihrer Faust in die andere offene Hand.

Hajo sah auf. »Was ist wer?«

»Unser Anknüpfungspunkt. Wir haben ihn. Wir müssen alles über Romano Pasano herausfinden. Er ist der Schlüssel, den wir brauchen.«

Hajo sah Ellen ungläubig an.

»Wie kommst du darauf?«

»Hasels hätte diese Frage nicht gestellt, wenn Pasano nicht sehr wichtig wäre. Und dann die Art, wie Hasels sie stellte, irgendwie lauernd. Lass die Stelle noch mal abspielen.«

Hajo tat es.

»Hörst du das?«

Hajo hörte nichts.

»Das ist die Stimme eines Jägers«, erklärte Ellen. »Hasels will nicht nur wissen, ob Veritatis etwas über Pasano gesagt hat. Hasels will mehr. Er versucht, es zu verbergen, aber glaub mir, ich hab schon viele Verhöre mitgemacht. Hasels will Pasano.«

Hajo fuhr sich mit der Hand durch die Haare. »Das würde bedeuten, Hasels ist nicht nur unseretwegen in Berlin. Er ist auch wegen Pasano hier.«

Ellen nickte. »Was eine ganze Menge Konsequenzen hat.«

Sie ging einmal zur Balkontür und zurück.

»Wir müssen alles über diesen Romano Pasano herausfinden.«

Hajo begann eine einfache Suche in Google. Nach kurzer Zeit pfiff er durch die Zähne.

»Du hast recht, das ist ein interessanter Kandidat. Er hat bei Saatogo gearbeitet *und* bei Progentus, also bei beiden Firmen, die in diese Gen-Schweinerei verwickelt sind. Das ist verdächtig – und sonderbar. Wer arbeitet für die härtesten Konkurrenten? Warum tut er das, und vor allem: *Was* hat er dort getan?«

»Bring deinen Laptop mit«, sagte Ellen und ging in den Technikraum, wo auch ihr großer Plan hing. Eine Wand war noch zur Hälfte frei. »Hier kommt alles dran, was wir über Pasano herausfinden.«

In den nächsten Stunden recherchierte Hajo im Internet und versorgte Ellen mit Stichworten. Die notierte sie auf Zettel und heftete sie an die Wand. Das Zentrum bildete ein großes Foto von Pasano.

33

Die Spinne hatte es nicht eilig. Sie stelzte mit ihren langen Beinen über Pasanos rechten Schuh und legte zwischendurch sogar eine kurze Pause ein. Früher hätte Pasano sie mit einer Bewegung abgeschüttelt, heute nicht. Sein Blick wanderte von der Spinne zu der Ansammlung Bauhütten, die er von seinem Platz am stillgelegten Bahndamm gut übersehen konnte. Die Hütten erinnerten ihn an sein Heimatdorf in Südtirol, zwanzig Kilometer von der bekannten Stadt Meran entfernt. Sein Dorf kannte kaum jemand, denn dort lebten nicht mehr Menschen als hier, allerdings hatte es damals dort schon fließendes Wasser gegeben, was man in dieser Siedlung vergebens suchte, genauso wie elektrischen Strom für Küchengeräte. Dafür gab es ein zentrales Plumpsklo, was im Winter für die Bewohner eine besondere Herausforderung war, aber das hatte er sich nur erzählen lassen. Im Winter war er noch nicht hier gewesen.

Ob die Berliner wussten, dass es mitten in ihrer Stadt solch eine Siedlung gab? Wahrscheinlich die wenigsten, und das war ein Grund, warum Pasano die Siedlung Lohmühle gefiel. Wer ihn in Berlin suchte, würde ihn garantiert nicht an diesem Ort suchen. Er existierte in den Gedanken der meisten Menschen einfach nicht.

Es gab noch mehr Gründe, warum Pasano diesen Ort mochte, aber jetzt wurde er von einem der seltenen Touristengrüppchen abgelenkt, die sich gelegentlich hierhin verirrten. Vater, Mutter und Sohn, von ihrem Aussehen und ihrer Sprache nach Japaner, hielten auf Babette zu, die am Hochbeet werkelte. Der Mann fotografierte unentwegt, als befände er sich in einem Zoo mit exotischen Tieren.

»Wo ist die Regenwurmrennbahn?«, hörte Pasano den Jungen auf Englisch fragen.

Die Regenwurmrennbahn war eine Attraktion, die Berlin vermutlich von allen anderen Hauptstädten dieser Welt unterschied. Wahrscheinlich hatte der Junge im Internet davon gelesen, oder die Eltern hatten ihn mit diesem Stichwort hergelockt. Babette zeigte in die Richtung der Kompostieranlage, erklärte aber gleichzeitig, dass es für Regenwürmer heute an der Oberfläche zu trocken sei. Der Junge beschwerte sich bei seiner Mutter.

Noch eine Frau kam in Sicht, eine große blonde. Als Pasano sie sah, richtete er sich unwillkürlich etwas auf. Diese Frau weckte eine Erinnerung in ihm, die sehr wehtat, selbst jetzt noch nach Jahren.

Pasano, selbst eher klein und schmächtig, hatte immer von einer großen blonden Frau geträumt. Dann hatte er sie getroffen, Carrie McNeal. Sie war ihm während einer Gastvorlesung in den USA als Assistentin zugeteilt worden. Carrie war schlank, groß, blond, witzig und kümmerte sich um ihn. Eine Traumfrau, die sogar bereit war, ihn, den kleinen Italiener, zu heiraten. Pasano hatte im siebten Himmel geschwebt, ein paar Wochen lang. Der Traum währte so lange, bis Pasano einen gut dotierten Posten bei Saatogo als Forschungsleiter angeboten bekam.

Ab da wollte Carrie mit den anderen Frauen aus der Führungsetage konkurrieren. Die beiden Autos sollten teurer sein und das Haus größer. Pasano wollte das alles nicht. Wozu brauchte man als Ehepaar ein riesiges Haus? Pasano war auf wenigen Quadratmetern aufgewachsen, und man kaufte ein, wenn man Geld hatte, was nicht allzu oft vorkam. Carrie kaufte immer ein. Wenn eine Kreditkarte ausgereizt war, kam die nächste dran. Die Banken fragten nicht viel. Der Traum wurde zum Alptraum. Pasano konnte nicht mehr schlafen, was Carrie aber nicht zu stören schien. »Du bist unterbezahlt. Du musst ein höheres Gehalt verhandeln«, sagte sie, wenn er sich beschwerte. »Am besten einen Bonus. So machen das alle hier.«

Irgendwann fragten die Banken doch. Pasano blieb nichts übrig als der Gang zur Geschäftsführung. Pasano war nicht gut im Verhandeln. Er bekam trotzdem Zulagen, mehr als er eigentlich wollte, aber sie schmeckten, als wären sie vergiftet. Erst später merkte er, dass sie es wirklich waren, aber da war es zu spät. Und da war auch Carrie weg. Ein Rechtsanwalt im Country-Club hatte noch volle Kreditkarten. Selbstverständlich wickelte er auch die Scheidung für Carrie ab, zu dreihundertfünfzig Dollar die Stunde, die Pasano auch noch bezahlen musste. Pasano hätte niemals gedacht, dass ein Rechtsanwalt so viele Stunden für eine Scheidung brauchte. Pasano war eben schlecht im Verhandeln.

Die blonde Frau verschwand nach einem kurzen Gespräch mit Babette. Die Erinnerung an Carrie blieb.

Pasano tastete nach der Kapsel in seiner Hosentasche. Sollte er?

»Hey, Roma. Haste mal Kaffee für mich? Meiner ist alle.«

Das war Silvestre, ein anderer Bewohner der Siedlung. Er hatte nie Kaffee.

»In meiner Hütte«, rief Pasano zurück. »Du weißt ja, wo er steht.«

Pasano mochte es nicht, wenn Silvestre ihn »Roma« rief. Das war zwar abgeleitet von seinem Vornamen »Romano«, aber es klang nach Zigeuner. Er war kein Zigeuner, oder doch? Geboren in Südtirol, aufgewachsen in Berlin, gewohnt hatte er in mehreren Städten in den USA, dann Brüssel. Und jetzt wieder hier. Der Kreis schloss sich.

Pasano nahm die Kapsel aus der Hosentasche und betrachtete sie. Sie sah harmlos aus, wie ein Medikament. Die äußere Hülle war auch kaum anders als eine Medikamentenhülle. Der einzige Unterschied bestand darin, dass sie sich im Magen-Darm-Trakt langsamer zersetzte. Pasano schätzte zehn bis fünfzehn Stunden. Genauer konnte er es nicht sagen – und das war Absicht. Er wollte nicht wissen, wann genau das Gift freigesetzt wurde und ihm einen schnellen, schmerzlosen Tod bescherte. Er wollte nur wissen, *dass* er eintrat, nicht, *wann*.

Pasano ließ die Kapsel durch seine Finger gleiten. Noch nicht. Erst Babette – und die Pflanzen. Pasano steckte die Kapsel zurück in die Hosentasche und ging zum Hochbeet.

Babette suchte gerade Schnecken vom Salat ab. Schädlingsbekämpfungsmittel waren tabu in der Siedlung. Mit ihrem sehr weiten T-Shirt, das ihre rundliche Figur kaum verbarg, und der Jeans, die schon sehr viele Garteneinsätze überlebt hatte, entsprach sie überhaupt nicht seinem Traum. Trotzdem mochte er Babette. Sie hatte ihn hier aufgenommen, ohne viel zu fragen, und sie liebte die Natur. Die abgelesenen Schnecken wurden nicht etwa umgebracht, sondern jenseits des Bahndamms wieder freigelassen. Manchmal hatte Pasano den Eindruck, Babette streichele ihre Pflanzen. Sie wirkte auf ihn wie eine Mutter, fast wie »Mutter Natur«.

Pasano sah ihr einen Moment lang zu, dann griff er selbst nach einer Bohne und strich mit der Hand darüber. Es war seltsam. Manchmal hatte er das Gefühl, er könnte in die Pflanzen hineinsehen. Er spürte ihre Struktur, fühlte, wie der Saft und die Nährstoffe von den Wurzeln in die Blätter flossen, angetrieben von der Wärme der Sonne. In seinen Gedanken entstand das Bild eines genetischen Codes. Ja, er kannte ihn. Er sah die Schwächen, wo die Bohne anfällig für Schädlinge war, wusste, was sie krank machen konnte – oder stärken, je nachdem.

Pasano liebte gesunde, starke Pflanzen. Er wollte mithelfen, die Schwächen auszumerzen. Da, wo die Natur es noch nicht geschafft hatte, wollte er sie verbessern. Das war der Traum seines Lebens, deshalb hatte er erst Biologie studiert und dann Gentechnologie. Hier lagen die Schlüssel für alles, was wuchs. Es war ihm leicht gefallen. Wo andere suchen mussten und rätselten, war es, als würden ihm die Pflanzen alles verraten. Sie eröffneten ihm ihre Geheimnisse, und er verstand sie.

Er wurde zu einem gefragten Experten, konnte sich vor Angeboten kaum retten. Er hatte das Angebot von Saatogo nicht wegen des Geldes angenommen. Ihn lockten die Versprechen, die Welt besser zu machen, die Pflanzen resistenter und ertragreicher, damit mehr Menschen satt würden. Er hatte ihnen geglaubt, er, der Junge aus dem abgeschiedenen Dorf. Er wusste wenig von Aktionärsinteressen und Quartalszahlen. Das waren die Themen der anderen. Dachte er.

»Die Bohnen sind noch nicht reif«, sagte Babette, aber das wusste Pasano.

»Ich wollte nur wissen, wie sie sich anfühlen, wo du sie so gut versorgst.«

Babette lachte. »Du solltest sie erst mal in deinem *Mund* fühlen, wenn ich sie gedünstet habe. Das ist ein Traum, sag ich dir. Aber da musst du noch ein paar Wochen warten.«

Pasano tastete wieder nach seiner Kapsel. Er würde Babettes Bohnen nie schmecken. Das war ein Verlust, aber jetzt wurde es Zeit.

Mit einer alten Tasse schöpfte Pasano etwas Wasser und ging zurück zum Bahndamm. Er nahm die Kapsel aus der Tasche und hielt sie gegen die Sonne. Vor seinem inneren Auge zogen die Logos von Saatogo und Progentus vorbei. Er sah die Gesichter seiner Vorgesetzten und der Vorstände.

Ihr habt meine Träume zerstört, ihr habt mich zerstört. Und jetzt zerstöre ich euch.

Pasano nahm die Kapsel in den Mund. Sie schmeckte nach nichts.

Es gab nur einen Menschen, von dem er sich verabschieden wollte, seine Mutter, die ihn bei jedem Besuch ansah wie einen Fremden. Sie lebte in einem Pflegeheim in der Nähe. So viel Zeit würde die Kapsel ihm lassen. Er setzte die Tasse an und trank.

Pasano spürte, wie die Kapsel seine Speiseröhre entlangglitt. Dann verschwand sie aus seinen Empfindungen. Es war vollbracht. Es war ein gutes Gefühl.

34

Der Porsche sah phantastisch aus, ein bisschen wild, schnell und vor allem teuer. Die Entscheidung würde ihm schwerfallen. Oder sollte er beide nehmen? Den Porsche und den R8? Hasels sah lächelnd zu dem Audi-Prospekt, das auf dem Couchtisch lag. Für die Zeit seines Aufenthalts in Berlin hatte er sich ein üppiges Hotelzimmer mit Schreibtisch und Sitzecke gegönnt. Kosten spielten für Saatogo in diesem Fall keine Rolle.

Und für mich auch nicht!

Hasels hatte Optionen auf Agrarrohstoffe gekauft, so viel er sich leisten konnte und so viel seine Kreditlinie hergab. Er hatte als einer der Ersten gewusst, dass die Preise steigen würden – und sie stiegen. Schneller und höher, als er geahnt hatte. Als die Big Player realisierten, dass bei Agrarrohstoffen ihr Geld die meiste Rendite abwerfen würde, waren alle auf diesen Zug aufgesprungen. Auf die Preise wirkte sich das aus wie ein Turbolader. Und seine Optionen, die mit einem kräftigen Hebel reagierten, stiegen noch um ein Vielfaches schneller. Mehrmals täglich rief Hasels die aktuellen Kurse seines Depots ab. Mehrmals täglich registrierte er, dass er wieder reicher geworden war.

Der Laptop gab einen Alarmton von sich. Hasels warf den Porsche auf den Audi und hechtete mit einem Satz zum Schreibtisch. Die Meldung kam von den Rechnern aus seinem Büro bei Brüssel, mit denen er über eine VPN-Verbindung ununterbrochen verbunden war. Es war keine der üblichen Meldungen über den Selbstmord eines Bauern. Darum kümmerte sich sein Stellvertreter. Hasels konzentrierte sich auf die Probleme mit der höchsten Priorität. Davon gab es zwei, und beide betrafen Berlin. Ein seltsamer Zufall, aber so spielte das Leben manchmal. Eine Software, die auf bestimmte Stichworte reagierte, mit denen bei Google gesucht wurde, hatte den Alarm ausgelöst. Jemand suchte nach »Romano Pasano«.

»Fuck!«

Hasels ahnte, wer hinter der Suche stand, aber trotz seiner immensen technischen Möglichkeiten konnte er den anfragenden Rechner nicht lokalisieren. Das erhärtete seinen Verdacht. Hier recherchierte kein normaler Internetteilnehmer, hier recherchierten Ellen Faber und ihr mysteriöser Partner, dessen Identität ihm immer noch unbekannt war. So was hatte Hasels noch nie erlebt. Immer hinterließ ein Mensch Spuren, und immer war es Hasels binnen Stunden gelungen, jemanden zu identifizieren, der ihm begegnet war. Nur hier griff er ständig ins Leere, als gäbe es diesen Menschen nicht – aber Hasels glaubte nicht an Gespenster. Hier war nur jemand außerordentlich raffiniert, eine echte Herausforderung, die er aber bewältigen würde.

Hasels griff zum Telefon, während sein Rechner die Recherche nach Romano Pasano aufzeichnete.

»Veritatis, haben Sie den beiden doch von Pasano erzählt?«

»Nein, das habe ich Ihnen bereits gesagt.«

»Auch nicht beiläufig den Namen erwähnt?«

»Mit keinem Wort. Das schwöre ich Ihnen.«

»Wenn ich herausfinde, dass Sie mich verarschen, reiße ich Ihnen die Eier ab.«

Am anderen Ende der Leitung blieb es still. Hasels legte auf. Er glaubte dem Professor. Der war zu eingeschüchtert und hatte überhaupt nicht das Format, um ihm zu widerstehen. Der Professor war ein Weichei.

Hasels setzte sich vor seinen Laptop und verfolgte, welche Links aus Google angeklickt wurden. Diese Typen wussten, wonach sie suchten, und sie taten es geschickt und absolut professionell. Aber was Hasels am meisten ärgerte: Sie taten es vor seinen Augen, und er konnte sie nicht daran hindern.

Während Hasels hilflos zusehen musste, wie seine Gegner ein Dossier über Romano Pasano zusammenstellten, dachte er darüber nach, wie sie überhaupt auf Pasano gekommen waren. An einen Zufall glaubte Hasels diesmal nicht. Die intensive Untersuchung von Veritatis' Handy hatte einen Trojaner ans Licht gebracht. Der sorgte dafür, dass das Handy nicht ausging, wenn man es ausschaltete. Das Handy tat nur so. In Wirklichkeit nahm es alles auf, was in der näheren Umgebung gesprochen wurde, und sendete es an einen Empfänger, den er wieder nicht lokalisieren konnte. Veritatis' Handy unbemerkt so zu manipulieren, war eine beachtliche Leistung, aber keine Zauberei. Er hatte es den beiden sofort zugetraut. Mit der Entnahme des Akkus hatte er diesem Abhören ein Ende bereitet. Hasels war sich sicher, dass der Name »Pasano« vorher nicht gefallen war, erst später. Also mussten sie noch auf eine andere Art und Weise mitgehört haben. Raffiniert, musste er anerkennen. Das war nicht mehr zu ändern, also nahm er es als Fakt hin. Nachdem er die schriftlichen Beweise eigenhändig geschreddert hatte, blieb den beiden jetzt nur noch Pasano. Den durften sie auf keinen Fall finden.

Hasels holte die Akte »Pasano« aus seinem Koffer. Hier stand alles drin, was man im Internet über ihn finden konnte – und noch jede Menge mehr, wozu nur Hasels Zugang hatte. Wenn die beiden Pasano übers Internet finden konnten, müsste er es mit seinen Informationen erst recht können. Er hatte es bloß noch nicht intensiv versucht, weil er sich auf diese Faber konzentriert hatte.

Romano Pasano war in einem bedeutungslosen Nest in Südtirol geboren. Er wollte hinaus in die große Welt, was Hasels gut verstehen konnte. Und Pasano hatte das Zeug dazu. Die Zeugnisse, die Hasels vorlagen, waren mit Bestnoten gespickt, sowohl in Naturwissenschaften als auch in Sprachen. Pasano studierte Biologie und Biochemie, bis es ihn zur Genetik zog. Irgendwann verließ er Europa und zog in die Staaten. Aus einem Interview entnahm Hasels, dass sich Pasano durch die europäischen Gesetze im Bereich der Genetik zu sehr eingeschränkt fühlte. Er wollte Freiheit – und mehr Geld. Ein winziger Funke Sympathie glomm in Hasels auf. Die USA boten ihm beides, aber das war noch nicht genug. Reich und berühmt – und eine schöne Frau. *Typisch,* dachte Hasels, der schon wusste, wie es weiterging. *Jetzt kam Carrie ins Spiel.* Hasels hatte sie persönlich für Pasano ausgesucht.

Ruhm boten viele, Geld nicht mehr ganz so viele, aber immer noch zu viele. Bei Saatogo hatten sie gute Psychologen, die wussten, womit man die meisten Männer fangen konnte, und sie hatten ihn, Hasels, der wusste, wie man es dann auch wirklich macht. Er hatte Informationen zusammengetragen und heimlich Kommilitonen interviewt, bis er wusste, von wem Pasano träumte: von einer großen, schlanken blonden Frau.

Es war so leicht gewesen. Hasels kannte viele Frauen, darunter Carrie. Sie besaß wenig Skrupel, aber einen umso größeren Hunger nach Geld. Die Universität, bei der Pasano eine Vorlesungsreihe als Gastdozent hielt, war Saatogo dankbar, dass sie dem Professor aus Europa eine kostenlose Assistentin zur Verfügung stellten. Saatogo konnte die Ausgaben sogar als Spende absetzen. Alles andere lief dann wie von selbst. Carrie hatte Pasano schneller um den Finger gewickelt, als der denken konnte. Natürlich hörte er auf Carries guten Rat, sich für Saatogo zu entscheiden.

In Gedanken sah Hasels noch den Scheck vor Augen, den er als Bonus für die Anwerbung von Pasano erhalten hatte. Zehntausend Dollar. Eigentlich viel zu wenig, fand Hasels im Nachhinein. Wie viel Geld nahm ein Verein in die Hand, um einen einigermaßen guten Fußballer an Land zu ziehen? Und Pasano war nicht nur einigermaßen gut, er war ein Genie, der Beste, den Saatogo jemals kriegen konnte.

Das Klingeln seines Handys entfernte den Scheck wieder aus seinen Gedanken. Es war Boris.

»Der Postbote war vor einer Stunde hier.«

»Und?«, fragte Hasels ungeduldig.

»Nichts ›und‹. Das Haus ist immer noch ein alter, verlassener Schuppen. Der Aufkleber auf dem Briefkasten ist das Einzige, was hier jünger als fünf Jahre ist, aber es kommt niemand und sieht nach.«

Hasels spürte, dass Boris nur darauf wartete, dass er die Order zum Abbruch des Einsatzes gab, aber ihm war nicht danach. Dass diese »Flexipharma« nicht wirklich existierte, war nach wenigen Minuten geklärt gewesen. Etwas anderes hätte Hasels auch sehr gewundert. Aber die Adresse existierte, und jeder Briefträger hätte einen Brief dort eingeworfen. Insofern war das Ganze logisch. Wenn diese Expolizistin und ihr Partner allerdings alles mitgehört hatten, mussten sie auch bemerkt haben, dass er ihre Beweise geschreddert hatte. Warum sollten sie dann das Risiko eingehen und im Briefkasten nachsehen?

»Warte noch drei Stunden.«

Das unzufriedene Geräusch am anderen Ende der Leitung weckte in Hasels eine gewisse Befriedigung.

Hasels nahm sich wieder Pasanos' Akte vor. Er musste unbedingt einen Hinweis auf seinen Aufenthaltsort finden. Was wollte Pasano in Berlin? Die Flugdaten ließen keinen Zweifel daran, dass er hier war, aber dann verlor sich seine Spur. Er war auch nicht mit dem Zug weitergefahren. Über Rux hatte Hasels sich die Überwachungsvideos von allen großen Bahnhöfen besorgt, die er dann mit einer Gesichtserkennungs-Software durchforstet hatte. Alle Autovermietungen, die die Gelben Seiten anboten, hatte er anrufen lassen. Nichts. Pasano musste noch hier sein, obwohl er in keinem Hotel eingecheckt hatte, was sich polizeilich schnell klären ließ.

Hasels las weiter. Saatogo war eine Zeit lang glücklich mit Pasano gewesen. Er hatte ihre Forschung erheblich weitergebracht und die Verfahren zur Genmanipulation entscheidend verbessert. Aber dann hatte es Schwierigkeiten gegeben. Pasano war einer dieser naiven Genies, die die Welt verbessern wollten, aber Saatogo wollte nicht die Welt verbessern, sondern den eigenen Aktienkurs. Darüber hatten sie sich zerstritten. Dumm nur für Pasano, dass Saatogo ihn finanziell in der Hand hatte. Sie hatten ihm nicht umsonst großzügig Kredite gewährt und Bürgschaften für die Banken. Ein übliches Mittel, um wichtige Mitarbeiter zu binden, wusste Hasels, aber Pasano wusste das anscheinend nicht. Als Geschäftsmann war er wirklich naiv.

Da man ihn in der Forschung nicht mehr wirklich gebrauchen konnte, öffneten ihm die Strategen von Saatogo den Weg nach Brüssel. Das war nicht schwer. Die Institutionen der EU waren immer auf der Suche nach Experten. Irgendjemand musste die Anträge der Industrie verstehen, bewerten und anschließend bei der Formulierung von Gesetzen helfen. Dummerweise konnten sie nicht so viel zahlen wie die Konzerne, weshalb sie nie die wirklich Guten bekamen. Wenn dann doch jemand von den Besten dort anklopfte, wurde er mit Kusshand genommen. Saatogo hatte Pasano nochmals einen erheblichen Kredit zu Sonderkonditionen gewährt, als Dank für gute Arbeit. Pasano hatte das Geld genommen, denn er musste ja seine Hypotheken bei den Banken abzahlen. Pasano war so froh gewesen, endlich aus den Staaten wegzukommen, dass er diese Unterstützung als Großzügigkeit auslegte.

Manche Leute muss man einfach nur so schnell über den Tisch ziehen, dass sie die Reibungshitze als Nestwärme empfinden. Hasels empfand nur Verachtung für solche Trottel, aber die waren gar nicht so selten.

Pasano war zwar nach Brüssel umgezogen, aber den Fängen von Saatogo war er nicht entkommen. Aus für ihn unerfindlichen Gründen galten die Sonderkonditionen plötzlich nicht mehr. Saatogo erhöhte den finanziellen Druck – und »half« ihm bei den Gesetzesformulierungen. Anfangs waren es nur Winzigkeiten, aber bald hatte man auch in dieser Beziehung genug Material gegen Pasano in der Hand. Die Winzigkeiten wuchsen. Nach einiger Zeit kniff Pasano auch hier. Er flüchtete zu Progentus, einem anderen Gentechnik-Konzern. Hasels konnte darüber nur den Kopf schütteln. Wahrscheinlich erhoffte sich Pasano hier einen Neuanfang ohne das Geld und den Druck von Saatogo. Er musste geglaubt haben, dass es bei Progentus besser zuging.

Wie naiv konnte man eigentlich sein? Progentus war genauso ein gewinnorientierter Konzern wie Saatogo. Um im harten Wettbewerb zu bestehen, musste man alle Register ziehen. Wer nicht mitmachte, wurde schnell vom Börsenzettel gestrichen. So war die Realität. Dieser Pasano verstand einfach nichts vom Leben.

Pasanos Werdegang war klar. Nur fand Hasels darin keinen Hinweis auf Berlin. Weder Saatogo noch Progentus hatten irgendeine besondere Beziehung zu dieser Stadt. Europa war bei den Gentech-Konzernen nicht beliebt, und Deutschland rangierte da noch weiter unten. Von Saatogo oder Progentus aus gab es also keine Linien nach Berlin. Von Brüssel aus? Pasano hatte sich natürlich auch mit deutschen Wissenschaftlern und Politikern getroffen, aber Hasels konnte nicht feststellen, dass sich eine Freundschaft oder eine engere Geschäftsbeziehung gebildet hatte. Freunde von früher? Fehlanzeige. Pasano hatte kaum Freunde gehabt. Seine einzigen Freunde waren die Pflanzen und ihre Gene. Familie? Die Frau war weg, Kinder hatte Pasano keine, der Bruder war bei einem Erdbeben in Norditalien vom Dachziegel einer Kirche erschlagen worden, und der Vater war gestorben, als Pasano gerade bei Saatogo angefangen hatte. Blieb als Einzige die Mutter. Was war mit der? Hasels blätterte zum Anfang der Akte zurück.

35

»Seine Mutter. Wir müssen Pasanos Mutter finden«, sagte Ellen.

Sie stand vor der Wand, die mit Ausdrucken und handgeschriebenen Notizen übersät war. Das meiste waren Hinweise auf Veröffentlichungen, Vorträge und Beiträge in wissenschaftlichen Foren. Pasano war überaus fleißig gewesen und den Kommentaren nach zu urteilen auch äußerst anerkannt. Das wurde durch Auszeichnungen unterstrichen, die Pasano für seine Forschungen erhalten hatte. Mehrere Fotos, die ihn strahlend mit einer Urkunde in der Hand abbildeten, hatte Ellen um das große Foto in der Mitte geheftet. Er hatte dunkles, volles Haar, wie man es von einem Italiener erwartete, und ein freundliches Gesicht mit einem schönen Lächeln. Nachdem er bei Saatogo angefangen hatte, nahmen die Beiträge und damit auch die Zettel ab. Irgendwann gab es gar keine mehr.

Hajo sah von seinem Laptop auf. »Wie kommst du auf seine Mutter?«

Ellen hatte schon oft vor solchen Wänden gestanden. Sie nahm alle Informationen auf, heftete Zettel hin und her, während sie gleichzeitig spürte, wie sich in ihrem Geist die einzelnen Puzzleteile zu einem Ganzen ordneten. So etwas konnte man schlecht erklären, es wuchs durch jahrelange Übung. Sie versuchte es trotzdem.

»Pasano hat eine steile Karriere gemacht, die dann einen heftigen Knick bekommen hat. Warum, wissen wir noch nicht. Er ist nicht aus wissenschaftlichen oder geschäftlichen Gründen unterwegs, denn dann bräuchte Hasels ihn nicht zu suchen. Es muss also um etwas Persönliches gehen. Frage: Was könnte das sein? Seine Frau ist nur noch eine Ex und lebt in den USA. Die fällt damit aus. Freunde können wir auch ausschließen. Pasano ist häufig nach kurzer Zeit umgezogen, und das ziemlich oft. Dabei entstehen keine tiefen Freundschaften. Die könnten höchstens von früher kommen, aus seiner Zeit in seinem Heimatdorf, aber dieses winzige Dorf schien nie etwas zu besitzen, was Pasano angezogen hätte. Er wollte nur weg von dort, zumal Vater und Bruder tot sind.«

»Nur seine Mutter fehlt in diesem Bild«, ergänzte Hajo. »Sie wird nirgendwo erwähnt, auch nicht ihr Tod. Also könnte sie noch leben.«

Ellen nickte. »Solange wir keinen Beweis für das Gegenteil haben, müssen wir davon ausgehen. Pasano ist ein sehr einsamer Mensch. Er sieht auf ein Leben zurück, in dem sich Träume zu erfüllen schienen, die dann einer nach dem anderen geplatzt sind. Ich bin fest davon überzeugt: Pasano will zu seiner Mutter.«

»Man könnte meinen, er will zu seinem Ursprung zurück.« Hajo stand auf, ging zu Ellen und sah zusammen mit ihr auf die Zettelwand. »Gehen wir davon aus, dass du recht hast. Warum ist Hasels dann hinter ihm her? Warum lässt er Pasano nicht seine Mutter besuchen?«

»Pasano hat für Saatogo und Progentus gearbeitet.« Ellen machte mit einem blauen Textmarker ein großes »A« auf die Zettel, die Pasanos Arbeitgeber dokumentierten. »Beide Firmen sind in die Genmanipulationen verwickelt, die das Chaos auf der Welt auslösen. Es muss hier einen Zusammenhang geben – und dieser Zusammenhang heißt Pasano. Er hat die Finger da mit drin. Das ist der dicke schwarze Fleck auf der weißen Weste des Genies.«

»Und jetzt hat er kalte Füße bekommen und ist abgehauen? Das kann nicht alles sein.« Hajo lehnte sich mit dem Rücken an die Zettelwand und sah Ellen herausfordernd an.

Ellen erwiderte den Blick ungerührt. »Oh, das Genie in diesem Raum hat schon weitergedacht und will die kleine Polizistin jetzt prüfen.«

Hajo hob abwehrend die Hände und tat entrüstet. »Was denkst du bloß von mir? Ich höre dir nur gerne zu, wenn du scharf nachdenkst. Ich liebe deine Logik.«

Was Ellen von Hajo dachte, sagte sie ihm lieber nicht. Sie trat dicht vor ihn, sah ihm direkt in die Augen und sagte kühl: »Wenn du meine Logik so liebst, dann sollst du noch ein paar messerscharfe Schlüsse bekommen.« Dabei streckte Ellen ihre Arme aus und stützte sich damit rechts und links von Hajos Kopf an der Wand ab, sodass er ihr nicht ausweichen konnte. Mit ihren Blicken nagelte sie seine Augen fest.

Während sie seinem Gesicht immer näher kam, sprach sie schnell, fast wie ein Maschinengewehr. »Hasels würde Pasano nie jagen, nur weil der wegen kalter Füße abgehauen ist. Hasels Auftraggeber sind keine Mafiosi, die Rache wollen, sondern Konzerne mit Wirtschaftsinteressen. Pasano muss etwas haben, das wichtig für sie ist. Dieses ›Etwas‹ kann nur bedeuten, dass er die Lösung für die Katastrophe da draußen hat. Sie brauchen dringend diese Lösung, und dazu brauchen sie Pasano.«

Das Maschinengewehr machte eine Pause. Ellens Gesicht war nur noch wenige Zentimeter von Hajos Gesicht entfernt. Er konnte ihrem Blick nicht ausweichen. Sie konnte seinen schneller werdenden Atem spüren und mit dem Atem seine wachsende Verunsicherung. »Scharf genug, meine logischen Schlüsse?«

»Uh. Ja. Natürlich. Absolut logisch.« Jetzt hielt Hajo die Luft an.

»Dann ist es ja gut«, sagte Ellen und zog sich wieder zurück.

Hajo begann wieder zu atmen.

Ellen ging zu einer Ablage und nahm eines ihrer abhörsicheren Handys. »Da ich meine Denkfähigkeit anscheinend zu deiner Zufriedenheit bewiesen habe, kannst du jetzt deine Recherchegabe beweisen. Finde heraus, wer Pasanos Mutter ist und wo sie wohnt. Ich gehe in der Zwischenzeit einkaufen.«

»Einkaufen?«

»Ich brauche ein neues Outfit. Wir werden demnächst eine alte Dame besuchen, ich hoffe, heute noch.« Ellen hielt das Handy hoch. »Ruf mich an, wenn du weitergekommen bist.«

Die Perücke mit den schulterlangen schwarzen Haaren behielt Ellen gleich auf, nachdem sie sie bezahlt hatte. Dazu kam noch eine Brille mit schwarzem Gestell. Der Optiker wunderte sich nicht, dass Ellen nur ein Gestell mit Fensterglas direkt zum Mitnehmen wollte. Das war der Vorteil einer Großstadt. Hier liefen so viele Menschen herum, die eigenartige Vorlieben hatten, dass man kaum mit neugierigen Fragen rechnen musste. Hajos Anruf erreichte Ellen in einer Umkleidekabine.

»Ich glaube, ich weiß, wie Pasanos Mutter heißt: Elisabeth Glienicke, vielleicht auch Glienicke-Pasano.«

»Du *glaubst*? Warum weißt du das nicht?«

Ellen meinte, ein Seufzen auf der anderen Seite zu hören. »Du ahnst ja nicht, wie schwierig die Suche war. Pasanos Vater heißt Giuseppe. Weißt du, wie viele Giuseppes es in Italien gibt? Und Giuseppe Pasano ist auch keine exotische Kombination. Das Internet läuft über davon, das *italienische* Internet, und Italienisch kann ich nicht. Wie sollte ich da suchen? Dazu kommt, dass Pasanos Eltern wohl kaum einen Facebook-Account haben.«

»Trotzdem etwas zu finden, unterscheidet eben das Genie von einem Normalsterblichen«, sagte Ellen, während sie sich das Handy mit der hochgezogenen Schulter an ihr Ohr klemmte. »Wie bist du auf den Namen gekommen?«

»Ich habe eine ganze Reihe Annahmen gemacht, um die Suche einzugrenzen. Sie müssen irgendetwas mit Berlin zu gehabt haben. Herausgekommen sind nur Ergebnisse mit unterschiedlichen Wahrscheinlichkeiten, deshalb ...«

»Ist eigentlich egal«, kürzte Ellen die Erklärung ab. »Du wirst die wahrscheinlichste Lösung genommen haben. Da fangen wir an. Ich befürchte, wir haben wenig Zeit.« Ellen schlüpfte mit dem rechten Bein in eine mausgraue Stoffhose. »Wo wohnt diese Elisabeth Glienicke?«

»Das ist das nächste Problem. Ich weiß es nicht.«

Ellen hielt mit Anziehen inne. »Du weißt es nicht? Wir müssen es wissen.«

»Das ist leicht gesagt. Diese Glienicke hat keinen Telefonanschluss, und im Adressverzeichnis steht sie auch nicht. Das waren die einfachen Möglichkeiten. Alles andere ist kompliziert und dauert.«

Ellen machte mit Anziehen weiter. »Was ist kompliziert?«

»Ich könnte mich zum Beispiel ins Einwohnermeldeamt hacken. Da müsste sie eigentlich drinstehen. Aber dafür brauche ich Zeit, weil ich die Zugangsdaten nicht habe. Das Einwohnermeldeamt hat mich nie interessiert, du glaubst nicht, wie langweilig das ist.«

Ellen wollte sich nicht vorstellen, wie langweilig Einwohnermeldedaten waren. Das war jetzt unwichtig. Aber dass Hajo sich dort hineinhacken sollte, gefiel ihr nicht.

»Ich kümmere mich darum«, sagte Ellen und zog die Hose endlich hoch. Sie war ein bisschen zu weit um die Oberschenkel herum und sah todlangweilig aus, aber das war jetzt auch unwichtig. Sie nahm eine passende, wahrscheinlich ebenfalls todlangweilig aussehende Bluse vom Bügel, bezahlte und ging aus dem Kaufhaus. Sie musste telefonieren – ohne dass jemand zufällig mithören konnte.

Ellen ging zum nahe gelegenen Alexanderplatz. Dort herrschte die richtige Mischung aus Hintergrundgeräuschen und Ruhe. Außerdem hatte sie hier gut im Blick, ob jemand in ihrer Nähe war und mithörte. Da sie ständig in Bewegung blieb, war das so gut wie ausgeschlossen. Ihr Handy war von Hajo so eingerichtet, dass der Anruf über mehrere Umleitungen ging und nicht zurückverfolgt werden konnte, falls das überhaupt jemand versuchte.

Ich muss aufpassen, dass ich nicht paranoid werde. Andererseits war es nicht verkehrt, selbst die geringste Wahrscheinlichkeit einer Entdeckung auszuschließen. Nur so war es Hajo gelungen, für den gesamten Polizeiapparat inklusive LKA und BKA unsichtbar zu sein.

»Hallo, Sina, wie geht's?«

»Ellen, du? Ich fasse es nicht. Wo bist du?« Sina schien zu merken, dass das die falsche Frage war. »Sorry, war dumm von mir. Das darfst du natürlich nicht sagen. Die Frage lag mir einfach auf der Zunge, weil dein Aufenthaltsort das große Rätsel hier im LKA ist. Sie suchen dich nach allen Regeln der Kunst und haben trotzdem nicht die geringste Idee. Stefan Daudert ist stinksauer.«

Ellen musste schmunzeln. »Er wollte diesen Job unbedingt haben, jetzt muss er ihn auch aushalten. Er wird uns niemals finden.«

»*Uns?* Du arbeitest also tatsächlich mit *ihm* zusammen, deinem Erpresser?«

Ellen nickte, obwohl Sina das nicht sehen konnte. »Ja. Und seitdem weiß ich, warum wir ihn damals nicht gefasst haben. Er ist absolut kein normaler Verbrecher, deshalb ist er auch mit normalen Mitteln nicht zu kriegen.«

»Und du? Bist du noch normal?«

Ellen lachte leise. Es tat gut, die vertraute Stimme von Sina zu hören.

»Wie man's nimmt. Ich schlafe auf Sprengstoffkisten, kann mich in zwanzig Sekunden unsichtbar machen, und meine Wohnungstür spricht mit mir.«

Schweigen am anderen Ende der Leitung. Dann: »Wenn ich dich nicht so gut kennen würde, würde ich denken, du spinnst.«

»Ich habe noch alle Tassen im Schrank. Es ist wirklich so, wie ich gesagt habe.«

»Das klingt echt abgefahren. – Ihr müsst mich unbedingt mal zum Tee einladen.«

Das war typisch Sina. Sie stand auf alles, was nicht ins normale Schema passte. Sie dachte selbst oft genug unkonventionell, was nicht unwesentlich zu ihren Erfolgen beigetragen hatte.

Ellen wurde wieder ernst. Das Geplauder mit der Freundin und ehemaligen Kollegin war schön, aber dafür war jetzt nicht die richtige Zeit.

»Vor unserem nächsten Tee habe ich noch einiges zu erledigen – und dazu brauche ich deine Hilfe.«

»Ich dachte mir schon, dass so was kommt. Na gut, schieß los. Was kann ich für dich tun?«

Ellen überquerte die Schienen und ging langsam in Richtung Brunnen der Völkerfreundschaft mit seiner Wasserspirale.

»Ich muss wissen, wo eine gewisse Elisabeth Glienicke wohnt, vielleicht heißt sie auch Glienicke-Pasano. Sie war die Frau von Giuseppe Pasano, aber der ist tot. Kannst du eine Abfrage beim EMA machen?«

»Beim Einwohnermeldeamt? Das fällt überhaupt nicht in meinen Bereich, mein Job sind die Leichen und die Spuren. Normalerweise wäre das trotzdem kein Problem, aber zurzeit hat Stefan Daudert ein Auge auf mich geworfen. Er ist extrem misstrauisch.«

»Das kann ich mir vorstellen, aber ich weiß auch, dass du viele Leute kennst, die so eine Abfrage machen können, ohne dass es auffällt.«

Sina seufzte. »Ich kann's ja mal probieren, aber wie soll ich demjenigen erklären, warum ich diese Glienicke suche?«

»Ich kann dir doch nicht jede Herausforderung nehmen«, sagte Ellen. »Übrigens brauche ich die Adresse spätestens in einer halben Stunde.«

Ellen hörte, wie Sina am anderen Ende tief durchatmete. »Ich habe dich schon immer gemocht«, sagte Sina mit einem ironischen Tonfall.

»Du kriegst auch Zucker in den Tee, wenn du uns besuchen kommst.«

»Na dann …«

»In einer halben Stunde melde ich mich wieder«, sagte Ellen und unterbrach die Verbindung. Jetzt musste sie warten. Sie holte sich einen Burger und setzte sich an den Brunnen. Es war heiß. Die gelegentlichen Wasserspritzer, die bis zu ihr flogen, kühlten angenehm.

Zehn Minuten später machte Ellen sich auf den Weg nach Hause. Sie wollte keine Zeit verlieren. Exakt nach dreißig Minuten rief Ellen wieder bei Sina an.

»Meine Güte. Du ahnst gar nicht, was du mir angetan hast«, beschwerte sich Sina. »Das ganze LKA gleicht einem Dampfkochtopf mit Überdruck. Jeder müsste an mindestens drei Stellen gleichzeitig sein, und alles ist immer dringend – und dann komme ich mit einer noch dringenderen Anfrage nach einer alten Frau. Ich habe meine ganzen Gefallen aufbrauchen müssen, die Kommissar Beinhardt mir schuldet.«

»Dann hat dieser Beinhardt doch bestimmt keine Zeit, sich über diese Anfrage einen Kopf zu machen. Er wird sie schnell vergessen.«

Sina stöhnte. »Du bist immer so einfühlsam, da fühlt man sich so richtig verstanden.«

»Du tust es nicht für mich, du tust es für Berlin. Wir sind ganz nah an der Lösung dran.« Ellen überquerte eine viel befahrene Straße, ohne auf das Grün der Fußgängerampel zu warten. Jemand hupte. »Du kannst dich später beschweren, jetzt drängt die Zeit. Was hast du herausgefunden?«

»Sie heißt jetzt nur noch Elisabeth Glienicke und wohnt in

der Treskow-Allee in der Nähe der Trabrennbahn, Seniorenheim Herbstruhe.«

»Ich danke dir. Du hast was gut bei mir.«

»Das lege ich zu dem Berg anderer Sachen, die ich bei dir guthabe.«

36

»Da sitzt sie«, sagte der Pfleger. Er zeigte auf eine Gruppe Frauen, die im Halbkreis im Schatten einer großen Kastanie saßen, alle in Rollstühlen, niemand rührte sich. »Die Dritte von rechts, in der rosa Strickjacke.«

»Danke«, sagte Ellen. »Hat sie öfter Besuch?«

»Ein paarmal war ihr Sohn hier, aber mehr weiß ich nicht.« Der Pfleger machte eine fahrige Bewegung mit der Hand. »Wir haben so wenig Personal, da kann ich mich um die da draußen nicht kümmern. Ihre Tante wird sich sicher über Ihren Besuch freuen, auch wenn sie nicht mehr viel sagen kann.« Er drehte sich um und ging ins Haus, offensichtlich froh, dass »die da draußen« etwas Ablenkung hatten, während er sich um »die da drinnen« kümmerte.

Zusammen mit Hajo ging Ellen auf die Gruppe zu. Die Frauen wirkten in ihren Rollstühlen wie abgestellt. Erst als Ellen und Hajo den Halbkreis betraten, hoben einige den Kopf. Elisabeth Glienicke gehörte nicht dazu, sie sah einfach nur geradeaus. Sie wirkte so dünn und zerbrechlich, als hätte man ihre Haut direkt auf ihre Knochen gespannt.

»Frau Glienicke?«, fragte Ellen.

Nichts.

»Frau Glienicke?«, wiederholte Ellen eindringlicher.

Jetzt sah die Frau Ellen an.

»Können Sie mich verstehen?«

Keine Reaktion.

»Wir möchten mit Ihnen über Ihren Sohn reden.«

Elisabeth Glienicke sah wieder geradeaus, an Ellen vorbei, ins Nichts.

»Sie ist hochgradig dement«, sagte Hajo. »Es hat keinen Zweck. Man kann nicht mit ihr reden, das hat auch der Pfleger gesagt.«

Ellen sah in die Runde der Frauen. »Ich wollte es wenigstens versuchen, irgendwie müssen wir weiterkommen. Ob Pasano schon hier war?«

»Er war hier«, sagte Hajo und deutete auf die Hände von Pasanos Mutter.

Pasanos Mutter hielt etwas in ihrer Hand, etwas Kleines, Längliches. Ein USB-Stick!

Ellens Puls ging schlagartig schneller. Pasano war hier gewesen, und es konnte noch nicht lange her sein. Wie sollte diese alte Frau sonst an einen USB-Stick gekommen sein? Ellen beugte sich über Elisabeth Glienicke, strich ihr sanft über die Wange und nahm ihr dann vorsichtig den Stick aus der Hand. Elisabeth Glienicke machte nicht mal den Versuch, ihn festzuhalten.

Ellen wog den Stick in ihrer Hand. Was mochte da drauf sein?

»Gib ihn mir«, sagte Hajo fordernd und streckte seine Hand aus.

Ellen zögerte.

»Wo ist Ihr Sohn jetzt?«, fragte sie, obwohl sie kaum Hoffnung auf Antwort hatte.

»Das hat doch keinen Zweck«, sagte Hajo. »Gib mir den Stick!« Seine Augen blickten so gierig darauf wie die Augen eines Junkies auf einen dringend benötigten Joint.

Da hob die Frau im Nachbarrollstuhl die Hand. Es war wie in Zeitlupe.

»Sohn«, sagte sie und zeigte auf einen Weg, der um das Haus herum führte.

Ellen schaltete sofort. »Pasano ist da langgegangen. Vielleicht kriegen wir ihn noch.« Sie drückte Hajo den Stick in die Hand und spurtete los. Sie wartete nicht auf Hajo, denn er würde niemals mit ihr mithalten können. Dafür konnte er mehr mit dem Stick anfangen als sie.

Der Weg führte auf eine belebte Straße. Ellen lief ein Stück in die eine Richtung. Hier ging niemand, der so aussah wie Pasano. Sie wechselte die Straßenseite, um einen besseren Überblick zu bekommen. Auch nichts. Es machte keinen Sinn, weiterzulaufen. Pasano konnte genauso gut in die andere Richtung gegangen sein. Beide Richtungen konnte sie allein und zu Fuß nicht abdecken.

Ellen lief zum Taxi zurück, das auf dem Parkplatz des Seniorenheims stand. Sie stutzte. Hajo saß auf dem Beifahrersitz. Das hatte er noch nie getan.

Als Ellen nah genug dran war, um durchs Fenster zu sehen, verstand sie. Hajo hatte seinen Laptop auf dem Schoß und bearbeitete die Tastatur. In der Seite steckte der USB-Stick.

Ellen rannte um das Taxi und setzte sich auf den Fahrersitz. Der Schlüssel steckte.

»Pasano kann noch nicht weit sein«, sagte Ellen, während sie den Motor anließ und aus der Parklücke fuhr. Hajo parkte gewohnheitsmäßig so ein, dass man beim Start nicht zurücksetzen musste, sondern sofort losfahren konnte. Im Ernstfall kann das der entscheidende Zeitfaktor sein, meinte er.

Vielleicht ist er das auch jetzt, dachte Ellen.

Er war es nicht. Sie fuhr etwa einen Kilometer die Straße entlang, ohne jemanden zu sehen, der Pasano auch nur entfernt ähnelte. Sie wendete und fuhr zwei Kilometer in die andere Richtung. Nichts. Damit waren die einfachen Möglichkeiten ausgeschöpft. Wenn Pasano einen Bus oder ein Taxi genommen hatte, war alles vorbei, aber das wollte Ellen nicht denken. Wenn er irgendwo eingekehrt war, wurde es auch schwierig, aber darum konnten sie sich später kümmern. Vielleicht war er nur in eine Seitenstraße abgebogen. Die Chance, ihn dann zu finden, war klein, aber sie existierte. Ellen begann, systematisch die Seitenstraßen abzufahren.

»Du könntest mir helfen«, sagte sie zu Hajo. »Es ist kaum möglich, auf den Verkehr *und* die Fußgänger auf den Bürgersteigen zu achten.«

Hajo reagierte nicht.

Ellen bremste scharf ab. »He! Ich brauche Hilfe.«

Nichts.

Hajos Finger rasten so schnell über die Tastatur, dass Ellen keine einzelnen Bewegungen mehr ausmachen konnte. Sie hätte nie für möglich gehalten, dass ein Mensch so schnell tippen konnte.

Ellen stieß Hajo mit dem Ellenbogen an. »Wenn wir Pasano finden wollen, musst du mitmachen.«

Immer noch keine Reaktion. Es war, als wäre Hajo in eine

andere Welt abgetaucht. Sein Körper saß noch neben Ellen, aber sein Geist war offensichtlich nicht mehr da. Ellen konnte sich auch nicht vorstellen, dass Hajo etwas von dem wahrnahm, was da vor ihm auf dem Monitor passierte. Fenster öffneten und schlossen sich so schnell, dass sie nur einzelne Stichworte lesen konnte, aber nicht einen ganzen Satz. Die Zahlenkolonnen, die über den Bildschirm rasten, waren zum Lesen gänzlich ungeeignet. Das waren bestimmt *nicht* die Informationen, die auf dem Stick waren. Aber was war es dann?

Ellen war nahe daran, den Bildschirm einfach zuzuklappen, um Hajos Aufmerksamkeit zu gewinnen, aber sie verzichtete darauf. Hajo tat sicher nichts Überflüssiges. Hoffentlich.

Ellen fuhr weiter. Sie musste diesen Part eben allein schaffen. Die Zeit drängte. Mit jeder Minute und mit jedem gefahrenen Kilometer wurde ihre ohnehin kleine Chance, Pasano zu finden, noch geringer.

Nach einer halben Stunde gab Ellen auf. Pasano jetzt noch durch Herumfahren zu finden, war reines Glücksspiel. Er konnte wer weiß wo stecken. Ellen hielt vor dem Seniorenheim, ihrem Ausgangspunkt und Zentrum der Suche. Hajo tippte immer noch, aber etwas langsamer.

»Wir haben Pasano verpasst«, sagte Ellen. »So finden wir ihn nicht. Wir brauchen einen neuen Ansatzpunkt.«

Hajo reagierte immer noch nicht. Dieses Mal stieß Ellen ihn richtig heftig an. Das musste wehgetan haben.

»Was ist so wichtig, dass du nicht nach Pasano suchst, wo wir so nah an ihm dran sind?« Ellen wartete zwei Atemzüge lang. »Wenn du nicht antwortest, werfe ich dich aus deinem eigenen Auto.«

Hajo hörte tatsächlich auf. Er sah Ellen an wie in Trance, dann sah er rechts und links aus dem Fenster. »Versuch es in der Kirche da.« Er zeigte auf einen nahe gelegenen Kirchturm.

Ellen starrte Hajo entgeistert an. Was sollte das jetzt? Wusste Hajo etwas, das sie nicht wusste? Sie wollte fragen, aber Hajo war schon wieder mit seinem Rechner verschmolzen. Eine Diskussion zu erzwingen, würde Zeit kosten, und davon war schon zu viel verstrichen.

Ellen fuhr los. Sie hatte keine Ahnung, wie Hajo auf die Kirche kam, aber grundlos war es wahrscheinlich nicht – und selbst eine vage Idee war besser als gar keine Idee. Allerdings, diese Art der Zusammenarbeit war nicht das, was Ellen sich vorstellte. Hier müsste sich einiges ändern – wenn das in Zukunft überhaupt nötig war. Sie näherten sich ihrem Ziel, und dann …

Den Mercedes mit den abgedunkelten Scheiben bemerkte Ellen nicht. Er folgte in zu großem Abstand.

37

Ein freier Parkplatz in Berlin, genau da, wo man ihn brauchte, konnte als kleines Wunder gelten. Fast hätte der Fahrer eines schmutziggrauen Vectra dieses Wunder vereitelt, aber Ellen brachte mehr Schwung mit. Dafür kam das Taxi erst mit einem heftigen Ruck am Bordstein zum Stehen, und rückwärts eingeparkt war es auch nicht.

Ellen war überrascht, dass Hajo seinen Laptop zuklappte und ausstieg. Er wollte offensichtlich auch in die Kirche. Vielleicht wurde er jetzt wieder normal.

Bis zum Portal waren es nur wenige Schritte, Hajo war fast schon da, den Laptop unter seinen Arm geklemmt. Den Stick hatte er wieder entfernt.

»Wie kommst du darauf, dass wir hier suchen sollen?«, fragte Ellen auf dem letzten Meter.

»Auf dem Stick war so eine Art Abschiedsbrief«, sagte Hajo, während er die Tür öffnete. »Da dachte ich mir, wer Abschied nimmt, geht vielleicht noch mal in die Kirche.«

Ellen war wie vom Donner gerührt. »Und das sagst du erst *jetzt*? Nachdem ich eine Ewigkeit vergeblich in der Gegend herumgefahren bin?« Ellen hatte Mühe, leise zu reden. Sie waren schon im Vorraum zum Kirchenschiff, und hier konnte sie nicht mehr so reden, wie sie es am liebsten getan hätte.

»Es ist mir nicht eher eingefallen«, sagte Hajo.

Ellen verkniff sich eine entsprechende Bemerkung. Keine Zeit. »Was heißt ›Abschiedsbrief‹? Dass er sich umbringen will?«

»Klingt ungefähr so«, bestätigte Hajo.

Bloß nicht!, dachte Ellen. Immer waren ihr alle Beweise im letzten Moment abhandengekommen. Sollte jetzt auch noch Pasano …? Sie durften keine Zeit verlieren.

Ellen drückte die Tür zum Kirchenschiff auf und sah hinein. Es war leer – bis auf eine zusammengesunkene Gestalt in der ersten Bank.

War das Pasano? Von hinten konnte Ellen nicht genug erkennen. So schnell, aber auch so leise sie konnte, ging sie durch den Mittelgang nach vorne.

In der Kirche herrschte eine Ruhe, wie man sie sonst in Berlin nicht fand. Die dicken Mauern hielten die Hintergrundgeräusche und den Verkehrslärm draußen, es war fast, als verließe man die Stadt und beträte eine andere Welt. Ellen hatte den Eindruck, dass jeder ihrer Schritte, ja sogar ihr Atem in der ganzen Kirche zu hören wäre, aber die Gestalt rührte sich nicht.

Ellen erreichte die Höhe der vordersten Bank und atmete erleichtert auf. Pasano lebte. Wäre er tot, wäre er in dieser Haltung vornübergefallen. Dass es Pasano war, bezweifelte Ellen nicht mehr. Verglichen mit den Fotos, die sie aus dem Internet heruntergeladen hatte, wirkte dieser Mann alt und ausgebrannt, aber er war eindeutig das hochgelobte Wissenschaftlergenie.

»Romano Pasano?«, fragte Ellen.

Pasano ruckte hoch und sah Ellen erschrocken an. Er sagte nichts.

Ellen setzte sich neben ihn. In Pasanos Augen stand Angst. Ellen war bereit, sofort einzugreifen, falls Pasano sich etwas antun wollte oder wenn er versuchen würde zu fliehen.

»Sie brauchen keine Angst zu haben«, sagte Ellen beruhigend und legte ihre Hand auf Pasanos Oberschenkel. »Wir tun Ihnen nichts.«

Tatsächlich verschwand der ängstliche Ausdruck. Über Pasanos Gesicht huschte die Andeutung eines müden Lächelns.

Das ging zu schnell, fand Ellen. Dass Pasano sich so schnell entspannte, konnte nicht an ihren Worten liegen. Er wirkte eher so, als wäre ihm etwas eingefallen. Egal. Zunächst war wichtig, dass sie ihn gefunden hatten und dass er lebte.

Hajo war jetzt auch angekommen. Er setzte sich mit etwas Abstand auf die andere Seite von Pasano. Den Laptop legte er auf die Bank zwischen sich und den Professor.

Pasano sah kurz zu Hajo hin und dann wieder zu Ellen. »Sie sind nicht von Saatogo?«

Ellen verneinte.

»Oder Progentus?«

Ellen verneinte wieder.

Pasano lehnte sich zurück. »Von wem sind Sie dann?«

»Wir ermitteln in dem Fall der Genmanipulationen«, sagte Ellen.

»Also Polizei?«

»Eine Sondereinheit«, antwortete Ellen. »Wir arbeiten mit der Polizei zusammen.« Wenn man es großzügig auslegte, steckte sogar ein Körnchen Wahrheit in ihrer Antwort. Aber nur ein winziges. Immerhin hatten sie die Adresse von Pasanos Mutter von der Polizei erhalten.

»Und wie kommen Sie auf *mich*?«, wollte Pasano wissen. Es sollte unschuldig wirken, aber Ellen hatte solche vermeintlich unschuldigen Fragen schon zu oft gehört, um darauf hereinzufallen. Bei Pasano schwang ein eigenartiger Unterton mit, so als ob er sich nicht wirklich Sorgen machen würde, dass sie ihm auf die Spur gekommen waren. So, als ob ihn das alles nichts anginge.

»Sie haben für Saatogo gearbeitet *und* für Progentus. Beide sind in die Genmanipulationen verwickelt. Das ist kein Zufall.«

Pasano lächelte müde. »Ja, das klingt schon seltsam. Da arbeitet man für die einen und dann für die Konkurrenz und zwischendurch sogar noch für eine Behörde. In den USA ist das sehr beliebt. Dort nennt man es ›Drehtürprinzip‹. Die Behörden bekommen Experten, die sie sich sonst nicht leisten können, und die Firmen knüpfen ein Netz zur Politik und nehmen Einfluss auf die Genehmigungsverfahren.« Pasano lachte trocken. »Und manchmal schreiben die Firmen die Gesetze sogar selbst. Klug, nicht wahr? Und bei jedem Durchgang durch die Drehtür macht der Mitarbeiter einen Sprung auf der Karriereleiter. Am Ende sind dann alle zufrieden.«

Ellen sah Pasano forschend in die Augen. »So sind Sie nicht. Wir haben uns intensiv mit Ihnen beschäftigt. Sie hatten keinen Karrieresprung nötig, und daran, dass Sie Gesetze zugunsten eines Unternehmens manipulieren wollten, glaube ich auch nicht. Warum haben *Sie* da mitgemacht?«

Pasanos Blick verfinsterte sich. Ein bitterer Zug formte sich um seine Lippen. »Wer nicht freiwillig durch die Drehtür geht, bei dem finden sich Mittel und Wege, ihn dazu zu bringen.«

»Man hat Sie gezwungen? Hätten Sie nicht zur Polizei gehen können?«

»So plump läuft das nicht, das sind Profis. Sie bringen einen dazu, freiwillig zu gehen.«

Langsam passten für Ellen die Puzzleteile zusammen. Hier hatte man jemanden so lange manipuliert, bis er sich für Dinge einspannen ließ, die er eigentlich nicht wollte, die er sogar hasste. Ellen kannte diesen psychologischen Prozess aus ihrer Dienstzeit nur zu gut. Jemand, dem man so zusetzte, machte notgedrungen mit, weil er keine andere Möglichkeit sah. Er versuchte zwar, sich zu wehren, aber dann wurde der Druck erhöht. Dieses Spiel ging so lange weiter, bis derjenige dann ausbrach, bis er um sich trat, wie ein wildes Tier, ohne Rücksicht auf Verluste, und oft, ohne nachzudenken. Am Ende stand dann manchmal ein Mörder, der lange Zeit Opfer gewesen war.

»Man hat Sie unter Druck gesetzt, bis es Ihnen zu viel wurde. Und dann wollten Sie sich an den Unternehmen rächen. Richtig?«

Pasano nickte beifällig. »Sie sind intelligent. Genau so war es.«

»Wie haben Sie das gemacht?«, mischte Hajo sich ein.

Pasano sah erst zu Hajo und dann auf den Laptop. »Ein Mann, der Computer liebt.« Er sah wieder Hajo an. »Ja, Sie könnten es verstehen.« Er nickte langsam bei diesen Worten. »Das Pflanzengenom ist genau wie auch das Menschengenom so ähnlich wie ein riesiges Computerprogramm. Es ist der Bauplan des Lebens mit allen Informationen. In diesen Bauplan habe ich ein winziges Unterprogramm eingeschleust, das die Pflanzen unfruchtbar macht.«

»Terminator-Saatgut«, sagte Ellen.

»Ich sehe, Sie haben sich informiert«, sagte Pasano. »Ja, so nennt man es, wenn man es umgangssprachlich und dramatisch ausdrücken will.«

»Aber wieso wurde es nicht entdeckt?«, fragte Hajo. »Terminator-Sequenzen haben auch schon andere entwickelt. Man kennt so was also. Es muss Sicherheitssysteme geben und Tests, bei denen das aufgefallen wäre.«

Pasano sah zu den bunten Kirchenfenstern hoch. »Das ist eben der Unterschied zwischen einem guten und einem sehr guten Wissenschaftler.«

»Wie würde es denn ein *exzellenter* Wissenschaftler machen?«, fragte Ellen. Sie hatte Hoffnung, einen Hinweis zu erhalten, wie man den Schaden vielleicht wieder rückgängig machen könnte.

»Ein exzellenter Wissenschaftler ... ja, so hat man mich mal genannt. Das ist lange her. Ein exzellenter Wissenschaftler denkt weiter als alle anderen. Wussten Sie, dass viele Wissenschaftler nur wenige Prozent des Genoms für wertvoll halten? Alles andere soll Junk-DNA sein, also Müll. Wenn die wüssten. Diese Junk-DNA ist ein riesiges Reservoir an Informationen. Hier können Sie alles finden und alles verstecken. Vieles wird nur zu bestimmten Zeiten oder unter bestimmten Umständen aktiviert. Sie können biologische Zeitschalter an Ihrem eigenen Körper beobachten.«

Pasano sah auf Ellens Brust. »Als junges Mädchen hatten Sie noch keine Brust.« Er zeigte auf Hajos Kinn. »Und Sie noch keinen Bartwuchs. Alle diese Informationen waren komplett vorhanden, aber sie waren nicht aktiv – bis die Zeit reif war.«

»So haben Sie die Tests überwunden«, vermutete Hajo. »Sie haben das Schadprogramm einfach irgendwo geparkt, bis die kritische Zeit vorbei war.«

»Das war nicht ganz einfach«, erzählte Pasano weiter. »Ich musste schließlich den Mastercode manipulieren. Sonst wäre der Effekt zu klein gewesen. Der Mastercode ist quasi die Kopiervorlage für das meiste, was Saatogo und Progentus machen. Es sind zwar unterschiedliche Firmen, aber die Mechanismen sind gleich. Jetzt haben beide in ihrem heiligsten Informationsschatz ein Andenken an mich.«

»Sie werden es finden und löschen«, sagte Ellen.

Pasano lachte heiser. »Diese Halbgebildeten? Die können suchen, bis sie schimmelig sind. Stellen Sie sich das Bild eines Dschungels vor, so groß wie diese Kirche. Mein Programm ist kleiner als ein Fliegendreck auf diesem Bild.« Pasano deutete auf Hajos Laptop. »Und Sie können beim DNA-Code kein Anti-Viren-Programm drüberlaufen lassen wie bei Ihrem Rechner. Sie müssen schon selbst suchen, Zeile für Zeile. Bis die den Fehler gefunden haben, sind Saatogo und Progentus ruiniert.«

»Nicht nur diese beiden Firmen«, sagte Ellen. »Unzählige unschuldige Menschen auch. Sie haben eine riesige Katastrophe heraufbeschworen.«

»Welche unzählige Menschen?«, fragte Pasano.

»Die Bauern, auf deren Feldern nichts wächst, die Menschen, die sich die horrenden Lebensmittelpreise nicht mehr leisten können oder die unter dem Aufruhr leiden, der in Berlin herrscht und anderswo auch.«

»Welcher Aufruhr? Wovon sprechen Sie?«

Ellen sah Pasano ungläubig an. Wusste der wirklich nichts, oder tat er für einen intelligenten Wissenschaftler sehr naiv? Er wirkte nicht wie ein abgebrühter Schauspieler.

»Haben Sie nichts von all dem mitbekommen, dem Chaos in Berlin, den gewalttätigen Protesten, den Ausschreitungen? Die Nachrichten sind voll davon, und Sie wohnen doch selbst in dieser Stadt.«

»Ich wohne in der Siedlung Lohmühle. Wir haben keinen Strom für Fernsehen und so was, und unterwegs war ich in den letzten Wochen auch nicht. Ich habe keine Lust mehr auf Menschen, müssen Sie wissen.« Pasano straffte sich. »Und jetzt wäre ich froh, wenn Sie mich alleine lassen würden. Ich bin hierhergekommen, um Ruhe zu finden.«

Pasano schloss demonstrativ die Augen und legte die Hände wie zur Meditation in den Schoß.

»Nein!«, sagte Ellen scharf. Es hallte durch die ganze Kirche und kam mehrfach reflektiert wieder zurück. »Wegen dem, was Sie getan haben, bringen sich Menschen um. Autos, Geschäfte und Häuser werden zerstört. Eltern haben Angst um ihre Kinder. So einfach können Sie sich nicht aus der Verantwortung stehlen.«

Ellen meinte, ein Geräusch aus dem hinteren Bereich der Kirche zu hören. Sie drehte sich um, konnte aber nichts feststellen. Dort war das Licht dämmrig, und um Genaueres zu sehen, hätte sie hingehen müssen. Dafür war jetzt keine Zeit.

Pasano öffnete die Augen wieder. Ganz langsam drehte er

seinen Kopf zu Ellen. »Sie wollen mich einschüchtern. Deshalb sagen Sie das so.«

Ellen sah ihm geradewegs in die Augen. »Es ist schlimmer, als ich beschrieben habe. Viel schlimmer.«

Pasano blickte fragend zu Hajo. Hajo nickte stumm.

Pasano sah zu dem Kirchenfenster, aber es war, als gingen seine Blicke durch die bunten Scheiben hindurch. In seinem Gesicht ging eine Veränderung vor. Bis jetzt hatte eine Mischung aus Gleichgültigkeit und Ärger über die Störung dominiert. Jetzt wechselte sein Ausdruck zu Bestürzung.

Ellen ahnte, was in Pasano vorging. »Sie wollten nur den Firmen schaden, die Sie ausgenutzt und manipuliert haben. Dabei waren Sie blind dafür, dass es auch viele unschuldige Menschen trifft. Sie sind schuld an dem ganzen Leid, das da draußen geschieht.«

Das war hart, aber Pasano musste endlich aufwachen.

»Ich habe das nicht gewollt.« Ellen konnte seine Worte kaum verstehen, so leise waren sie. »Ich kann Ihnen nicht mehr helfen. Dazu ist es zu spät. Meine Mutter kann es, sie hat …«

»Schluss jetzt!«, donnerte eine Stimme durch die Kirche.

38

Hasels fluchte über den Berliner Verkehr. Man kam nicht wirklich voran, und Parkplätze gab es auch keine. Nur diese Ellen Faber hatte einen gefunden. Dann waren sie in die Kirche gegangen.

Bestimmt nicht zum Beten, dachte Hasels grimmig. Wahrscheinlich vermutete die Faber Romano Pasano darin, den durchgeknallten Professor, der seinem Auftraggeber diesen ganzen Scheiß eingebrockt hatte. *Und der mich gleichzeitig so ganz nebenbei zu einem reichen Mann macht.*

Eigentlich sollte Hasels Pasano dankbar sein, aber diese Regung kannte er nicht. Er war hier, um einen Auftrag zu erledigen oder besser gesagt zwei. Auftrag eins lautete: Finde Pasano und kriege heraus, wie man die Genmanipulation unschädlich machen kann. Auftrag zwei war: Verhindere unter allen Umständen, dass Informationen an die Öffentlichkeit kommen. Eine Genmanipulation mit Terminator-Saatgut irgendwo in Bolivien hätte man mit einem Bündel Dollarscheinen aus der Welt schaffen können. In Deutschland sah das anders aus. Hier war man bei allem, was mit Genen zu tun hatte, übersensibel. Pasano hatte sich sein Ziel nicht unintelligent ausgesucht. Wurde die Sache in Deutschland ans Tageslicht gezerrt, würde der Krach bis nach Brüssel gehen. Die EU konnte dann den Firmen die Hölle so heißmachen, dass die das sehr lange nicht mehr vergessen würden. Das musste um jeden Preis verhindert werden.

Hasels war zufrieden mit sich. Er stand kurz davor, beide Aufträge mit einem Schlag zu erledigen. Das bedeutete eine ansehnliche Prämie für ihn, aber viel interessanter war, was er aus diesem und dem bisher gewonnenen Geld machen konnte. Er würde sein Vermögen nochmals verdreifachen. Mindestens. Bis zum Zehnfachen war drin, wenn alles richtig lief. Er war schließlich der Erste, der wusste, dass die Preise demnächst wieder fallen würden. Der Erfolg lag nur noch um die Dicke der Kirchenmauern von ihm entfernt.

Die Faber war schneller gewesen als er. Wie sie den Aufenthaltsort von Pasanos Mutter herausgefunden hatte, war ihm ein Rätsel, aber im Prinzip war es auch egal. Jetzt war er sogar dankbar, dass Rux mit seiner Anfrage nicht schneller gewesen war. Er hatte die Faber beobachtet, wie sie mit Pasanos Mutter gesprochen hatte, oder besser, wie sie versucht hatte, mit ihr zu sprechen. Dabei hatte die Faber den USB-Stick entdeckt, und er hätte schon fast zugegriffen, um den Stick zu bekommen. Das nicht zu tun, war genau richtig gewesen. Durch den Peilsender, den Boris in der Zwischenzeit an dem Taxi der Faber installiert hatte, hatte sie ihn zu Pasano geführt, ohne dass er sich selbst hätte abmühen müssen. Jetzt musste er dieses Pärchen und den Professor nur noch dingfest machen.

Hasels schickte Alexej und Kowalski weg, um die beiden Wagen zu parken. Sie durften kein Aufsehen erregen. Er selbst sicherte mit Boris und Portulic unauffällig die Kirche. Sie standen in ununterbrochenem Funkkontakt. Noch mal würde ihm die Faber nicht entwischen. Heute halfen ihr auch keine Verkleidungstricks mehr.

Hasels schickte Boris und Portulic um die Kirche herum. Jeder postierte sich an einem Nebeneingang.

»Ihr lasst niemanden aus der Kirche hinaus«, flüsterte Hasels in sein Funkgerät. »Und wenn er aussehen sollte wie der heilige Petrus persönlich. Ist das klar?«

Zweimal klang ein deutliches »Klar« in seinem Ohrhörer. »Und wenn ihr das geringste Geräusch macht, lasse ich euch die Straße fegen, von hier nach Moskau. Klar?«

Wieder zweimal »Klar«. Dieses Mal leiser.

Zugreifen wollte Hasels noch nicht. Erst sollten Alexej und Kowalski da sein. Er wollte auf Nummer sicher gehen, denn diese Faber und ihren Partner würde er nicht noch mal unterschätzen.

Hasels schlich in den Vorraum, um zu sehen und zu hören, was in der Kirche abging. Glücklicherweise war die Akustik in der Kirche hervorragend.

Endlich trafen Alexej und Kowalski ein. Hasels gab Kowalski ein Zeichen, dass er den Haupteingang zur Kirche bewachen sollte. Alexej sollte ihm, Hasels, in die Kirche hinein folgen.

Hasels ging langsam und unhörbar durch den Mittelgang. Alexej wartete am hinteren Ende. Hasels wollte so nah wie möglich an die Faber und die beiden Männer heran, damit der Überraschungseffekt umso größer war.

Er lächelte in sich hinein. Die drei ahnten nichts, vor allem die Expolizistin nicht. Sie war zu sehr damit beschäftigt, Informationen aus dem Professor herauszulocken und die Zusammenhänge zu verstehen.

Jetzt war es genug, fand Hasels. Die Faber musste nicht alles wissen. Im Gegenteil, er musste alles wissen – und das würde er schon aus dem Professor herauskriegen.

»Schluss jetzt!«

Die Faber sprang auf und fuhr herum. Die Überraschung dauerte nur den Bruchteil einer Sekunde. Den restlichen Teil der Sekunde checkte sie die Lage.

Hasels' Worte waren das Stichwort, auf das hin sich Alexej ebenfalls auf den Weg nach vorne machte. Kowalski und Portulic kamen durch die Seiteneingänge herein. Alle hielten Pistolen in den Händen, die sie auf die kleine Gruppe in der vorderen Kirchenbank richteten. Hasels zielte direkt auf Ellen Faber.

Sie hat keine Angst. Hasels kannte fast niemanden, der nicht Spuren von Angst zeigte, wenn man eine Pistole direkt auf ihn richtete. Ein Anflug von Bewunderung stieg in ihm auf, was ihn gleichzeitig dazu veranlasste, seine Pistole fester zu fassen. Er durfte die Faber nicht eine Zehntelsekunde aus den Augen lassen. Was Hasels fast noch mehr wunderte, war, dass ihr Partner ebenfalls keine Angst hatte. Allein an der Art, wie er aufstand, erkannte Hasels, dass er hier keinen ausgebildeten Kämpfer vor sich hatte. Trotz seiner Größe wirkte der Mann schwach, eigentlich wie ein typischer Schlappschwanz, der Sport bestenfalls aus dem Fernseher kannte. Trotzdem zeigte er keine Angst. Das war mehr als seltsam. Jetzt lächelte er sogar. Und das im Angesicht von fünf Pistolen.

Er lächelt wie ein Sieger. Hasels spürte einen Anflug von Verunsicherung. Was sollte das hier? Es lief nicht so, wie er es kannte und wie er es auch jetzt erwartet hatte. Hasels' Instinkte schlugen Alarm. Was stimmte hier nicht?

War Polizei im Anmarsch? Hasels flüsterte etwas in sein Mikro. Wenig später kam Entwarnung von Kowalski. In der Umgebung der Kirche war alles ruhig.

Ohne die Faber aus den Augen zu lassen, ging Hasels ganz nach vorne und stieg die zwei Stufen zum Altartisch hoch. Jetzt sah er von oben auf die Faber und die beiden Männer herab und hatte zur Not freie Schussbahn. Hier machte niemand einen Schritt, ohne dass er es zuließ.

»Pasano, gehen Sie jetzt durch den Gang nach hinten in Richtung Ausgang. Ganz langsam. Und ich will Ihre Hände sehen.«

Der Professor rührte sich nicht. Er sah über Hasels hinweg auf das große Kruzifix.

»Pasano!«, herrschte Hasels ihn an. »Tun Sie, was ich sage.«

Nichts.

»Hol ihn ab«, sagte Hasels zu Alexej.

Ellen Fabers Muskeln spannten sich.

»Schön ruhig bleiben«, sagte Hasels und zielte zwischen Ellens Augen. »Sie haben Ihren Spaß mit dem Professor gehabt. Jetzt bin ich dran. Übrigens vielen Dank, dass Sie uns hierhergelotst haben. Sie haben uns eine Menge Arbeit abgenommen.«

Die Faber sah ihn angriffslustig an. Sie war beileibe nicht eingeschüchtert. Ihr Partner stand gelassen neben ihr, als wäre das alles nur ein Spiel.

Plötzlich machte Pasano ein würgendes Geräusch. Er riss seine Augen auf und fasste sich an den Hals. Dann sackte er auf der Stelle zusammen.

Die Faber wirkte auch überrascht. Ungeachtet der auf sie gerichteten Pistole bückte sie sich und drehte den Professor auf die Seite. Selbst ein Laie hätte sehen können, dass der Mann tot war. Seine Augen standen starr, aus dem Mund floss weißlicher Schaum.

»Weg da!«, brüllte Hasels. Dann winkte er Boris heran.

»Er ist tot«, sagte die Faber scharf. »Das sehen Sie doch.«

»Boris, sieh nach dem Professor!«

Boris ging in die Hocke und tastete nach der Halsschlagader. Wenig später schüttelte er den Kopf.

»Was haben Sie mit ihm gemacht?«, fragte Hasels.

»Das haben Sie selbst gesehen. Nichts.« Die Faber straffte sich und sah in die Runde.

»Keine falsche Bewegung«, warnte Hasels.

In Sekundenschnelle bewertete er die neue Situation. Pasano war verloren, warum auch immer. Die Polizei würde es herausfinden, aber darauf wollte Hasels nicht warten, und nutzen würde es ihm sowieso nicht. Aus dem würde niemand mehr Informationen herausholen. Das gefiel seinen Auftraggebern mit Sicherheit nicht. Dann blieb nur der USB-Stick und die Hoffnung, dass darauf Wesentliches gespeichert war.

»Geben Sie mir den Stick!«, forderte Hasels und hielt seine freie Hand dem Mann mit dem Laptop hin, während er mit der Pistole in der anderen Hand die Faber bedrohte. An winzigen Anzeichen erkannte er, dass sie sich auf einen Angriff vorbereitete. Und das bei dieser Überzahl.

»Machen Sie keinen Fehler«, warnte Hasels.

»Das Gleiche rate ich Ihnen«, entgegnete sie.

Der Mann mit dem Laptop drehte sich zu der Faber hin. »Willst du sie fertigmachen oder soll ich?«

Dabei lächelte er wieder selbstsicher, was Hasels mehr irritierte, als er sich eingestehen wollte. So reagierten Zivilisten nicht.

Boris ging zwei Schritte zurück und richtete seine Pistole direkt auf den Mann – was den überhaupt nicht zu interessieren schien.

»Lass mich mal«, sagte der Mann zu der Faber. »Du hast deinen Spaß schon öfter gehabt, jetzt bin ich an der Reihe.«

Die Faber schien auch überrascht. Sie hatte wohl nicht damit gerechnet, was ihr Partner sagte, und wusste wohl auch nicht, was er vorhatte. Ein seltsames Pärchen.

»Halten Sie sich da raus!«, sagte Hasels im Befehlston. »Geben Sie mir den Stick. Dann können Sie verschwinden, bevor ich es mir anders überlege.«

Der Mann schüttelte den Kopf. »Ich verlasse nie das Spielfeld, bevor das letzte Level gespielt ist.«

Spiel? Der Mann hatte nicht alle Tassen im Schrank. Das war die einzig logische Erklärung für sein Verhalten und die fehlende

Angst. »Das ist kein Spiel. Ich brauche nur ein Wort zu sagen, und Boris bläst Ihnen Ihr Gehirn aus dem Schädel.«

»Ich habe schon beeindruckendere Endgegner gehabt«, sagte der Mann wie nebenbei und nahm seinen Laptop in die Hand.

»Den Stick! Sofort!«

»Ach so, natürlich.« Der Mann griff in die Tasche, was bei Hasels blitzartige Anspannung bewirkte, obwohl er sich sicher war, dass dieser Mann keine Waffe trug. Außerdem passte Boris auf.

Tatsächlich zog der Mann nur den Stick aus der Tasche. Ohne in der Bewegung innezuhalten, warf er den Stick zu Hasels.

Hasels dachte nicht eine Sekunde daran, den Stick zu fangen, egal wie wertvoll der sein mochte. Er würde sich durch solch eine Aktion niemals ablenken lassen. Auf diese Tricks fielen nur Anfänger herein. Seltsamerweise reagierte die Faber überhaupt nicht. Sie zeigte nicht den geringsten Ansatz, ein mögliches Nachlassen seiner Aufmerksamkeit auszunutzen. Sie schien selbst überrascht zu sein, wie schnell ihr Partner den wertvollen Stick herausrückte. Das war kein abgekarteter Trick von den beiden.

Hasels' Instinkte schlugen wieder Alarm. War der Stick nicht wirklich wertvoll? Enthielt er nur belanglose Informationen? Das wäre eine Katastrophe. Oder wusste dieser Kerl schon alles und hatte den Stick kopiert?

»Den Laptop«, sagte Hasels und machte eine fordernde Handbewegung. »Legen Sie ihn auf den Altartisch.«

»Wundervoll«, sagte der Mann. »Ein wahrhaft würdevoller Ort für Ihren Untergang.«

Er stieg die zwei Stufen hinauf und wirkte gar nicht ent täuscht, dass er jetzt auch noch seinen Laptop abgeben sollte. Er betrachtete das Ganze wohl tatsächlich als Spiel.

Der hat wirklich nicht alle Tassen im Schrank. Oder war das zu einfach gedacht? Ein Verrückter passte nicht zu dem Bild, dass dieser Typ zusammen mit der Expolizistin abgab. Oder hatte er sich in dieser Bewertung getäuscht?

Hasels ging zwei Schritte zurück, um die Faber *und* den Kerl im Blick zu haben, wobei er dem Mann nicht zutraute, ihn mit einer schnellen Aktion zu überraschen.

»Dann beginnen wir mit dem Showdown«, sagte der Typ und klappte den Laptop auf.

Hasels sah in den Augenwinkeln, wie sich einige Fenster auf dem Monitor öffneten, aber Genaues konnte er nicht erkennen. Dafür stand er zu weit entfernt und wollte vor allem die Faber nicht aus dem Blick lassen. Sie wirkte aber nicht mehr so explosiv wie vorhin und schien auch abzuwarten, worauf ihr Partner hinauswollte.

»Kommen Sie, Hasels«, sagte der Mann. Er ging gelassen um den Altartisch herum. Die auf ihn gerichteten Pistolen schien er überhaupt nicht zu registrieren. »Das werden Sie sehr spannend finden, Hasels«, sagte er in lockerem Plauderton. »Jeder Mensch interessiert sich für seinen eigenen Untergang. Da sind Sie bestimmt keine Ausnahme.«

Die Worte und das Auftreten dieses Kerls behagten Hasels überhaupt nicht. Beides strahlte eine Selbstsicherheit aus, die fast schon schmerzte. Für gewöhnlich war das seine eigene Haltung, mit der er andere einschüchterte.

Hasels bemühte sich, äußerlich unbeeindruckt zu erscheinen, während er versuchte, in Gedanken eine Erklärung zu finden. Er hatte die beiden als höchst gefährlich eingestuft, und dabei hatte er sich noch nie geirrt. Der Mann, der jetzt hinter dem Altartisch stand, mochte verrückt sein, aber harmlos war er nicht.

»Kommen Sie«, forderte der Mann erneut. »Loggen Sie sich in Ihr Wertpapierdepot ein. Oder ist Ihnen wirklich egal, dass Sie mit jedem Atemzug um Tausende Dollars ärmer werden? Oder sind es sogar Millionen?«

Boris und die anderen Männer sahen ihn fragend an. So konnte es nicht weitergehen. Er musste handeln. Etwas in der Stimme und dem Auftreten des Mannes warnte Hasels, ihn einfach zu ignorieren. Hasels beschlich das Gefühl, dass dieser Kerl nicht bluffte.

»Boris, du kümmerst dich um die Frau. Wenn sie nur zuckt, schieß ihr ins Knie. Ich kümmere mich um unser Großmaul.«

Schon auf halbem Weg erkannte Hasels die Log-in-Seite seines Hedgefonds. Es waren nur die leeren Felder für Kundenname und Passwort zu sehen. Trotzdem signalisierten sie Hasels, dass der Typ mehr über ihn wusste, als ihm lieb war.

»Runter zu Ihrer Freundin!«, befahl Hasels.

Während der Mann um die Seite des Altartischs herumging und die Stufen hinabstieg, ging Hasels hinter den Tisch und drehte den Laptop so, dass er über den Monitor auf die Leute unten in der Kirche sehen konnte. Hasels nahm die Pistole in die linke Hand und tippte mit der rechten seinen Namen und das Passwort.

Ellen versuchte, die Situation einzuordnen. Hasels hatte sie ausfindig gemacht. Das war schlecht. Dann hatte er sie mit einer Übermacht an bewaffneten Leuten gestellt. Das war noch viel schlechter. Zu allem Unglück hatte er sie gestört, bevor sie Pasano die wesentlichen Informationen entlockt hatte. Und dann war der plötzlich gestorben. An einen Unfall glaubte Ellen nicht, eher, dass er sich selbst umgebracht hatte, vielleicht durch eine Giftkapsel. Das konnte später eine Obduktion erweisen, aber für jetzt spielte es keine Rolle. Ihre letzten Hoffnungen ruhten auf dem USB-Stick, den der Professor seiner Mutter gegeben hatte, anscheinend als letztes Vermächtnis.

Hasels wusste davon, also hatte er sie schon länger beobachtet. Dass Hajo den Stick ohne zu zögern herausgab, wunderte Ellen nicht. Erstens hätte er ohnehin keine andere Wahl gehabt, und zweitens hatte er ihn lange genug in den Fingern, um ihn zu kopieren. So, wie Ellen Hajo kannte, hatte er die Daten längst irgendwo im Internet deponiert. So weit war alles klar. Aber dann begann Hajo dieses seltsame Spiel mit Hasels. Hajo hatte ohne Zweifel einen Plan. Nur – warum wusste sie nichts davon? Er hatte irgendwas vorbereitet, und sie hatte nicht die geringste Ahnung, was.

Ellen warf Hajo einen Blick zu, der unmissverständlich bedeutete: Warte ab, bis wir wieder allein sind!

Hajo lächelte nur.

Er wirkte überhaupt äußerst selbstsicher. Hasels hingegen hatte bereits einiges von seiner Selbstsicherheit verloren. Ob er ahnte, dass er nur verlieren konnte, wenn Hajo einen Plan hatte?

Ellen konnte nur die Tastenanschläge hören, wenn Hasels etwas tippte. Wahrscheinlich gab er seine Zugangsdaten ein. Dann gab es eine kurze Pause. Ellen hatte noch nie jemanden so schnell bleich werden sehen.

Erst rührte Hasels sich nicht. Dann legte er seine Pistole weg. Jetzt tippte er mit beiden Händen. Immer hektischer. Er schien die Situation in der Kirche vollkommen vergessen zu haben. Boris und die anderen sahen ratlos zu ihm hin.

Ellen wollte zu Hasels gehen, um zu sehen, was los war, aber als sie sich bewegte, besann Boris sich auf seinen Auftrag und ruckte mit der Pistole. Ellen blieb stehen. Sie hätte Boris wahrscheinlich überwältigen können, aber so, wie es im Moment aussah, war das Risiko eines Kampfs unnötig. Hasels, der Kopf der ganzen Aktion, wirkte wie weggetreten. Er interessierte sich nur noch für Hajos Laptop.

Plötzlich sprang Hasels auf. »Sie wollen mich verarschen«, brüllte er wütend. »So schnell kann das gar nicht gehen.« Er griff wieder zu seiner Pistole und richtete sie auf Hajo.

Der lächelte ungerührt. »Wirklich nicht? Haben Sie schon mal eine Blase langsam platzen sehen? Jetzt hat es ›Bumm‹ gemacht, und Ihr Heißluftballon stürzt ab.«

»Dazu braucht es Informationen, und die haben Sie nicht.« Hasels trat neben den Altartisch, um freie Bahn zwischen sich und Hajo zu haben.

Hajo schüttelte den Kopf. »Glauben Sie wirklich, ich lasse zu, dass Sie wichtige Informationen vernichten? Für wie dumm halten Sie mich eigentlich?« Hajo wartete einen Moment, in dem er Hasels grübeln ließ. Er selbst ging zum Altartisch und setzte sich darauf. Er wirkte vollkommen entspannt.

Ellen spürte Wut in sich aufsteigen. Hajo hatte die Beweise gesichert. Das sah sie ihm an. Aber er hatte ihr nichts davon gesagt. Er hatte auch mit ihr gespielt. Die Quittung dafür würde er noch bekommen, jetzt war anderes wichtig. Hajo hatte die Beweise. Das änderte alles. Sie fragte sich, wie er das gemacht hatte.

Hasels fragte sich offensichtlich das Gleiche. Er sah unschlüssig aus.

»Kennen Sie sich mit Kopierern aus?«, fragte Hajo. Er schaukelte mit den Beinen und schien die Situation in vollen Zügen zu genießen.

Jetzt verstand Hasels. »Der Kopierer«, sagte er tonlos. »Deshalb musste Veritatis vorher Kopien machen.«

»Volltreffer«, sagte Hajo. »Ein moderner Kopierer speichert die Dokumente in seinem Arbeitsspeicher, um sie bei Bedarf mehrfach ausdrucken zu können. Und diesen Speicher kann man auslesen. Zu dumm, da investiert man Unsummen, um alle Computer und Server im Unternehmen zu schützen, aber wer schützt schon seinen Kopierer? Haben Sie wirklich gedacht, ich lasse mir wichtige Informationen per Post schicken?« Hajo lachte. »Das war nur ein kleines Manöver, um Sie und Ihren geschätzten Kollegen Boris ein bisschen zu beschäftigen.«

Ellen sah Boris an, dass der auch langsam begriff, dass man seinen Boss hereingelegt hatte. Und dass er selbst vollkommen sinnlos am anderen Ende der Stadt einen nutzlosen Briefkasten bewacht hatte. Boris sah etwas verkrampft aus.

Hasels sah wieder auf den Monitor des Laptops. Die Pistole schien so schwer zu werden, dass sie seinen Arm nach unten zog. Hasels stand bleich und leblos da, wie eine der Heiligenfiguren an den Wänden der Kirche. Nur der angedeutete Heiligenschein fehlte.

Hajo rutschte vom Altartisch herunter und klatschte in die Hände. »So, Leute, das war's. Die Show ist zu Ende. Es dürfte jeder verstanden haben, dass euer Boss den Auftrag versaut hat. Seine Auftraggeber werden ihn gar nicht mehr mögen – und euch wahrscheinlich auch nicht. Von denen kommt bestimmt kein Geld. Und euer Boss selbst ist so pleite, dass die Banken ihm die gebrauchte Unterhose wegpfänden würden, wenn sie könnten.«

Die letzten Pistolen sanken herunter.

»Wir gehen jetzt«, sagte Ellen. »Wenn Sie Scherereien lieben, können Sie gerne noch bleiben.« Dabei blickte sie demonstrativ zu der Leiche von Pasano.

Alexej brauchte am längsten, bis er seine Pistole wegsteckte.

39

Der Schritt aus der Kirche war wie die Reise in eine andere Klimazone. Drinnen war es angenehm kühl, draußen schwüle Hitze.

Ellen sah sich aufmerksam um, wie immer in der letzten Zeit. Keine Polizei in Sicht, aber das konnte sich schnell ändern.

»Klasse, was?«, sagte Hajo.

»Was fandest du klasse?«, fragte Ellen zurück.

»Na, wie ich den Endgegner fertiggemacht habe.«

»Du meinst Hasels?« Das Wort »Endgegner« kam in Ellens Sprachschatz eigentlich nicht vor, ganz anders bei Hajo, dem Computerspiel-Freak.

»Wen denn sonst? Hast du gesehen, wie fertig der aussah? Er sitzt herum wie eine Wachsfigur.«

»Hattest du keine Angst?«

Hajo winkte ab. »Ich habe schon so viele Kampfszenen gespielt. Diese vier Gorillas mit ihren Pistolen waren doch nur Statisten, die die Kulisse aufgehübscht haben. Solange du den Endgegner in Schach hältst, haben die keinen eigenen Willen. Und für den Endgegner hatte ich einen Plan. Wieso sollte ich da Angst haben?«

Ellen glaubte, Hajo inzwischen ganz gut zu kennen. Trotzdem war sie erstaunt, wie sehr sich bei ihm Spiel und Realität vermischten. Besonders erstaunlich fand sie, dass das Spiel ihn dazu brachte, in der Realität als Sieger vom Platz zu gehen. Das war die eine Seite der Medaille. Die andere Seite war: Hajo hatte einen Plan gehabt – und sie hatte nichts davon gewusst. Es gab entschieden zu viel, was sie nicht wusste.

»Du hast mir einiges zu erklären«, sagte Ellen.

»Wir müssen verschwinden«, sagte Hajo. »Jeden Moment kann die Polizei hier auftauchen, und das wäre gar nicht gut.«

Ellen wusste, dass Hajo recht hatte. Polizei konnten sie nicht gebrauchen, besonders, wo nur eine Mauerdicke entfernt eine Leiche lag, mit jeder Menge Fingerabdrücke von ihnen drum herum.

»Also verschwinden wir«, sagte Ellen, während sie ins Taxi einstieg, dieses Mal wieder auf der Beifahrerseite. »Aber du kommst mir nicht davon. Du wirst mir alles erklären, bis ins Kleinste. Und wenn du das nicht tust, wirst du einen Endgegner erleben, der dich das Fürchten lehrt.«

Hajo sah Ellen an – und lächelte. »Zuerst müssen wir das Taxi entsorgen.«

Das hatte selbstverständlich höchste Priorität, schließlich fuhren sie mit einem Peilsender herum, den Hasels ihnen verpasst hatte. Im Moment interessierte sich niemand dafür, aber das musste nicht lange so bleiben. Und wer wusste schon, was Hasels ihnen noch alles untergejubelt hatte. Damit war das Taxi unbrauchbar geworden. Schade, fand Ellen. Sie hatte sich daran gewöhnt, und nützlich war es wirklich.

»Wir können handeln *und* reden. Das ist für mich gar kein Problem«, sagte sie.

Hajo startete den Motor und fuhr los.

»Du hast die Beweise also beim Kopieren abgegriffen«, sagte Ellen.

»Cool, nicht wahr? Wer denkt schon an so was – außer mir natürlich. Dabei ist es so simpel.«

Wie simpel oder genial das war, interessierte Ellen zurzeit wenig. »Du hast die Beweise sichern können und mir nichts gesagt. Von einem Partner erwarte ich, dass er mich informiert.«

»Das wäre das Normale«, stimmte Hajo zu. »Aber was ist bei uns schon normal?«

Hajo lenkte das Taxi auf einen unbelebten Parkplatz in der Nähe der Trabrennbahn. »Pirat, Freak oder Hippie?«

»Pirat«, entschied Ellen. Das bedeutete Totenkopf und Knochen, was am ehesten ihrer Stimmung entsprach. Sie fischte den entsprechenden Foliensatz von der Rückbank.

Hajo stoppte, beide stiegen aus. Mit wenigen Handgriffen entfernten sie das Taxischild, die übergroßen Telefonnummern und alle sonstigen Hinweise auf ein Taxi. Nach dreißig Sekunden stand der Mercedes »nackt« da. Das Ganze geschah mit einer eingeübten Choreografie, die ganz und gar nicht der Spannung zwischen den beiden entsprach.

Nach weiteren dreißig Sekunden zierte ein mächtiger Totenkopf die Motorhaube und jeweils ein riesiger Knochen die Seite. Es war ähnlich wie beim »Unsichtbarmachen« von Ellen. Natürlich konnte man ein Auto nicht unsichtbar machen oder so schnell umspritzen, aber wenn jemand ein seriöses Taxi in ein Parkhaus einfahren sah und eine Minute später ein Wagen mit Totenkopf und Knochen-Deko herausfuhr, würde er nie davon ausgehen, das gleiche Auto gesehen zu haben. Die Folien hielten nicht lange – aber lange genug. In diesem Fall bis zum nächsten Schrottplatz.

Wie immer hatte Hajo alles perfekt vorbereitet. Der Besitzer des Schrottplatzes, ein stämmiger Südländer in ölverschmiertem Overall, freute sich über die zusätzlichen dreihundert Euro. Leicht verdientes Geld, weil es nur darum ging, den alten Wagen sofort dranzunehmen. Die Frage »Soll er nicht doch noch nach Afrika?« wiegelte Hajo mit einem entschiedenen Nein ab.

Hajo nahm seinen Laptop heraus und Ellen die beiden Rollen mit den Foliensätzen »Freak« und »Hippie«. Die konnte man beim nächsten Auto wieder verwenden.

Sie sahen zu, wie der Südländer vorschriftsmäßig alle Flüssigkeiten abließ, die Reifen abmontierte und den Mercedes in die Presse beförderte.

Es quietschte und krachte einige Male lautstark, bis ihr ehemaliges Taxi als kompakter Quader die Presse verließ. Über diesen Metallblock würde sich keine Spurensicherung hermachen.

Zwei Häuserblöcke entfernt parkte ihr Ersatzwagen, ein weinroter alter Astra. Er stand schon länger hier, was man unschwer an der dicken Staubschicht auf der Windschutzscheibe erkennen konnte. Hajo versuchte, sie mit der Scheibenwaschanlage zu entfernen, aber eigentlich verschmierte er den Staub nur. Für mehr reichte das Wasser nicht. Hajo fuhr trotzdem los.

»Jetzt will ich alles über die Beweise wissen«, sagte Ellen.

»Hier im Auto?«

»Du kannst auch anhalten oder sonst was machen. Das ist mir egal. Auf jeden Fall fängst du *jetzt* an zu reden.«

Ellen sah Hajo ernst an. Der lächelte wieder.

»So viel gibt es da gar nicht zu erzählen. Was Veritatis kopiert hat, sind die Daten der richtigen Untersuchung. Sie zeigen eindeutig das Vorhandensein von Terminator-Saatgut, sowohl in den Proben von Progentus als auch in denen von Saatogo-Äckern. Der Rest ergibt sich von selbst: Das offizielle Gutachten von Veritatis' Institut ist gefälscht. Saatogo und Progentus sind die Schuldigen. Damit ist die Ursache für die ganze Misere klar.«

Ellen horchte auf die Geräusche, die von hinten kamen. Irgendwas klapperte unter dem Kofferraumboden. Ein guter Fluchtwagen war das nicht.

»Okay. Die Schuldigen stehen fest, aber das erklärt noch nicht den Kurssturz an den Börsen, denn den hat es ja wohl gegeben, wenn ich deinen Showdown mit Hasels richtig verstehe.«

Hajo grinste. »Du verstehst richtig. Ich wusste schon immer, dass du besonders intelligent bist. Viel zu schade für den Polizeidienst.«

»Hör auf mit dem Gesülze. Antworte!«

Hajo bog in Richtung Berlin-Gesundbrunnen ab. »Ja, die andere Seite der Medaille. Die stand auf dem USB-Stick. Dort hat Pasano detailliert beschrieben, wie er die Manipulation durchgeführt hat und wo die entsprechenden Schalter im Pflanzengenom zu finden sind. Ich verstehe nur nicht, warum er den Stick seiner Mutter gegeben hat.«

Ellen sah aus dem Fenster. Sie fuhren gerade wieder an ausgebrannten Autowracks vorbei. Die Schrotthändler würden gute Geschäfte machen. Hoffentlich war das bald zu Ende.

»Vielleicht sollte es eine Art Abschiedsbrief sein? Lesen hätte sie ihn so oder so nicht können, auch wenn er auf Papier gewesen wäre. Vielleicht war es ein Vermächtnis, damit die Welt irgendwann sein Genie erkennt oder die Lösung für das Problem findet? Menschen, die sich umbringen, tun häufiger seltsame Dinge. Nicht immer bekommt man eine Antwort auf das Warum.«

Nach einem anderen Warum fragte Ellen jetzt auch nicht, nämlich, warum Hajo die Beweise und Unterlagen nicht an die Polizei übergeben hatte. Hajo hasste die Polizei. Er würde ihr nie zu einem Erfolg verhelfen. Umgekehrt liebte er die Öffentlichkeit. Wahrscheinlich hatte er alle Fernseh- und Radiosender und Zeitungen informiert, wie er das damals auch während ihrer

Erpressung getan hatte. So, wie Ellen Hajo kannte, hatte er sich dieses Mal als Retter Berlins aufgespielt und nebenbei die Polizei bloßgestellt.

Hajo sah zu ihr hinüber. »Ich weiß, was du denkst.« Er lächelte verschmitzt. »Du denkst richtig. Hajo, der Superheld. Er kann Berlin ins Chaos stürzen oder retten.« Er schnippte mit dem Finger. »Wow. Besser als in jedem Computerspiel.«

Ellen schüttelte den Kopf. Wie konnte sie es nur neben diesem durchgeknallten Typ aushalten? »Wenn du so ein Genie bist, kannst du mir sicher erklären, wie es zu diesem Börsensturz gekommen ist. So schnell kann niemand das Material analysieren, geschweige denn eine Lösung für die Genprobleme finden. Es ist bestenfalls eine halbe Stunde vergangen.«

»Das ist ganz einfach«, sagte Hajo gönnerhaft. »Du musst dir die Börse vorstellen wie ein riesiges Spiel.«

Ellen verdrehte die Augen. Für Hajo war anscheinend alles ein Spiel.

»In diesem Spiel gibt es zwei große Antriebskräfte: Gier und Angst. Sobald klar ist, dass man irgendwo Gewinn machen kann, regiert die Gier, und alles Geld fließt dorthin. Es ist ja nun nicht so, dass es durch die Manipulationen von Pasano keine Lebensmittel mehr gäbe. Es gibt nur etwas weniger von einigen gewissen Sorten, was aber dazu führt, dass die Preise steigen. Also fließt Geld dorthin, was sie weiter steigen lässt, und so weiter. Es ist, als ob du einen Luftballon aufbläst. Immer mehr rein und das Ding wird immer dicker. Allen ist klar, dass diese Blase irgendwann platzen wird, nur weiß niemand, wann. Deshalb sind alle nervös und haben Angst. Jetzt braucht es nur einen kleinen Anlass, ein intensives Gerücht zum Beispiel, und der Erste verkauft. Ein Zweiter und Dritter folgen. Niemand will der Letzte sein. Den Rest besorgen die Computer der Händler. Oh, ich liebe Computer. Die können wunderbar schnell sein. Die kriegen sofort mit, wenn es eine eindeutige Bewegung nach unten gibt, und reagieren in Sekundenbruchteilen. Bevor Hasels auch nur seine Kontonummer eingegeben hat, sind seine Millionen schon futsch. Und wenn er mit dem Passwort fertig ist, hat er schon Schulden. Diese Handelscomputer sind der helle Wahnsinn.«

Hajo machte ein Gesicht, das Ellen an Teenies in einem Konzert erinnerte, wenn sie einen Star anhimmelten.

Der Astra fuhr über eine Schwelle in den Hof mit ihrer Garage. Es schepperte wieder.

»Du bist in Hasels Computer eingedrungen?«, fragte Ellen.

Hajo zögerte etwas. »Na ja, das hat nicht so ganz geklappt. Dieser Hasels hat schon eine Menge Ahnung. Aber es war auch nicht nötig. Ich habe beobachtet, mit welchen Brokerhäusern er kommuniziert. Das sind solche für die ganz harten Geschäfte. Da geht es nicht um Spareinlagen, da musst du mindestens eine Million Dollar mitbringen. Hier geht es um richtig fette Summen und große Hebel. Da brauchte ich nur eins und eins zusammenzählen. Ich habe mir ausgerechnet, dass Hasels alles auf eine Karte setzt, nach dem Motto: Steigt der Weizenpreis um zehn Prozent, mache ich hundert Prozent Gewinn. Er wollte mal so richtig dick absahnen. Tja, und jetzt hat der arme Kerl wahrscheinlich noch viel mehr Schulden, als er sich an Millionen erhofft hat. Abwärts geht es immer schneller als aufwärts.«

Ellen verstand, warum Hasels so fertig gewesen war. Hajo hatte ihn mit seinen eigenen Mitteln vernichtet. Er war an seiner Gier erstickt. Ellens Mitleid hielt sich in Grenzen. Sie dachte daran, was er Andreas Schuster, Danuta und vielen anderen Menschen angetan hatte. Danuta stand vor dem Ruin und musste bald ausziehen. Dann würde sie dastehen mit einem Berg Schulden, einem kranken Mann und zwei Kindern, die nichts dafür konnten und deren Zukunft auf dem Spiel stand. Wer konnte eigentlich etwas dafür? Selbst Andreas Schuster war nicht wirklich schuldig. Er hatte nur Saatgut verwendet, das er selbst herangezogen hatte. Die eigentlich Schuldigen waren Leute wie Veritatis, Hasels und die Unternehmen, die dahinterstanden. Leider mussten sie in den seltensten Fällen für ihre Verbrechen bezahlen.

Auf dem Hof beobachteten viele Augen, wie Ellen und Hajo zu ihrem Hauseingang gingen. Wenn Ellen in die entsprechende Richtung sah, wendeten die Augen sich ab.

Es war also alles wie immer.

40

»Willkommen, Meister. Willkommen, Gebieterin.«

Ellen hatte aufgehört, sich über die Begrüßung durch die Wohnungstür zu wundern. Mit der Zeit gewöhnte man sich an die seltsamsten Dinge.

In der Wohnung roch es muffig. Ellen öffnete erst mal alle Fenster und die Tür zu dem maroden Balkon. Hajo zog sich in den Technikraum zurück, in dem niemals ein Fenster geöffnet wurde.

Ellen sah über die Dächer der benachbarten Häuser. Ihre Gedanken wanderten weiter. Nicht nur Danuta und ihre Familie standen unverschuldet vor dem Abgrund, ihre eigene Schwester ebenso, und mit ihr Hanna und Elias. Ellen hatte versprochen zu helfen, aber wie? Dass sie selbst von der Polizei gesucht wurde, hatte sich durch die Ereignisse in der Kirche nicht geändert, und eigenes Geld besaß sie schon lange nicht mehr.

Nebenan klatschte Hajo in die Hände. Dazu ließ er ein herzhaftes »Ja« hören. Irgendetwas musste ihn begeistern.

Ellen ging hin und fand Hajo, versonnen auf einen Monitor blickend. Was hätte ihn auch sonst begeistern können?

»Was ist los?«, fragte Ellen. »Hast du im Lotto gewonnen?«

Hajo sah hoch und grinste. »So ungefähr.«

Ellen wollte zu ihm gehen, um auf den Monitor sehen zu können, aber Hajo sagte: »Warte.«

Etwa zwei Minuten lang tippte Hajo wieder auf der Tastatur herum. Ellen wollte schon wieder gehen.

»Jetzt kannst du kommen«, sagte Hajo und stand auf. »Setz dich.«

Ellen setzte sich auf Hajos Platz. Der Monitor zeigte ein Formular für eine Onlineüberweisung. Der Betrag lautete fünfhunderttausend Euro. Als Empfänger war Andreas Schuster eingetragen. Absender war – Jannis Veritatis.

»Was soll das?«, fragte Ellen.

Hajo grinste schon wieder. »Veritatis hat eine Menge Geld

verdient mit seinen schmierigen Geschäften. Das hat er natürlich nicht versteuert, sondern in schwarzen Kassen geparkt. Er wird als reicher Mann aus der Krise hervorgehen, die Andreas Schuster und seine Familie um Haus und Hof bringt.« Hajo seufzte gekünstelt. »Das Leben ist so ungerecht. – Übrigens: Du musst nur auf Okay klicken, dann wird das Geld überwiesen. Aber ich befürchte, die Zeit läuft bald ab.« Er drehte sich um. »Ich muss plötzlich mal ganz dringend ins Bad.«

Hajo verschwand.

Ellen starrte auf den Monitor und versuchte, ihre Gedanken zu sortieren. Unten rechts lief eine Zahl herunter: Lockout in fünfzehn Sekunden.

Da war es wieder, das Gefühl erpresst zu werden, einem gnadenlos herunterzählenden Countdown gegenüberzustehen, keine Zeit zum Denken zu haben. Wie damals im LKA, als Hajo ganz Berlin erpresst und mit ihr ein böses Spiel getrieben hatte. Jetzt spielte er wieder mit ihr. Zwar sahen dieses Mal keine Millionen Zuschauer an ihren Bildschirmen zu, aber das änderte wenig. Ellen spürte Zorn in sich aufsteigen.

Neun Sekunden.

Veritatis anzeigen? Das Geld würde irgendwo im Apparat versickern.

Sieben Sekunden.

Andreas Schuster krank. Danuta verzweifelt. Die Kinder vor einer schwierigen Zukunft. Annika ohne Zuhause. Elias und Hanna …

Vier Sekunden.

Fünfhunderttausend Euro. Gewinne aus verbrecherischen Geschäften. Geld, das man gemacht hatte, eben *weil* man Familien wie die Schusters ausgepresst hatte. Im Prinzip war das Geld zuerst von den Schusters zu den Betrügern geflossen.

Zwei Sekunden.

Ein Klick, und das Geld fließt wieder in die andere Richtung.

Eine Sekunde.

Ellen drückte die Enter-Taste fast durch die Tastatur hindurch.

Von der Tür her applaudierte es. Hajo rief »Bravo« dazu.

Ellen sah Hajo wütend an. »Schon wieder zurück? Das ging aber schnell.«

Hajo grinste über das ganze Gesicht. »Ich wollte doch miterleben, wie meine Ellen ganz freiwillig ihre erste illegale Überweisung tätigt. Darauf sollten wir anstoßen.«

Ellen stand auf und ging langsam auf Hajo zu. »Ich habe das nicht zu meinem Vorteil getan«, sagte sie.

»Aber das weiß ich doch«, sagte Hajo. »Meine Heldin hat nur ein bisschen Robin Hood gespielt.«

»Ich bin weder eine Heldin noch *deine* Ellen«, sagte Ellen, während sie Hajo mit ihren Augen fixierte.

»Das beeindruckt mich jetzt aber«, sagte Hajo.

»Und ich kann es nicht leiden, erpresst zu werden.«

»Wer mag es schon, erpresst zu werden?«

»Das wird sofort aufhören.«

Hajo zuckte unschuldig mit den Schultern. »Erpressen ist mein Beruf. Wovon sollte ich ohne Beruf leben?«

»Du wirst alle Bilder von mir aus dem Internet nehmen. Du wirst mir nicht mehr drohen, Bilder von mir zu veröffentlichen.«

Hajo lachte. »Warum sollte ich das tun? Diese Bilder sind ein Schatz.«

»Darum!«

Gleichzeitig mit diesem Wort trat Ellen Hajo beide Beine weg. Es tat einen Schlag, als Hajo mit seinem Hintern auf dem Boden auftraf. Er jaulte auf. Ehe er sich rühren konnte, war Ellen hinter ihm, griff ihn an den Armen und zog ihn durch die Wohnung. Hajo war zu überrascht, um sich zu wehren. Er sah auch nicht, wo es hinging.

Am Ziel angekommen, wirbelte Ellen Hajo mit einem Ruck herum, sodass seine Beine auf dem Balkon zu liegen kamen. Ein kurzer Schubs und Hajo saß ganz darauf. Seine Beine berührten das morsche Geländer.

Hajo stieß einen Schreckenslaut aus.

Ellen zischte »Ruhe!«, aber das wäre nicht nötig gewesen.

Hajo brachte es nicht fertig, wieder einzuatmen.

Hinter seinem Rücken machte es zweimal »klick«. Der eine

Teil der Handschelle klickte um Hajos Gürtel, den anderen befestigte Ellen an dem stabilen Haken, den sie vor einiger Zeit entdeckt hatte. Jetzt saß Hajo fest.

Ellen lehnte an der Tür und beobachtete ihn. Endlich atmete Hajo wieder ein, tief und viel zu hektisch. Nach einiger Zeit atmete er immerhin stoßweise. Er würde ihr nicht auf dem Balkon ersticken.

Ellen ging in den Technikraum und kam mit Hajos Laptop wieder. Sie klappte ihn auf und legte ihn auf Hajos Oberschenkel.

»Damit du keine Langeweile hast.«

Hajo sah Ellen an. Seine Lider flackerten. In seinen Augen stand Panik.

»Was soll das?«, fragte er heiser. Ellen konnte ihn kaum verstehen.

»Du wirst alle Bilder von mir aus dem Internet löschen. Du wirst mir nie wieder drohen, sie allen Menschen zu zeigen.«

»Das ist Erpressung«, hauchte Hajo. Er zitterte am ganzen Körper.

Ellen lachte auf. »Ich habe an deiner Seite viel gelernt. Und ich wollte dieses Gefühl mit dir teilen, wie es ist, erpresst zu werden.«

»Ich … ich kann das nicht. Nicht hier. Mach mich los.«

»Du kannst mehr, als du denkst. Viel mehr.«

Ellen sah kurz hinunter. Unten war alles leer. Dann trat sie gegen das Geländer vor Hajo. Knirschend lösten sich die durchgerosteten Streben. Ein Stück Geländer baumelte einen Moment am Handlauf, dann fiel es hinunter.

»Damit du durch nichts in deiner Aussicht und deinen Gedanken behindert wirst.« Ellen zeigte in eine Richtung. »Siehst du den Funkturm?«

Hajo antwortete nicht. Er starrte nur auf die Lücke vor sich.

»Wenn du auch nur einen Pixel von meinen Bildern übrig lässt, hänge ich dich an einem Schnürsenkel unter dem Funkturm auf. Hast du das verstanden?«

Hajo nickte stumm.

»Du weißt, was du zu tun hast. Bis später.«

Ellen tat einen Schritt nach hinten und schloss die Tür.

41

Hajo saß allein auf dem Balkon, nur gesichert durch die Handschellen, die er nicht sehen konnte. Wenige Zentimeter vor seinen Füßen ging es senkrecht hinab. Er versuchte, nach hinten zu rücken, was aber nicht ging. In der Ferne war die Kugel des Funkturms am Alexanderplatz gut zu sehen. Hajo saß stocksteif da wie eine Gipsfigur.

Ellen beobachtete ihn durch das Fenster der Balkontür. Im Prinzip konnte ihm nichts passieren, selbst wenn der Balkon abbrechen würde, was trotz des miserablen Zustands ziemlich unwahrscheinlich war. Aber diese rationalen Argumente spielten bei dem Gefühlsorkan, den Ellen in Hajo entfesselt hatte, keine Rolle.

Einen Moment lang wollte Mitleid in ihr aufkommen. Sie drängte es energisch zurück. Hajo war ein Verbrecher, einer, der Tausende Menschen in Angst und Schrecken versetzt hatte. Aber das war nicht der Grund, weshalb Ellen ihren mitleidigen Gefühlen keinen Raum gab. Hajo musste so fühlen. Diese radikale Methode war die einzige Möglichkeit, von Hajos Erpressung loszukommen. Hajo war voller Tricks und würde sich hundert Wege ausdenken, um sich aus einer Zwickmühle herauszuwinden. So gut kannte sie ihn. Wenn sie wirklich etwas in ihrem Sinn erreichen wollte, musste sie quasi sein Gehirn ausschalten. Dazu brauchte sie seine Panik.

Hajo begann, zögerlich zu tippen. Wenn er so weitermachte, würde er doch noch auf dumme Gedanken kommen. Ellen öffnete die Tür, ging wieder auf den Balkon und stampfte fest auf. Der Betonboden zitterte. Hajo zitterte noch mehr.

»Hm«, sagte Ellen. »Noch hält er. Fragt sich nur, wie lange. Du solltest dich beeilen.«

Ellen ging wieder in die Wohnung.

Hajo begann, schneller zu tippen, immer schneller. Es dauerte etwa zehn Minuten, dann wurde er wieder langsamer. Schließlich klappte er den Laptop zu.

»Fertig?«, fragte Ellen.

Hajo nickte kaum merklich.

»Wenn du mich betrogen hast, wirst du das bitter bereuen.«

Hajo schüttelte den Kopf – ebenso kaum merklich. Er war schweißgebadet und offensichtlich fertig. Fix und fertig.

Ellen nahm ihm den Laptop ab und löste die Handschellen. Sie musste Hajo vom Balkon ziehen, weil er sich nicht zu bewegen traute. Sie zog ihn bis zur Couch.

Hajo stand kurz auf und sackte dann auf der Couch zusammen. Ellen bettete ihn längs hin, setzte sich selbst und nahm seinen Kopf auf ihre Oberschenkel. Hajo rührte sich nicht.

Seltsam, dachte Ellen. *Das letzte Mal habe ich hilflos auf einem Bett gelegen, und er hat neben mir gesessen.* Irgendwie ähnelten sich die Situationen – nur mit vertauschten Rollen.

Hajo schlug die Augen auf und sah Ellen an. »Mach das nie wieder.«

Ellen strich ihm eine Strähne aus dem Gesicht. »Wenn du mir keine Veranlassung dazu gibst.«

»Ich habe alle Bilder aus dem Internet genommen und werde sie nie wieder einstellen.«

Die Art, wie Hajo »aus dem Internet« sagte, ließ einen Verdacht in Ellen aufkeimen. »Du hast sie nur aus dem Internet gelöscht, aber nicht grundsätzlich?«

Jetzt lächelte Hajo wieder. »Ich habe genau getan, was du gesagt hast. Und von grundsätzlich löschen war nie die Rede.«

Ellen konnte es nicht fassen. Das war typisch Hajo. Er hatte wieder eine Lücke gefunden. Er liebte die Bilder von ihr so sehr, dass er sogar auf dem Balkon noch einen Weg gefunden hatte, sie zu behalten. Nun gut, sollte er sie behalten. Sollte er sich ansehen, wie sie nackt durch ihre frühere Wohnung lief, was er heimlich selbst aufgenommen hatte, oder die erotischen Szenen, die ihr Ex, Stefan Daudert, gefilmt hatte. Hajo kannte die Bilder sowieso. Ellen wusste, dass er sie sich jeden Tag ansah. Sie schienen ihm mehr zu bedeuten als alles andere, sogar mehr als seine Angst auf dem Balkon.

»Behalte die Aufnahmen«, sagte Ellen. »Ich schenke sie dir.«

Hajo lächelte zufrieden. »Danke. Das mit dem Balkon war

übrigens eine harte Nummer. Damit habe ich überhaupt nicht gerechnet. Ich befürchte, diese Runde unseres Spiels geht an dich. So was ist mir noch nie passiert.«

»Man kann nicht immer gewinnen«, sagte Ellen.

»Gegen dich zu verlieren, ist keine Schande. Ich habe auch einen Preis für dich.«

»Einen Preis?« Ellen war überrascht. »Warum einen Preis?«

»Jeder Sieger bekommt einen Preis. Das gehört sich so. Ich habe dir etwas überwiesen, als Entschädigung für alles, was man dir kaputt gemacht hat.«

»Wo hast du das Geld her? Ich will kein illegales Geld.«

Hajo schüttelte den Kopf. »Du bist und bleibst die Alte, aber du kannst beruhigt sein. Ich habe kurzfristig mit dem Geld von Veritatis spekuliert – genau andersherum als Hasels. Es hat sich gelohnt, und es ist alles ganz legal. Langweilig, aber legal.«

»Wie viel?«, fragte Ellen.

»Ausreichend«, sagte Hajo vieldeutig.

Die Strähne fiel wieder auf Hajos Stirn, und Ellen strich sie wieder weg. Sie wusste nicht, was sie sagen sollte.

Dafür machte Hajo weiter. »Das Thema Rux ist übrigens auch erledigt. Rux ist der einzige korrupte Beamte. Das mit seinem Onkel war nur gepokert. Der ist so ehrlich und gewissenhaft, dass selbst du dir das kaum vorstellen kannst.«

»Was hast du gemacht?«

»Ein bisschen in den Konten von Rux geschnüffelt und die Geldeingänge von Hasels gefunden. Dann habe ich die Daten an die Polizei geschickt mit der Drohung, sie zu veröffentlichen, wenn sie sich nicht darum kümmern.«

Ellen war nahezu sprachlos. »Und das hast du alles auf dem Balkon gemacht?«

Hajo schüttelte den Kopf, was die Strähne wieder auf seine Stirn beförderte. »Nein. So schnell geht das nicht. Das war mein Plan für den Fall, dass du die Runde gewinnst. Damit habe ich zwar nicht gerechnet, aber ich wusste auch, dass du ein besonderer Gegner bist.«

Die letzten Worte klangen immer leiser. Hajo schloss die Augen.

»Und du hast eben für jeden Fall einen Plan«, sagte Ellen.

»Richtig«, flüsterte Hajo. »So muss es sein.«

Regelmäßige Atemzüge verrieten Ellen, dass Hajo eingeschlafen war. Die Sache auf dem Balkon hatte ihn sehr mitgenommen. Jetzt sah er aber zufrieden aus.

Ellen blieb noch lange sitzen mit Hajos Kopf auf ihrem Schoß. Sie musste erst mal realisieren, was Hajo alles für sie getan hatte. Sie würde frei sein von allen Anschuldigungen. Sie hatte Geld für einen Neuanfang. Sie wurde nicht mehr erpresst.

Nachdenklich sah Ellen auf Hajo herab und strich ihm über die Stirn, ohne dass eine Strähne da war. Was war das für ein Mann? Er hatte Berlin in Angst und Schrecken versetzt und stand ganz oben auf der Fahndungsliste der Polizei. Eigentlich müsste sie ihn ihren ehemaligen Kollegen übergeben. Auf der anderen Seite hatte er mehr für Berlin getan, als es die meisten Berliner jemals tun würden.

Ich bin kein Richter. Ich bin nicht mal mehr Polizistin.

Sie musste gar nichts tun. Sie würde Hajo nicht ausliefern.

Ellen stand auf und schob ein Kissen unter Hajos Kopf. Er schlief weiter tief und fest. Dann packte sie ihre wenigen Sachen. Draußen blieb sie einen Moment stehen, um ein letztes Mal die Stimme ihrer Wohnungstür zu hören.

»Gute Reise, Gebieterin.«

KLAUS SEIBEL
Zehntausend Augen
KRIMINALROMAN
emons: